DOIS IRMÃOS

MILTON HATOUM

DOIS IRMÃOS

32ª reimpressão

COMPANHIA DE BOLSO

Grafia atualizada segundo o Acordo Ortográfico da Língua Portuguesa de 1990, que entrou em vigor no Brasil em 2009.

Capa
Jeff Fisher

Preparação
Denise Pegorim

Revisão
Renato Potenza Rodrigues
José Muniz Jr.

Os personagens e situações desta obra são reais apenas no universo da ficção; não se referem a pessoas e fatos concretos, e sobre eles não emitem opinião.

Dados Internacionais de Catalogação na Publicação (CIP)
(Câmara Brasileira do Livro, SP, Brasil)

Hatoum, Milton
Dois irmãos / Milton Hatoum. — São Paulo : Companhia das Letras, 2006.

ISBN 978-85-359-0833-6

1. Romance brasileiro I. Título.

06-2607 CDD-869.93

Índice para catálogo sistemático:
1. Romances : Literatura brasileira 869.93

EDITORA SCHWARCZ S.A.
Rua Bandeira Paulista, 702, cj. 32
04532-002 — São Paulo — SP
Telefone: (11) 3707-3500
www.companhiadasletras.com.br
www.blogdacompanhia.com.br

Para Ruth

*O autor agradece à Fundação Vitae,
que lhe concedeu uma bolsa
de literatura em 1988.*

A casa foi vendida com todas as lembranças
todos os móveis todos os pesadelos
todos os pecados cometidos ou em vias de cometer
a casa foi vendida com seu bater de portas
com seu vento encanado sua vista do mundo
seus imponderáveis [. . .]

CARLOS DRUMMOND DE ANDRADE

ZANA TEVE DE DEIXAR TUDO: o bairro portuário de Manaus, a rua em declive sombreada por mangueiras centenárias, o lugar que para ela era quase tão vital quanto a Biblos de sua infância: a pequena cidade no Líbano que ela recordava em voz alta, vagando pelos aposentos empoeirados até se perder no quintal, onde a copa da velha seringueira sombreava as palmeiras e o pomar cultivados por mais de meio século.

Perto do alpendre, o cheiro das açucenas-brancas se misturava com o do filho caçula. Então ela sentava no chão, rezava sozinha e chorava, desejando a volta de Omar. Antes de abandonar a casa, Zana via o vulto do pai e do esposo nos pesadelos das últimas noites, depois sentia a presença de ambos no quarto em que haviam dormido. Durante o dia eu a ouvia repetir as palavras do pesadelo, "Eles andam por aqui, meu pai e Halim vieram me visitar... eles estão nesta casa", e ai de quem duvidasse disso com uma palavra, um gesto, um olhar. Ela imaginava o sofá cinzento na sala onde Halim largava o narguilé para abraçá-la, lembrava a voz do pai conversando com barqueiros e pescadores no Manaus Harbour, e ali no alpendre lembrava a rede vermelha do Caçula, o cheiro dele, o corpo que ela mesma despia na rede onde ele terminava suas noitadas. "Sei que um dia ele vai voltar", Zana me dizia sem olhar para mim, talvez sem sentir a minha presença, o rosto que fora tão belo agora sombrio, abatido. A mesma frase eu ouvi, como uma oração murmurada, no dia em que ela desapareceu na casa deserta. Eu a procurei por todos os cantos e só fui encontrá-la ao anoitecer, deitada sobre folhas e palmas secas, o braço engessado sujo, cheio de titica de pássaros, o rosto inchado, a saia e a anágua molhadas de urina.

Eu não a vi morrer, eu não quis vê-la morrer. Mas alguns dias antes de sua morte, ela deitada na cama de uma clínica, soube que ergueu a cabeça e perguntou em árabe para que só a filha e a amiga quase centenária entendessem (e para que ela mesma não se traísse): "Meus filhos já fizeram as pazes?". Repetiu a pergunta com a força que lhe restava, com a coragem que mãe aflita encontra na hora da morte.

Ninguém respondeu. Então o rosto quase sem rugas de Zana desvaneceu; ela ainda virou a cabeça para o lado, à procura da única janelinha na parede cinzenta, onde se apagava um pedaço do céu crepuscular.

1

QUANDO YAQUB CHEGOU DO LÍBANO, o pai foi buscá-lo no Rio de Janeiro. O cais da praça Mauá estava apinhado de parentes de pracinhas e oficiais que regressavam da Itália. Bandeiras brasileiras enfeitavam o balcão e as janelas dos apartamentos e casas, rojões espocavam no céu, e para onde o pai olhava havia sinais de vitória. Ele avistou o filho no portaló do navio que acabara de chegar de Marselha. Não era mais o menino, mas o rapaz que passara cinco dos seus dezoito anos no sul do Líbano. O andar era o mesmo: passos rápidos e firmes que davam ao corpo um senso de equilíbrio e uma rigidez impensável no andar do outro filho, o Caçula.

Yaqub havia esticado alguns palmos. E à medida que se aproximava do cais, o pai comparava o corpo do filho recém-chegado com a imagem que construíra durante os anos da separação. Ele carregava um farnel de lona cinza, surrado, e debaixo do boné verde os olhos graúdos arregalaram com os vivas e a choradeira dos militares da Força Expedicionária Brasileira.

Halim acenou com as duas mãos, mas o filho demorou a reconhecer aquele homem vestido de branco, um pouco mais baixo do que ele. Por pouco não esquecera o rosto do pai, os olhos do pai e o pai por inteiro. Apreensivo, ele se aproximou do moço, os dois se entreolharam e ele, o filho, perguntou: "*Baba?*". E depois os quatro beijos no rosto, o abraço demorado, as saudações em árabe. Saíram da praça Mauá abraçados e foram até a Cinelândia. O filho falou da viagem e o pai lamentou a penúria em Manaus, a penúria e a fome durante os anos da guerra. Na Cinelândia sentaram-se à mesa de um bar, e no meio do burburinho Yaqub abriu o farnel e tirou um embrulho, e o pai viu pães embolorados e uma caixa de figos secos. Só isso trouxera do Líbano? Nenhuma carta? Nenhum presente? Não, não havia mais nada no farnel, nem roupa nem presente, nada! Então Yaqub explicou em árabe que o tio, o irmão do pai, não queria que ele voltasse para o Brasil.

Calou. Halim baixou a cabeça, pensou em falar do outro filho, hesitou. Disse: "Tua mãe...", e também calou. Viu o rosto crispado de Yaqub, viu o filho levantar-se, aperreado, arriar a calça e mijar de frente para a parede do bar em plena Cinelândia. Mijou durante uns minutos, o rosto agora aliviado, indiferente às gargalhadas dos que passavam por ali. Halim ainda gritou, "Não, tu não deves fazer isso...", mas o filho não entendeu ou fingiu não entender o pedido do pai.

Ele teve que engolir o vexame. Esse e outros, de Yaqub e também do outro filho, Omar, o Caçula, o gêmeo que nascera poucos minutos depois. O que mais preocupava Halim era a separação dos gêmeos, "porque nunca se sabe como vão reagir depois...". Ele nunca deixou de pensar no reencontro dos filhos, no convívio após a longa separação. Desde o dia da partida, Zana não parou de repetir: "Meu filho vai voltar um matuto, um pastor, um *ra'í*. Vai esquecer o português e não vai pisar em escola porque não tem escola lá na aldeia da tua família".

Aconteceu um ano antes da Segunda Guerra, quando os gêmeos completaram treze anos de idade. Halim queria mandar os dois para o sul do Líbano. Zana relutou, e conseguiu persuadir o marido a mandar apenas Yaqub. Durante anos Omar foi tratado como filho único, o único menino.

No centro do Rio, Halim comprou roupas e um par de sapatos para Yaqub. Na viagem de volta a Manaus, fez um longo sermão sobre educação doméstica: que não se deve mijar na rua, nem comer como uma anta, nem cuspir no chão, e Yaqub, sim, *Baba*, a cabeça baixa, vomitando quando o bimotor chacoalhava, os olhos fundos no rosto pálido, a expressão de pânico toda vez que o avião decolava ou aterrissava nas seis escalas entre o Rio de Janeiro e Manaus.

Zana os esperava no aeroporto desde o começo da tarde. Ela estacionou o Land Rover verde, foi até a varanda e ficou olhando para o leste. Quando viu o bimotor prateado aproximar-se da cabeceira da pista, desceu correndo, atravessou a sala de desembarque, subornou um funcionário, caminhou altiva até o avião, subiu a escada e irrompeu na cabine. Levava um buquê de helicônias que deixou cair ao abraçar o filho ainda lívido de pavor, dizendo-lhe, "Meu querido, meus olhos, minha vida", chorando, "Por que tanta demora? O que fizeram contigo?", beijando-lhe o rosto, o pescoço, a cabeça, sob o olhar incrédulo de tripulantes e passageiros, até que Halim disse, "Chega! Agora vamos descer, o Yaqub não parou de provocar, só faltou pôr as tripas para fora". Mas ela não cessou os afagos, e saiu do avião abraçada ao filho, e assim desceu a escada e caminhou até a sala de desembarque, radiante, cheia de si, como se enfim tivesse reconquistado uma parte de sua própria vida: o gêmeo que se ausentara por capricho ou teimosia de Halim. E ela permitira por alguma razão incompreensível, por alguma coisa que parecia insensatez ou paixão, devoção cega e irrefreável, ou tudo isso junto, e que ela não quis ou nunca soube nomear.

Agora ele estava de volta: um rapaz tão vistoso e alto quanto o outro filho, o Caçula. Tinham o mesmo rosto anguloso, os mesmos olhos castanhos e graúdos, o mesmo cabelo ondulado e preto, a mesmíssima altura. Yaqub dava um suspiro depois do riso, igualzinho ao outro. A distância não dissipara certos tiques e atitudes comuns, mas a separação fizera Yaqub esquecer certas palavras da língua portuguesa. Ele falava pouco, pronunciando monossílabos ou frases curtas; calava quando podia, e, às vezes, quando não devia.

Zana logo percebeu. Via o filho sorrir, suspirar e evitar as palavras, como se um silêncio paralisante o envolvesse.

No caminho do aeroporto para casa, Yaqub reconheceu um pedaço da infância vivida em Manaus, se emocionou com a visão dos barcos coloridos, atracados às margens dos igarapés por onde ele, o irmão e o pai haviam navegado numa canoa coberta de palha. Yaqub olhou para o pai e apenas balbuciou sons embaralhados.

"O que aconteceu?", perguntou Zana. "Arrancaram a tua língua?"

"*La*, não, mama", disse ele, sem tirar os olhos da paisagem da infância, de alguma coisa interrompida antes do tempo, bruscamente.

Os barcos, a correria na praia quando o rio secava, os passeios até o Careiro, no outro lado do rio Negro, de onde voltavam com cestas cheias de frutas e peixes. Ele e o irmão entravam correndo na casa, ziguezagueavam pelo quintal, caçavam calangos com uma baladeira. Quando chovia, os dois trepavam na seringueira do quintal da casa, e o Caçula trepava mais alto, se arriscava, mangava do irmão, que se equilibrava no meio da árvore, escondido na folhagem, agarrado ao galho mais grosso, tremendo de medo, temendo perder o equilíbrio. A voz de Omar, o Caçula: "Daqui de cima eu posso enxergar tudo, sobe, sobe". Yaqub não se mexia, nem olhava para o alto: descia com gestos meticulosos e esperava o irmão, sempre o esperava, não gostava de ser repreendido sozinho. Detestava os ralhos de Zana quando fugiam nas manhãs de chuva torrencial e o Caçula, só de calção, enlameado, se atirava no igarapé perto do presídio. Eles viam as mãos e a silhueta dos detentos, e ele ouvia o irmão xingar e vaiar, sem saber quem eram os insultados: se os detentos ou os curumins que ajudavam as mães, tias ou avós a retirar as roupas de um trançado de fios nas estacas das palafitas.

Não, fôlego ele não tinha para acompanhar o irmão. Nem coragem. Sentia raiva, de si próprio e do outro, quando via o braço do Caçula enroscado no pescoço de um curumim do cortiço que havia nos fundos da casa. Sentia raiva de sua impotência e tremia de medo, acovardado, ao ver o Caçula desafiar três ou quatro moleques parrudos, aguentar o cerco e os socos deles e revidar com fúria e palavrões. Yaqub se escondia, mas não deixava de admirar a coragem de Omar. Queria brigar como ele, sentir o rosto inchado, o gosto de sangue na boca, a ardência no lábio estriado, na testa e na cabeça cheia de calombos; queria correr descalço, sem medo de queimar os pés nas ruas de macadame aquecidas pelo sol forte da tarde, e saltar para pegar a linha ou a rabiola de um papagaio que planava lentamente, em círculos, solto no espaço. O Caçula tomava impulso, pulava, rodopiava no ar como um acrobata e caía de pé, soltando um grito de guerra e mostrando as mãos estriadas. Yaqub recuava ao ver as mãos do irmão cheias de sangue, cortadas pelo vidro do cerol.

Yaqub não era esse acrobata, não lambuzava as mãos com cerol, mas bem que gostava de brincar e pular nos bailes de Carnaval no sobrado de Sultana Benemou, onde o Caçula ficava para a festa dos adultos e varava a noite com os foliões. Eles tinham treze anos, e, para Yaqub, era como se a infância tivesse terminado no último baile no casarão dos Benemou. Naquela noite ele nem sonhava que dois meses depois ia se separar dos pais, do país e dessa paisagem que agora, sentado no banco da frente do Land Rover, reanimava o rosto dele.

O baile dos jovens havia começado antes do anoitecer. Às dez horas os adultos entraram fantasiados na sala do casarão, cantando, pulando e enxotando a garotada. Yaqub quis ficar até meia-noite, porque uma sobrinha dos Reinoso, a menina aloirada, corpo alto de moça, também ia brincar até a manhã da Quarta-Feira de Cinzas. Seria a primeira noite de Lívia na festa dos adultos, a primeira noite que ele, Yaqub, viu-a com os lábios pintados, os olhos contornados por linhas pretas, as tranças salpicadas de lantejoulas que brilhavam nos ombros bronzeados. Queria ficar para pular abraçado com ela, sentir-se quase adulto como ela. Já pensava em se aproximar de Lívia quando a voz de Zana ordenou: "Leva tua irmã para casa. Podes voltar depois". Ele obedeceu. Acompanhou Rânia até o quarto, esperou-a dormir e voltou correndo ao casarão dos Benemou. A sala fervilhava de foliões, e no meio das tantas cores e das máscaras ele viu as tranças brilhantes e os lábios pintados, e logo ficou trêmulo ao reconhecer o cabelo e o rosto semelhantes ao dele, pertinho do rosto que admirava.

Lívia e o irmão dançavam num canto da sala. Dançavam quietos, enroscados, movidos por um ritmo só deles, que não era carnavalesco. Quando os foliões esbarravam no par, os dois rostos se encontravam e, aí sim, davam gargalhadas de Carnaval. Yaqub ensombreceu. Não teve coragem de ir falar com ela. Odiou o baile, "odiei as músicas daquela noite, os mascarados, e odiei a noite", contou Yaqub a Domingas na tarde da Quarta-Feira de Cinzas. Foi uma noite insone. Ele fingia dormir quando o irmão entrou no quarto dele naquela madrugada, quando o som das marchinhas carnavalescas e a gritaria dos bêbados enchiam a atmosfera de Manaus. De olhos fechados, sentiu o cheiro de lança-perfume e suor, o odor de dois corpos enlaçados, e percebeu que o irmão estava sentado no assoalho e olhava para ele. Yaqub permaneceu quieto, apreensivo, derrotado. Notou o irmão sair lentamente do quarto, o cabelo e a camisa cheios de confete e serpentina, o rosto sorridente e cheio de prazer.

Foi o seu último baile. Quer dizer, a última manhã em que viu o irmão chegar de uma noitada de arromba. Não entendia por que Zana não ralhava com o Caçula, e não entendeu por que ele, e não o irmão, viajou para o Líbano dois meses depois.

Agora o Land Rover contornava a praça Nossa Senhora dos Remédios, aproximava-se da casa e ele não queria se lembrar do dia da partida. Sozinho, aos cuidados de uma família de amigos que ia viajar para o Líbano. Sim, por que ele e não o Caçula, perguntava a si mesmo, e as mangueiras e oitizeiros sombreando a calçada, e essas nuvens imensas, inertes como uma pintura em fundo azulado, o cheiro da rua da infância, dos quintais, da umidade amazônica, a visão dos vizinhos debruçados nas janelas e a mãe acariciando-lhe a nuca, a voz dócil dizendo-lhe: "Chegamos querido, a nossa casa...".

Zana desceu do jipe e procurou em vão Omar. Rânia estava no alpendre, alinhada, perfumada.

"Ele chegou? Meu irmão chegou?" Correu para a porta, de onde avistou um rapaz tímido, mais alto que o pai, segurando o farnel surrado e agora olhando para ela com o olhar de alguém que vê pela primeira vez a moça, e não a menina mirrada que abraçara no cais do Manaus Harbour. Ele não sabia o que dizer: largou o farnel e abriu os braços para enlaçar o corpo esbelto, alongado por uma pose altiva, o queixo levemente empinado, que lhe dava um ar autoconfiante e talvez antipático ou alheio. Rânia hipnotizava-se com a presença do irmão: uma réplica quase perfeita do outro, sem ser o outro. Ela o observava, queria notar alguma coisa que o diferenciasse do Caçula. Olhou-o de perto, de muito perto, de vários ângulos; percebeu que a maior diferença estava no silêncio do irmão recém-chegado. No entanto, ela ouviu a voz agora grave perguntar "Onde está Domingas?", e viu o irmão caminhar até o quintal e abraçar a mulher que o esperava. Entraram no quartinho onde Domingas e Yaqub haviam brincado. Ele observou os desenhos de sua infância colados na parede: as casas, os edifícios e as pontes coloridas, e viu o lápis de sua primeira caligrafia e o caderno amarelado que Domingas guardara e agora lhe entregava como se ela fosse sua mãe e não a empregada.

Yaqub demorou no quintal, depois visitou cada aposento, reconheceu os móveis e objetos, se emocionou ao entrar sozinho no quarto onde dormira. Na parede viu uma fotografia: ele e o irmão sentados no tronco de uma árvore que cruzava um igarapé; ambos riam: o Caçula, com escárnio, os braços soltos no ar; Yaqub, um riso contido, as mãos agarradas no tronco e o olhar apreensivo nas águas escuras. De quando era aquela foto? Tinha sido tirada um pouco antes ou talvez um pouco depois do último baile de Carnaval no casarão dos Benemou. No plano de fundo da imagem, na margem do igarapé, os vizinhos, cujos rostos pareciam tão borrados na foto quanto na memória de Yaqub. Sobre a escrivaninha viu outra fotografia: o irmão sentado numa bicicleta, o boné inclinado na cabeça, as botas lustradas, um relógio no pulso. Yaqub se aproximou, mirou de perto a fotografia para enxergar as feições do irmão, o olhar do irmão, e se assustou ao ouvir uma voz: "O Omar vai chegar de noitinha, ele prometeu jantar conosco".

Era a voz de Zana; ela havia seguido os passos de Yaqub e queria mostrar-lhe o lençol e as fronhas em que bordara o nome dele. Desde que soubera de sua volta, Zana repetia todos os dias: "Meu menino vai dormir com as minhas letras, com a minha caligrafia". Ela dizia isso na presença do Caçula, que, enciumado, perguntava: "Quando ele vai chegar? Por que ele ficou tanto tempo no Líbano?". Zana não lhe respondia, talvez porque também para ela era inexplicável o fato de Yaqub ter passado tantos anos longe dela.

Ela havia mobiliado o quarto de Yaqub com uma cadeira austríaca, um guarda-roupa de aguano e uma estante com os dezoito volumes de uma enciclopédia que Halim comprara de um magistrado aposentado. Um vaso com tajás enfeitava um canto do quarto perto da janela aberta para a rua.

Apoiado no parapeito, Yaqub olhava os passantes que subiam a rua na direção da praça dos Remédios. Por ali circulavam carroças, um e outro carro, cascalheiros tocando triângulos de ferro; na calçada, cadeiras em meio círculo esperavam os moradores para a conversa do anoitecer; no batente das janelas, tocos de velas iluminariam as noites da cidade sem luz. Fora assim durante os anos da guerra: Manaus às escuras, seus moradores acotovelando-se diante dos açougues e empórios, disputando um naco de carne, um pacote de arroz, feijão, sal ou café. Havia racionamento de energia, e um ovo valia ouro. Zana e Domingas acordavam de madrugada, a empregada esperava o carvoeiro, a patroa ia ao Mercado Adolpho Lisboa e depois as duas passavam a ferro, preparavam a massa do pão, cozinhavam. Quando tinha sorte, Halim comprava carne enlatada e farinha de trigo que os aviões norte-americanos traziam para a Amazônia. Às vezes, trocava víveres por tecido encalhado: morim ou algodão esgarçado, renda encardida, essas coisas.

Conversavam em volta da mesa sobre isso: os anos da guerra, os acampamentos miseráveis nos subúrbios de Manaus, onde se amontoavam ex-seringueiros. Yaqub, calado, prestava atenção, tamborilava na madeira, assentindo com a cabeça, feliz por entender as palavras, as frases, as histórias contadas pela mãe, pelo pai, uma e outra observação de Rânia. Yaqub entendia. As palavras, a sintaxe, a melodia da língua, tudo parecia ressurgir.

Ele bebia, comia e escutava, atento; entregava-se à reconciliação com a família, mas certas palavras em português lhe faltavam. E sentiu a falta quando os vizinhos vieram vê-lo. Yaqub foi beijado por Sultana, por Talib e suas duas filhas, por Estelita Reinoso. Alguém disse que ele era mais altivo que o irmão. Zana discordou: "Nada disso, são iguais, são gêmeos, têm o mesmo corpo e o mesmo coração". Ele sorriu, e dessa vez a hesitação da fala, o esquecimento da língua e o receio de dizer uma asneira foram providenciais. Desembrulhou os presentes, viu as roupas vistosas, o cinturão de couro, a carteira com as iniciais prateadas. Manuseou a carteira e a enfiou no bolso da calça que Halim lhe comprara no Rio.

"Coitado! *Ya haram ash-shum!*", lamentou Zana. "Meu filho foi maltratado naquela aldeia."

Ela olhou para o marido:

"Imagino como ele desembarcou no Rio. Querem ver a bagagem que trouxe? Uma trouxa velha e fedorenta! Não é um absurdo?"

"Vamos mudar de assunto", pediu Halim. "Sacos e roupa velha são coisas que a gente esquece."

Mudaram de assunto e também de expressão: o rosto de Zana se iluminou ao ouvir um assobio prolongado — uma senha, o sinal da chegada do outro filho. Era quase meia-noite quando o Caçula entrou na sala. Vestia calça branca de linho e camisa azul, manchada de suor no peito e nas axilas. Omar se dirigiu à mãe, abriu os braços para ela, como se fosse ele o filho ausente, e ela o recebeu com uma efusão que parecia contrariar a homenagem a Yaqub. Ficaram juntos, os braços dela enroscados no pescoço do Caçula, ambos entregues a uma cumplicidade que provocou ciúme em Yaqub e inquietação em Halim.

"Obrigado pela festa", disse ele, com um quê de cinismo na voz. "Sobrou comida para mim?"

"Meu Omar é brincalhão", Zana tentou corrigir, beijando os olhos do filho. "Yaqub, vem cá, vem abraçar o teu irmão."

Os dois se olharam. Yaqub tomou a iniciativa: levantou, sorriu sem vontade e na face esquerda a cicatriz alterou-lhe a expressão. Não se abraçaram. Do cabelo cacheado de Yaqub despontava uma pequena mecha cinzenta, marca de nascença, mas o que realmente os distinguia era a cicatriz pálida e em meia-lua na face esquerda de Yaqub. Os dois irmãos se encararam. Yaqub avançou um passo, Halim disfarçou, falou do cansaço da viagem, dos anos de separação, mas de agora em diante a vida ia melhorar. Tudo melhora depois de uma guerra.

Talib concordou, Sultana e Estelita propuseram um brinde ao fim da guerra e à chegada de Yaqub. Nenhum dos dois brindou: os cristais tilintando e uma euforia contida não animaram os gêmeos. Yaqub apenas estendeu a mão direita e cumprimentou o irmão. Pouco falaram, e isso era tanto mais estranho porque, juntos, pareciam a mesma pessoa.

Foi Domingas quem me contou a história da cicatriz no rosto de Yaqub. Ela pensava que um ciuminho reles tivesse sido a causa da agressão. Vivia atenta aos movimentos dos gêmeos, escutava conversas, rondava a intimidade de todos. Domingas tinha essa liberdade, porque as refeições da família e o brilho da casa dependiam dela.

A minha história também depende dela, Domingas.

Era uma tarde nublada de sábado, logo depois do Carnaval. As crianças da rua se alinhavam para passar a tarde na casa dos Reinoso, onde se aguardava a chegada de um cinematógrafo ambulante. No último sábado de cada mês, Estelita avisava as mães da vizinhança que haveria uma sessão de cinema em sua casa. Era um acontecimento e tanto. As crianças almoçavam cedo, vestiam a melhor roupa, se perfumavam e saíam de casa sonhando com as imagens que veriam na parede branca do porão da casa de Estelita.

Yaqub e o Caçula usavam um fato de linho e uma gravatinha-borboleta; saíam iguais, com o mesmo penteado e o mesmo aroma de essências do Pará borrifado na roupa. Domingas, de braços dados com os dois, também se arrumava para acompanhar os gêmeos. O Caçula se desgarrava, corria, era o primeiro a beijar o rosto de Estelita e entregar-lhe um buquê de flores. Na sala, Zahia e Nahda Talib conversavam com Lívia, a meninona aloirada, sobrinha dos Reinoso; dois curumins de uma família que morava no Seringal Mirim serviam guaraná e biscoitos de castanha aos convidados. Esperavam o cinematógrafo, e cada minuto passava com lentidão porque estavam ansiosos para ver a parede branca do porão cheia de imagens, ansiosos por uma história de aventura ou de amor que tornava a tarde do sábado a mais desejada de todas as tardes. Então o tempo fechou com nuvens baixas e pesadas e Abelardo Reinoso decidiu ligar o gerador. Na sala iluminada um batalhão de soldadinhos foi ordenado sobre a mesa, e selos de outros países passaram de mão em mão, como diminutas vinhetas de paisagens, rostos e bandeiras longínquas. A meninona loira apreciava um selo raro, e seus braços roçavam os dos gêmeos. Alisava o selo com o indicador, os outros meninos se entretinham com o batalhão verde, e ela parecia atraída pelo aroma que exalava dos gêmeos. Lívia sorria para um, depois para o outro, e dessa vez foi o Caçula quem ficou enciumado, disse Domingas. O Caçula fez cara feia, tirou a gravatinha-borboleta, desabotoou a gola e arregaçou as mangas da camisa. Bufou, se esforçou para ser dócil. Balbuciou: "Vamos dar uma volta no quintal?", e ela, olhando o selo: "Mas vai chover, Omar. Escuta só as trovoadas". Então ela tirou um selo do álbum e ofereceu-o a Yaqub. O Caçula detestou isso, disse Domingas; detestou ver os dedos do irmão brincarem de minhoca louca com os dedos de Lívia. Não era sonsa, era uma mocinha apresentada, que sorria sem malícia e atraía os gêmeos e todos os meninos da vizinhança quando trepava na mangueira, e em redor do tronco um enxame de moleques erguia a cabeça e seguia com o olhar a ondulação do short vermelho. Mas ela gostava mesmo era dos gêmeos; olhava dengosa para os dois; às vezes, quando se distraía, olhava para Yaqub como se visse nele alguma coisa que o outro não tinha. Yaqub, meio acanhado, percebia? O Caçula pensava que depois do baile dos Benemou a Lívia ia cheirar e morder o gogó dele e desfilar com ele nas matinês do Guarany e do Odeon. Já tinha prometido roubar o Land Rover dos pais e passear com ela até as cachoeiras do Tarumã. Zana desconfiou, escondeu a chave do jipe, cortou a curica do Caçula. Brincavam com os dedos, e Omar já tinha se afastado dos dois quando o homem do cinematógrafo chegou. Trazia na maleta de couro o projetor e o rolo do filme. Era alto, de gestos calmos, o rosto magro dividido por um bigodaço: "Trouxe a grande diversão, o grande sonho, curuminzada".

Selos, soldados e canhões foram esquecidos. O chorinho da vitrola, apagado. Um relógio antigo bateu quatro vezes. Uma correria pela escada de madeira estremeceu a casa e em pouco tempo o porão foi povoado de gritos, as cadeiras da primeira fila foram disputadas. Yaqub reservou uma cadeira para Lívia e o Caçula desaprovou com o olhar esse gesto polido. Da escuridão surgiram cenas em preto e branco e o ruído monótono do projetor aumentava o silêncio da tarde. Nesse momento Domingas despediu-se dos Reinoso. A magia no porão escuro demorou uns vinte minutos. Uma pane no gerador apagou as imagens, alguém abriu uma janela e a plateia viu os lábios de Lívia grudados no rosto de Yaqub. Depois, o barulho de cadeiras atiradas no chão e o estouro de uma garrafa estilhaçada, e a estocada certeira, rápida e furiosa do Caçula. O silêncio durou uns segundos. E então o grito de pânico de Lívia ao olhar o rosto rasgado de Yaqub. Os Reinoso desceram ao porão, a voz de Abelardo abafou o alvoroço. O Caçula, apoiado na parede branca, ofegava, o caco de vidro escuro na mão direita, o olhar aceso no rosto ensanguentado do irmão.

Estelita subiu com o ferido e chamou um dos curumins: corre até a casa da Zana, chama a Domingas, mas não fala nada sobre isso.

A cicatriz já começava a crescer no corpo de Yaqub. A cicatriz, a dor e algum sentimento que ele não revelava e talvez desconhecesse. Não tornaram a falar um com o outro. Zana culpava Halim pela falta de mão firme na educação dos gêmeos. Ele discordava: "Nada disso, tu tratas o Omar como se ele fosse nosso único filho".

Ela chorou quando viu o rosto de Yaqub, disse Domingas.

Beijava-lhe a face direita e chorava, aflita, ao ver a outra face inchada, costurada em semicírculo. Treze pontos. O fio preto da costura parecia uma pata de caranguejeira. Yaqub, calado, matutava. Evitava falar com o outro. Desprezava-o? Remoía, mudo, a humilhação?

"Cara de lacrau", diziam-lhe na escola. "Bochecha de foice." Os apelidos, muitos, todas as manhãs. Ele engolia os insultos, não reagia. Os pais tiveram de conviver com um filho silencioso. Temiam a reação de Yaqub, temiam o pior: a violência dentro de casa. Então Halim decidiu: a viagem, a separação. A distância que promete apagar o ódio, o ciúme e o ato que os engendrou.

Yaqub partiu para o Líbano com os amigos do pai e regressou a Manaus cinco anos depois. Sozinho. "Um rude, um pastor, um *ra'í*. Olha como o meu filho come!", lamentava-se Zana.

Ela tentou esquecer a cicatriz do filho, mas a distância trazia para mais perto ainda o rosto de Yaqub. As cartas que ela escreveu!

Dezenas? Centenas, talvez. Cinco anos de palavras. Nenhuma resposta. As raras notícias sobre a vida de Yaqub eram transmitidas por amigos ou conhecidos que voltavam do Líbano. Um primo de Talib que visitara a família de Halim avistara Yaqub no porão de uma casa. Estava sozinho e lia um livro sentado no chão, onde havia um monte de figos secos. O rapaz tentou falar com ele, em árabe e português, mas Yaqub o ignorou. Zana passou a noite culpando Halim, e ameaçou viajar para o Líbano durante a guerra. Então ele escreveu aos parentes e mandou o dinheiro da passagem de Yaqub.

Isso Domingas me contou. Mas muita coisa do que aconteceu eu mesmo vi, porque enxerguei de fora aquele pequeno mundo. Sim, de fora e às vezes distante. Mas fui o observador desse jogo e presenciei muitas cartadas, até o lance final.

Nos primeiros meses depois da chegada de Yaqub, Zana tentou zelar por uma atenção equilibrada aos filhos. Rânia significava muito mais do que eu, porém menos do que os gêmeos. Por exemplo: eu dormia num quartinho construído no quintal, fora dos limites da casa. Rânia dormia num pequeno aposento, só que no andar superior. Os gêmeos dormiam em quartos semelhantes e contíguos, com a mesma mobília; recebiam a mesma mesada, as mesmas moedas, e ambos estudavam no colégio dos padres. Era um privilégio; era também um transtorno.

Os dois saíam cedo para o colégio; quem, de longe, os olhasse caminhar, juntos, vestindo a farda engomada por Domingas, teria a impressão de ver os dois irmãos conciliados para sempre. Yaqub, que perdera alguns anos de escola no Líbano, era um varapau numa sala de baixotes. Zana temia que ele mijasse no pátio do colégio, comesse com as mãos no refeitório ou matasse um cabrito e o trouxesse para casa. Nada disso aconteceu. Era um tímido, e talvez por isso passasse por covarde. Tinha vergonha de falar: trocava o pê pelo bê (Não bosso, babai! Buxa vida!), e era alvo de chacota dos colegas e de certos mestres que o tinham como um rapaz rude, esquisito: vaso mal moldado. Mas era também alvo de olhares femininos. E olhar Yaqub sabia. De frente, como um destemido, arqueando a sobrancelha esquerda: um tímido que podia passar por conquistador. Sorria e dava uma risada gostosa no momento certo: o momento em que as meninas das praças, dos bailes e dos arraiais suspiravam. Na casa, Zana foi a primeira a notar esse pendor do filho para o galanteio. Domingas também se deixava encantar por aquele olhar. Dizia: "Esse gêmeo tem olhão de boto; se deixar, ele leva todo mundo para o fundo do rio". Não, ele não arrastou ninguém para a cidade encantada. Esse encantamento dos olhos deixava expectativas e promessas no ar. Depois a mãe tinha que aturar as cunhantãs que assediavam seu filho. Enviavam bilhetes e mensagens pela manicure. A mãe lia as palavras das oferecidas, lia com um prazer quase cruel, sabendo que o seu Yaqub não sucumbiria aos versos de amor copiados de poetas românticos. Ali, trancado no quarto, ele varava noites estudando a gramática portuguesa; repetia mil vezes as palavras mal pronunciadas: atonito, em vez de atônito. A acentuação tônica... um drama e tanto para Yaqub. Mas ele foi aprendendo, soletrando, cantando as palavras, até que os sons dos nossos peixes, plantas e frutas, todo esse tupi esquecido não embolava mais na sua boca. Mesmo assim, nunca foi tagarela. Era o mais silencioso da casa e da rua, reticente ao extremo. Nesse gêmeo lacônico, carente de prosa, crescia um matemático. O que lhe faltava no manejo do idioma sobrava-lhe no poder de abstrair, calcular, operar com números.

"E para isso", dizia o pai, orgulhoso, "não é preciso língua, só cabeça. Yaqub tem de sobra o que falta no outro."

Omar ouvia essa frase e tornou a ouvi-la anos depois, quando Yaqub, em São Paulo, comunicou à família que havia ingressado na Escola Politécnica (em "brimeiro lugar, babai", escreveu ele, brincando). Zana sorriu triunfante, enquanto Halim repetia: "Eu não disse? Só cabeça, só inteligência, e isso o nosso Yaqub tem de sobra".

O matemático, e também o rapaz altivo e circunspecto que não dava bola para ninguém; o enxadrista que no sexto lance decidia a partida e assobiava sem vontade um soprinho de passarinho rouco, antevendo o rei acuado. Derrotava o adversário emitindo esse assobio meio irritante, anúncio do inevitável xeque-mate. Dias e noites no quarto, sem dar um mergulho nos igarapés, nem mesmo aos domingos, quando os manauaras saem ao sol e a cidade se concilia com o rio Negro. Zana preocupava-se com esse bicho escondido. Por que não ia aos bailes? "Olha só, Halim, esse teu filho vive enfurnado na toca. Parece um amarelão mofando na vida." O pai tampouco entendia por que ele renunciava à juventude, ao barulho festivo e às serenatas que povoavam de sons as noites de Manaus.

Que noites, que nada! Ele desprezava, altivo em sua solidão, os bailes carnavalescos, ainda mais animados nos anos do pós-guerra, com os corsos e suas colombinas que saíam da praça da Saudade e desciam a avenida num frenesi louco até o Mercado Municipal; desprezava as festas juninas, a dança do tipiti, os campeonatos de remo, os bailes a bordo dos navios italianos e os jogos de futebol no Parque Amazonense. Trancava-se no quarto, o egoísta radical, e vivia o mundo dele, e de ninguém mais.

O pastor, o aldeão apavorado na cidade? Talvez isso, ou pouco mais: o montanhês rústico que urdia um futuro triunfante.

Esse Yaqub, que embranquecia feito osga em parede úmida, compensava a ausência dos gozos do sol e do corpo aguçando a capacidade de calcular, de equacionar. No colégio dos padres ele encontrava sempre, antes de qualquer um, o valor de um z, y ou x. Surpreendia os professores: a chave da mais complexa equação se armava na cabeça de Yaqub, para quem o giz e o quadro-negro eram inúteis.

O outro, o Caçula, exagerava as audácias juvenis: gazeava lições de latim, subornava porteiros sisudos do colégio dos padres e saía para a noite, fardado, transgressor dos pés ao gogó, rondando os salões da Maloca dos Barés, do Acapulco, do Cheik Clube, do Shangri-Lá. De madrugada, na hora do último sereno, voltava para casa. E lá estava Zana, impávida na rede vermelha, no rosto a serenidade fingida, no fundo atormentada, entristecida por passar mais uma noite sem o filho. Omar mal percebia o vulto arqueado sob o alpendre. Ia direto ao banheiro, provocava em golfadas a bebedeira da noite, cambaleava ao tentar subir a escada; às vezes caía, inteiro, o corpanzil suado, esquecido da alquimia da noite. Então ela saía da rede, arrastava o corpo do filho até o alpendre e acordava Domingas: as duas o desnudavam, passavam-lhe álcool no corpo e o acomodavam na rede. Omar dormia até meio-dia. O rosto inchado, engelhado pela ressaca, rosnava pedindo água gelada, e lá ia Domingas com a bilha: derramava-lhe na boca aberta o líquido que ele primeiro bochechava e depois sorvia como uma onça sedenta. Halim se incomodava com isso, detestava sentir o cheiro do filho, que empestava o lugar sagrado das refeições. O pai rondava a sala, caminhava em diagonal, o olhar de relance na rede vermelha sob o alpendre.

Num dia em que o Caçula passou a tarde toda de cueca deitado na rede, o pai o cutucou e disse, com a voz abafada: "Não tens vergonha de viver assim? Vais passar a vida nessa rede imunda, com essa cara?". Halim preparava uma reação, uma punição exemplar, mas a audácia do Caçula crescia diante do pai.

Não se vexava, parecia um filho sem culpa, livre da cruz. Mas não da espada. Foi reprovado dois anos seguidos no colégio dos padres. O pai o repreendia, dava o exemplo do outro filho, e Omar, mesmo calado, parecia dizer: Dane-se! Danem-se todos, vivo a minha vida como quero.

Foi o que ele gritou ao ser expulso do colégio. Gritou várias vezes na presença do pai, desafiando-o, rasgando a farda azul, a voz impertinente dizendo: "Acertei em cheio o professor de matemática, o mestre do teu filho querido, o que só tem cabeça".

Zana e Halim foram convocados pelo diretor. Só ela foi, ela e Domingas, sua sombra servil. Soltou cobras e lagartos nas ventas do irmão diretor. O senhor não sabia que o meu Omar adoeceu nos primeiros meses de vida? Por pouco não morreu, irmão. Só Deus sabe... Deus e a mãe... Ela suava, entregue ao êxtase de grande mãe protetora. Ouviram o sino bater seis vezes, o vozerio e a agitação dos internos que se encaminhavam ao refeitório, e logo o silêncio, e a voz dela, mais calma, menos injuriada, Quantos órfãos deste internato comem à nossa custa, irmão? E as ceias de Natal, as quermesses, as roupas que nós mandamos para as índias das missões?

Domingas abanava o corpo da patroa. O irmão diretor suportou o desabafo, olhou para fora, para o anoitecer morno que começava a esconder o imenso edifício dos salesianos. Cabras pastavam no quintal do colégio. Os meninos órfãos, fardados, brincavam de gangorra, os corpos equilibrados sumindo lentamente na noite. Ele abriu uma gaveta e entregou a Zana o boletim de notas e uma cópia da ata de expulsão de Omar. Mostrou-lhe o boletim médico sobre o estado de saúde do padre Bolislau, o professor de matemática. Entendia a indignação de uma mãe ferida, entendia o ímpeto e a imprudência de alguns jovens, mas dessa vez tinha sido inevitável. A única expulsão nos últimos dez anos. Então o irmão diretor perguntou pelo outro, o Yaqub. Continuaria no colégio?

Ela gaguejou, confusa; seus olhos encontraram a gangorra agora vazia. O vão da janela escurecia, trazendo a noite para o interior da sala. Pensava no pendor matemático do filho. O pastor, o rapaz rústico, o mágico dos números que prometia ser o cérebro da família. Adiou a resposta e se levantou de supetão, meio amarga, meio esperançosa, dizendo a Domingas uma frase que no futuro repetiria tal uma prece: A esperança e a amargura... são parecidas.

Na velhice que poderia ter sido menos melancólica, ela repetiu isso várias vezes a Domingas, sua escrava fiel, e a mim, sem me olhar, sem se importar com a minha presença. Na verdade, para Zana eu só existia como rastro dos filhos dela.

O Caçula, expulso pelos padres, só encontrou abrigo numa escola de Manaus onde eu estudaria anos depois. O nome do colégio era pomposo — Liceu Rui Barbosa, o Águia de Haia —, mas o apelido era bem menos edificante: Galinheiro dos Vândalos.

Hoje, penso que o apelido era inadequado e um tanto quanto preconceituoso. No Liceu, que não era totalmente desprezível, reinava a liberdade de gestos ousados, a liberdade que faz estremecer convenções e normas. A escória de Manaus o frequentava, e eu me deixei arrastar pela torrente dos insensatos. Ninguém ali era "très raisonnable", como dizia o mestre de francês, ele mesmo um excêntrico, um dândi deslocado na província, recitador de simbolistas, palhaço da sua própria excentricidade. Não ensinava a gramática, apenas recitava, barítono, as iluminações e as verdes neves de seu adorado simbolista francês. Quem entendia essas imagens fulgurantes? Todos eram atraídos pelo encanto da voz, e alguém, num átimo, apreendia algo, sentia uma fulguração, desnorteava-se. Depois da "aula", na calçada do Café Mocambo, ele fazia loas a Diana, a deusa de bronze, beleza esbelta da praça das Acácias. Os elogios passavam da deusa a uma moça fardada, toda ela índia, acobreada, assanhada de desejo; e os dois, juntos, escapuliam do Mocambo e sumiam na noite da cidade sem luz.

Foi esse mestre, Antenor Laval, o primeiro a saudar o recém-chegado expulso do colégio dos padres. Ele, o Laval, regozijado, quis saber a causa da expulsão sumária. O Caçula não escondia de ninguém a versão verdadeira: o ato mais insubordinado, mais infame da história da catequese dos salesianos na Amazônia, dizia ele. Contava a história para todo mundo. Contou-a diante dos alunos do Galinheiro dos Vândalos, em voz alta, rindo ao dizer que o padre polonês que o humilhou só podia tomar sopa, nunca mais ia mastigar comida. Tinha acontecido na aula desse professor de matemática, o Bolislau, gigante de tez vermelha, carnadura atlética, sempre de batina preta, sebenta de tanto suor. Os olhos dele, de castigador que procura cobaia, focaram o Caçula. Bolislau fez a pergunta dificílima, e, em resposta ao silêncio do aluno, zombou. O Caçula se levantou, caminhou para o quadro-negro, parou cabisbaixo diante do gigante Bolislau, deu-lhe um soco no queixo e um chute no saco: um petardo tão violento que o pobre Bolislau se agachou, muito corcunda, e rodopiou como um pião bambo. Não gritou: grunhiu. E na lividez do rosto os olhos claros saltaram, molhados. Houve um tumulto na sala, risos nervosos e risos de prazer, antes do silêncio, antes da chegada do irmão diretor escoltado pela matilha de bedéis.

O Caçula não esquecera a humilhação de um antigo castigo: ajoelhado ao pé de uma castanheira, desde o meio-dia até enxergar a primeira estrela no céu. Ele fora caçoado pelos internos que cercavam a árvore, gritavam: "E se chover, hein, valentão? E se cair um ouriço na tua cachola?". Insultos de todos os lados, enquanto a figura do Bolislau avultava na visão do castigado, deformada, odiada. Não choveu, mas no céu meio embaçado o primeiro brilho demorou a aparecer. Por isso o Caçula, ainda excitado com a vingança, dissera à mãe: "O Bolislau parrudão viu todas as estrelas do céu, mama. E nem tinha céu. Não é um milagre? Ver uma constelação sem céu?".

Ah, dessa vez Omar tinha ido longe demais. O episódio abalara o orgulho da mãe; o orgulho, não a fé. Ela considerou injusta a expulsão do filho, mas Deus quis assim; afinal, até um ministro de Deus é vulnerável. "Esse Bolislau errou", murmurava. "Meu filho só quis provar que é homem... que mal há nisso?"

Ela não queria ver no homem o agressor. No Galinheiro dos Vândalos não havia nenhuma exigência; os mestres não faziam chamada; uma reprovação era uma façanha para poucos. Uma calça verde (um verde qualquer) e uma camisa branca compunham a farda. A escória do Galinheiro queria caçar um diploma, um pedaço de papel timbrado e assinado, com uma tarja verde-amarela no canto superior.

Eu ia conseguir isso: o diploma do Galinheiro dos Vândalos, minha alforria. Sem que eu soubesse, Halim arrumava no meu quarto os manuais que o Caçula desprezava e os muitos livros que Yaqub deixou ao viajar para São Paulo, em janeiro de 1950.

A partida de Yaqub foi providencial para mim. Além dos livros usados, ele deixou roupas velhas que anos depois me serviriam: três calças, várias camisetas, duas camisas de gola puída, dois pares de sapato molambentos. Quando ele viajou para São Paulo, eu tinha uns quatro anos de idade, mas a roupa dele me esperou crescer e foi se ajustando ao meu corpo; as calças, frouxas, pareciam sacos; e os sapatos, que mais tarde ficaram um pouco apertados, entravam meio na marra nos pés: em parte por teimosia, e muito por necessidade. O corpo é flexível. Inflexível foi o próprio Yaqub, que enfrentou a resistência da mãe quando informou, no Natal de 1949, que ia embora de Manaus. Disse isso à queima-roupa, como quem transforma em ato uma ideia ruminada até a exaustão. Ninguém desconfiava de seus planos; ele era evasivo nas respostas, esquivo até nas miudezas do cotidiano, indiferente às diabruras do irmão, que soltava as rédeas no Galinheiro dos Vândalos.

Yaqub quase nada revelava sobre sua vida no sul do Líbano. Rânia, impaciente com o silêncio do irmão, com o pedaço de passado soterrado, espicaçava-o com perguntas. Ele disfarçava. Ou dizia, lacônico: “Eu cuidava do rebanho. Eu, o responsável pelo rebanho. Só isso”. Quando Rânia insistia, ele se tornava áspero, quase intratável, contrariando a candura de gestos e a altivez e aderindo talvez à rudeza que cultivara na aldeia. No entanto, havia acontecido alguma coisa naquele tempo de pastor. Talvez Halim soubesse, mas ninguém, nem mesmo Zana, arrancou do filho esse segredo. Não, de Yaqub não saía nada. Ele se retraía, encasulava-se no momento certo. Às vezes, ao sair do casulo, surpreendia.

Numa manhã de agosto de 1949, dia do aniversário dos gêmeos, o Caçula pediu dinheiro e uma bicicleta nova. Halim deu a bicicleta, sabendo que a esposa, às escondidas, enchia de moedas os bolsos do filho.

Yaqub recusou o dinheiro e a bicicleta. Pediu uma farda de gala para desfilar no dia da Independência. Era o seu último ano no colégio dos padres e agora ia desfilar como espadachim. Já era garboso à paisana, imagine de farda branca com botões dourados, a ombreira enfeitada de estrelas, o cinturão de couro com fecho prateado, a polaina, a luva branca, a espada reluzente que ele empunhou diante do espelho da sala. A mãe, com o olhar maravilhado, não sabia se mirava o filho ou a imagem dele. Talvez tivesse olhos para mirar os dois, ou os três, pois do alpendre o Caçula espiava a cena sentado na bicicleta, a cara meio alesada com um sorriso esquisito, vá saber se de despeito ou irrisão. Ele ignorou o desfile e a Independência. O pai preferiu aproveitar em casa a quietude do feriado. Insistiu para que Zana ficasse com ele, deixasse o filho desfilar e marchar à vontade, mas ela queria a emoção de ver Yaqub fardado no centro da avenida Eduardo Ribeiro.

As mulheres da casa se assanharam para admirar o espadachim. Madrugaram na avenida para conseguir um lugar próximo à passagem das bandas e pelotões. Levaram chapéu de palha, suco de abacaxi e uma sacola cheia de tucumãs. Esperaram três horas sob o sol forte de setembro. Viram o desfile do Batalhão de Caçadores do Exército, com seus blindados, bazucas e baionetas e sua coreografia de onças-pintadas que esturravam sob o sol a pino. Logo depois, o alto-falante anunciou o desfile do colégio dos padres. Ouviram o rufar dos tambores e a harmonia dos metais num crescendo impressionante; a banda, ainda invisível, emitia sons cada vez mais graves, estrondos cadenciados ecoando no centro de Manaus. A multidão voltou-se para o topo da avenida. Zana foi a primeira a divisar uma figura de branco, ostentando uma lâmina reluzente. A figura avançou, devagar; os passos ritmados pela cadência dividiam a avenida. O espadachim marchava à frente da banda e dos oito pelotões, sozinho, recebendo aplausos e assobios. Jogavam-lhe açucenas-brancas e flores do mato, que ele pisava sem pena, concentrado na cadência da marcha, sem dar bola aos beijos e gracejos que vinham da mulherada, sem nem mesmo piscar para Rânia. Ele não olhou para ninguém: desfilou com um ar de filho único que não era. Yaqub, que pouco falava, deixou a aparência falar por ele. A aparência e a imprensa: no dia seguinte um jornal publicou a fotografia dele, com dois dedos de elogios.

Durante meses Zana mostrou aos vizinhos o parágrafo a respeito do belo espadachim que ela havia parido. A espada cintilava na fotografia do jornal, mas o tempo tratou de esmaecer o brilho metálico; no entanto, ficou a imagem da arma com sua forma pontiaguda. As palavras elogiosas ao filho bem que poderiam ter sumido, porque a mãe já as havia memorizado.

Yaqub vinha ruminando a mudança para São Paulo. Foi o padre Bolislau quem o aconselhou a partir. "Vá embora de Manaus", dissera o professor de matemática. "Se ficares aqui, serás derrotado pela província e devorado pelo teu irmão."

Um bom mestre, um exímio pregador, o Bolislau. A mãe se desnorteou com a notícia da viagem de Yaqub. O pai, ao contrário, estimulou o filho a ir morar em São Paulo, e ainda lhe prometeu uma parca mesada. Halim havia melhorado de vida nos anos do pós-guerra. Vendia de tudo um pouco aos moradores dos Educandos, um dos bairros mais populosos de Manaus, que crescera muito com a chegada dos soldados da borracha, vindos dos rios mais distantes da Amazônia. Com o fim da guerra, migraram para Manaus, onde ergueram palafitas à beira dos igarapés, nos barrancos e nos clarões da cidade. Manaus cresceu assim: no tumulto de quem chega primeiro. Desse tumulto participava Halim, que vendia coisas antes de qualquer um. Vendia sem prosperar muito, mas atento à ameaça da decadência, que um dia ele me garantiu ser um abismo. Não caiu nesse abismo, nem exigiu de si grandes feitos. O abismo mais temível estava em casa, e este Halim não pôde evitar.

O desfile com farda de gala fora a despedida de Yaqub: um pequeno espetáculo para a família e a cidade. No colégio dos padres prestaram-lhe uma homenagem. Ganhou duas medalhas e dez minutos de elogios, e ainda foi louvado por latinistas e matemáticos. Os religiosos sabiam que o ex-aluno tinha futuro; naquela época, Yaqub e o Brasil inteiro pareciam ter um futuro promissor. Quem não brilhou foi o outro, o Caçula, este, sim, um ser opaco para padres e leigos, um lunático, alheio, inebriado com a atmosfera libertina do Galinheiro dos Vândalos e da cidade.

Omar faltou ao jantar de despedida do irmão. Chegou de madrugada, no fim da festa, quando só os da família, exaustos, se despediam da última noite com Yaqub. Halim estava orgulhoso: o filho ia morar sozinho no outro lado do país, mas ia precisar de dinheiro, não podia viajar assim... Por um momento a voz de Yaqub ressoou na casa, uma voz já de homem, cheia de decisão, dizendo "Não, baba, não vou precisar de nada... Dessa vez quem quis ir embora fui eu". Halim abraçou o filho, chorou como havia chorado na manhã em que Yaqub partira para o Líbano. Zana ainda insistiu: que lhe mandaria uma mesada, que ele não ia ter tempo para trabalhar. "Teus estudos...", acrescentou. "Nem um centavo", ele disse olhando para a mãe. Então escutaram um ruído: Omar largara a bicicleta no quintal e armava a rede vermelha. Não estava embriagado, demorou a pegar no sono e acordou várias vezes com o sol que lhe esquentava a cabeça, irritava-o a ponto de esmurrar o chão e a parede. Ele foi esquecido, por uma vez Omar dormira sem a proteção das duas mulheres. Só se levantou depois do almoço, e não quis a comida fria. Estava atento aos movimentos da mãe, que só tinha olhos para o viajante. Halim ainda estava no quarto, Domingas arrumava na mala pacotes de farinha e mantas de pirarucu seco. O Caçula não moveu uma palha: continuou sentado à mesa, quieto diante do prato intocado, o olhar desviando furtivamente para o rosto do irmão. Sofria com a decisão de Yaqub. Ele, o Caçula, ia permanecer ali, ia reinar em casa, nas ruas, na cidade, mas o outro tivera a coragem de partir. O destemido, o indômito na infância, estava murcho, ferido. "Ele queria sair da sala, mas não conseguia", disse-me Domingas. Não queria ver o irmão altivo, sereno, ouvindo a mãe pedir a Yaqub que lhe escrevesse uma carta por semana, nem pensasse em deixá-la sem notícias, preocupada aqui neste fim de mundo. Rânia rondava o viajante, e ajoelhava-se para murmurar palavras que só ele escutava. Domingas não tirava os olhos dele, e anos depois ela me contou que estava nervosa com a viagem de Yaqub. Nem Zana podia impedi-lo de partir.

As mãos agitadas de Domingas tiravam roupa da mala, tentavam encontrar um lugar para o peixe seco e a farinha. Zana vigiava essa arrumação complicada, ia interferir quando a campainha tocou com insistência e Omar se adiantou, correu para a porta da entrada e todos ouviram palavras atropeladas.

"Quem é, Omar?", perguntou a mãe, e logo depois um bate-boca, e o estalo da porta que se fecha e mais uma vez o som da campainha.

"Por onde o Omar se meteu?", perguntou Zana. "Domingas, vai lá ver o que está acontecendo."

Domingas fechou a mala e foi apressada até a porta. Depois a voz dela, alta, num tom petulante:

"Ele vai viajar daqui a pouquinho."

Estalos de salto alto ecoaram no corredor. Zana lançou um olhar perplexo e depois desdenhoso para a mulher que entrava na sala procurando Yaqub com os olhos. Ninguém ouvira falar dela desde aquela tarde em que o Caçula rasgara o rosto do irmão no porão da casa dos Reinoso. Zana atribuía a cicatriz no rosto de Yaqub ao demônio da sedução daquela meninona aloirada. Mesmo quando o filho estava no Líbano, ela dizia a Domingas: "Não entendo como a tal grandalhona pôde enfeitiçar meu filho". Às vezes refazia a frase e dizia: "Não entendo como o meu Yaqub se deixou enfeitiçar por aquela osga".

"Parecia a mesma meninona, só que naquela visita a Lívia mostrava uma parte dos peitos e das coxas", disse-me Domingas.

O resto do corpo de Lívia foi esquadrinhado pelos olhos arregalados de Zana, que lhe perguntou com uma voz maliciosa: "A querida veio se despedir do meu galã?".

Lívia se afastou e saiu da sala, atraindo Yaqub para o quintal. Sussurraram com muitos risinhos e logo sumiram no matagal dos fundos. Demoraram o tempo da sobremesa, do café espesso e da sesta. Zana, inquieta, fez um sinal a Domingas, que os encontrou perto da cerca. Estavam espichados no mato, e Yaqub acariciava o ventre e os seios da mulher, adiando a despedida. Domingas ficou calada, ofegante; agachou-se, balançou as folhas e torceu com raiva os galhos da fruta-pão. Observou a cena, boquiaberta, e se retirou com a boca seca, com sede daquela água.

Lívia não apareceu, deve ter saído pela ruela dos fundos. Depois Yaqub entrou sozinho na sala, o pescoço com arranhões e marcas de mordidas, a expressão ainda incendiada.

Viajou assim mesmo: a roupa amarrotada, o rosto úmido, o cabelo aninhando talos, folhinhas e fios de cabelo amarelados. Viajou calado, deixando a casa que ele ocupara com parcimônia e discrição. Era pouco mais que uma sombra habitando um lugar. Deixou na casa a lembrança forte de duas cenas ousadas: o desfile com farda de gala e o encontro com a mulher que ele amava.

Omar, mordido de ciúme, não tocou no nome do irmão. E a mãe, pura ânsia, dizia que filho que parte pela segunda vez não volta mais a casa. O pai concordava, sem ânsia. Sonhava com um futuro glorioso para Yaqub, e isso era mais importante que a volta do filho, mais forte que a separação. Os olhos acinzentados de Halim se acendiam quando dizia isso.

Eu vi esses olhos muitas vezes, não tão acesos, mas tampouco baços. Apenas cansados do presente, sem acenar para o futuro, qualquer futuro.

2

Por volta de 1914, Galib inaugurou o restaurante Biblos no térreo da casa. O almoço era servido às onze, comida simples, mas com sabor raro. Ele mesmo, o viúvo Galib, cozinhava, ajudava a servir e cultivava a horta, cobrindo-a com um véu de tule para evitar o sol abrasador. No Mercado Municipal, escolhia uma pescada, um tucunaré ou um matrinxã, recheava-o com farofa e azeitonas, assava-o no forno de lenha e servia-o com molho de gergelim. Entrava na sala do restaurante com a bandeja equilibrada na palma da mão esquerda; a outra mão enlaçava a cintura de sua filha Zana. Iam de mesa em mesa e Zana oferecia guaraná, água gasosa, vinho. O pai conversava em português com os clientes do restaurante: mascates, comandantes de embarcação, regatões, trabalhadores do Manaus Harbour. Desde a inauguração, o Biblos foi um ponto de encontro de imigrantes libaneses, sírios e judeus marroquinos que moravam na praça Nossa Senhora dos Remédios e nos quarteirões que a rodeavam. Falavam português misturado com árabe, francês e espanhol, e dessa algaravia surgiam histórias que se cruzavam, vidas em trânsito, um vaivém de vozes que contavam um pouco de tudo: um naufrágio, a febre negra num povoado do rio Purus, uma trapaça, um incesto, lembranças remotas e o mais recente: uma dor ainda viva, uma paixão ainda acesa, a perda coberta de luto, a esperança de que os caloteiros saldassem as dívidas. Comiam, bebiam, fumavam, e as vozes prolongavam o ritual, adiando a sesta.

Quem indicou o restaurante ao jovem Halim foi um amigo que se dizia poeta, um certo Abbas, que tinha morado no Acre e agora vivia navegando no Amazonas, entre Manaus, Santarém e Belém. Halim passou a frequentar o Biblos aos sábados, depois ia todas as manhãs, beliscava uma posta de peixe, uma berinjela recheada, um pedaço de macaxeira frita; tirava do bolso a garrafinha de arak, bebia e se fartava de tanto olhar para Zana. Passou meses assim: sozinho num canto da sala, agitado ao ver a filha de Galib, acompanhando com o olhar os passos da gazela. Contemplava-a, o rosto ansioso, à espera de um milagre que não acontecia. Ia pescar nos lagos e trazia tucunarés e postas de surubim para Galib. O dono do Biblos lhe agradecia, não cobrava o almoço, e Halim se entusiasmava com essa intimidade que ainda não bastava para aproximá-lo de Zana.

Um dia, Abbas viu o amigo na loja Rouaix, perto do Restaurante Avenida, no centro de Manaus. Halim queria comprar um chapéu de mulher, francês, que Marie Rouaix lhe venderia a prestação. Abbas se antecipou a madame Rouaix, cutucou o amigo, saíram da loja e foram ao Café Polar, perto do Teatro Amazonas. Conversaram. Halim desabafou, e Abbas sugeriu que desse a Zana um gazal, não um chapéu.

"Sai mais barato", disse o poeta, "e certas palavras não saem da moda."

Abbas escreveu em árabe um gazal com quinze dísticos, que ele mesmo traduziu para o português. Halim leu e releu os versos rimados: lua com nua, amêndoa com tenda, amada com almofada. Pôs as folhas de papel num envelope e no dia seguinte fingiu esquecê-lo na mesa do restaurante. Passou uma semana sem dar as caras no Biblos, e quando reapareceu no restaurante, Galib lhe devolveu o envelope:

"Esqueceu na mesa, por pouco não jogamos fora. Estava pescando?"

Ele não respondeu; abriu o envelope e passou a ler em voz baixa os gazais de Abbas. Galib ouvia com atenção, mas o burburinho dos clientes abafava a voz de Halim. Zana não andava por ali, e ele parou de ler antes do fim, já decepcionado.

"Lindos poemas", elogiou Galib. "Uma mulher sentiria essas palavras na carne."

Palavras na carne, repetiu Halim, enquanto saía do Biblos. Ele relia os gazais de Abbas no intervalo do trabalho. Às seis da manhã já estava vendendo seus badulaques nas ruas e praças de Manaus, nas estações e mesmo dentro dos bondes; só parava de mascatear por volta das oito da noite; depois passava no Café Polar, antes de voltar para o quarto da Pensão do Oriente.

Na madrugada de uma sexta-feira encontrou Cid Tannus, um cortejador das últimas polacas e francesas que ainda moravam na cidade decadente. Beberam o vinho que Tannus comprara de marinheiros franceses e italianos. Depois chegou Abbas, ainda sóbrio, mas animado com outras encomendas de gazais. Bateu nas costas de Halim: "E então, paisano? Que cara é essa?". Abbas, diante da ameaça de um fracasso, cochichou no ouvido do amigo: "Os gazais são convincentes, a paciência é poderosa, mas o coração de um tímido não conquista ninguém". Pediu duas garrafas de vinho, entregou-as a Halim e disse: "Amanhã, sábado, dois litros de vinho e... felicidades, paisano!".

Enfim, Halim decidiu agir, cheio da coragem exacerbada pelo vinho. Ele se exaltava quando, nas nossas conversas, me contava os detalhes da conquista amorosa. "Ah... a ânsia e o transe que tomaram conta de mim naquela manhã", disse-me.

As rimas de Abbas: louco com afoito. O que mais queria Zana? Então, na manhã daquele sábado, Halim entrou cambaleando no Biblos. Os olhos dele fisgaram a moça no meio da sala. O viúvo Galib notou o fogo no visitante. Ficou paralisado, o peixe de boca aberta e olhos saltados na bandeja equilibrada na mão esquerda. Talheres silenciaram, rostos viraram-se para Halim. As pás do ventilador, o único zunido no mormaço da sala. Ele deu três passos na direção de Zana, aprumou o corpo e começou a declamar os gazais, um por um, a voz firme, grave e melodiosa, as mãos em gestos de enlevo. Não parou, não pôde parar de declamar, a timidez vencida pela torrente da paixão, pelo ardor que irrompe subitamente. Zana, a moça de quinze anos, ficou estonteada, buscou refúgio junto ao pai. O zunido do ventilador foi abafado por murmúrios; alguém riu, muitos riram, mas as gaitadas não alteraram a expressão do rosto de Halim. Tinha o olhar concentrado em Zana, e os poros todos da pele expeliam o vinho da felicidade. Tímido, mas corajoso num rompante, nem ele mesmo soube como atravessou a sala e segurou o braço de Zana, cochichou-lhe alguma coisa e se afastou, de frente para ela, encarando-a com o olhar devorador, dócil e cheio de promessas. Permaneceu assim até que as risadas cessaram, e um silêncio solene deu mais força e sentido ao olhar de Halim. Ninguém o molestou, nenhuma voz surgiu naquele momento. Então ele se retirou do Biblos. E dois meses depois voltou como esposo de Zana.

Os gazais de Abbas na boca do Halim! Parecia um sufi em êxtase quando me recitava cada par de versos rimados. Contemplava a folhagem verde e umedecida, e falava com força, a voz vindo de dentro, pronunciando cada sílaba daquela poesia, celebrando um instante do passado. Eu não compreendia os versos quando ele falava em árabe, mas ainda assim me emocionava: os sons eram fortes e as palavras vibravam com a entonação da voz. Eu gostava de ouvir as histórias. Hoje, a voz me chega aos ouvidos como sons da memória ardente. Às vezes ele se distraía e falava em árabe. Eu sorria, fazendo-lhe um gesto de incompreensão: "É bonito, mas não sei o que o senhor está dizendo". Ele dava um tapinha na testa, murmurava: "É a velhice, a gente não escolhe a língua na velhice. Mas tu podes aprender umas palavrinhas, querido".

A intimidade com os filhos, isso o Halim nunca teve. Uma parte de sua história, a valentia de uma vida, nada disso ele contou aos gêmeos. Ele me fazia revelações em dias esparsos, aos pedaços, "como retalhos de um tecido". Ouvi esses "retalhos", e o tecido, que era vistoso e forte, foi se desfibrando até esgarçar.

Ele padeceu. Ele e muitos imigrantes que chegaram com a roupa do corpo. Mas acreditava, bêbado de idealismo, no amor excessivo, extático, com suas metáforas lunares. Um romântico tardio, um tanto deslocado ou anacrônico, alheio às aparências poderosas que o ouro e o roubo propiciam. Talvez pudesse ter sido poeta, um flâneur da província; não passou de um modesto negociante possuído de fervor passional. Assim viveu, assim o encontrei tantas vezes, pitando o bico do narguilé, pronto para revelar passagens de sua vida que nunca contaria aos filhos.

Logo todos na cidade souberam: Halim se embeiçara por Zana. As cristãs maronitas de Manaus, velhas e moças, não aceitavam a ideia de ver Zana casar-se com um muçulmano. Ficavam de vigília na calçada do Biblos, encomendavam novenas para que ela não se casasse com Halim. Diziam a Deus e o mundo fuxicos assim: que ele era um mascate, um teque-teque qualquer, um rude, um maometano das montanhas do sul do Líbano que se vestia como um pé-rapado e matraqueava nas ruas e praças de Manaus. Galib reagiu, enxotou as beatas: que deixassem sua filha em paz, aquela ladainha prejudicava o movimento do Biblos. Zana se recolheu ao quarto. Os clientes queriam vê-la, e o assunto do almoço era só este: a reclusão da moça, o amor louco do "maometano". Inventaram que Halim havia oferecido um dote ao viúvo, e outras lorotas, mais maldosas, vozes de todos os cantos ricocheteando aqui e ali. Praga de palavras: cada um inventa duas e todos acreditam.

"Ah, essas paixões na província", ria Halim. "É como estar no palco de um teatro, ouvindo a plateia vaiar dois atores, os dois amantes. E quanto mais vaiavam, mais eu perfumava o lençol da primeira noite."

Zana não escutava vaias nem conselhos; escutava sua própria voz recitar os gazais de Abbas. Assim, duas semanas, indecisa: nem sim nem não. Ela era a pérola do pai, que lhe levava as refeições, contava-lhe as novidades do dia, as histórias dos clientes, um recente assassinato que abalara a cidade. Ele não tocava no assunto do Halim, e ela, com o olhar, pedia para decidir sozinha.

Tempos depois, entendi por que Zana deixava Halim falar sobre qualquer assunto. Ela esperava, a cabeça meio inclinada, o rosto sereno, e então falava, dona de si, uma só vez, palavras em cascata, com a confiança de uma cartomante. Foi assim desde os quinze anos. Era possuída por uma teimosia silenciosa, matutada, uma insistência em fogo brando; depois, armada por uma convicção poderosa, golpeava ferinamente e decidia tudo, deixando o outro estatelado. Assim fez. Solitária, reclusa entre quatro paredes, extasiada com os gazais de Abbas, Zana foi falar com o pai. Já havia decidido casar-se com Halim, mas tinham de morar em casa, nesta casa, e dormir no quarto dela. Fez a exigência ao Halim na frente do pai. E fez outra: tinham de casar diante do altar de Nossa Senhora do Líbano, com a presença das maronitas e católicas de Manaus.

Galib convidou alguns amigos do porto da Catraia, das escadarias dos Remédios, pescadores e peixeiros que abasteciam o Biblos, e também compadres dos lagos da ilha do Careiro e do paraná do Cambixe. Uma mistura de gente, de línguas, de origens, trajes e aparências. Juntaram-se na igreja Nossa Senhora dos Remédios e juntos ouviram a homilia do padre Zoraier. Já era noitinha quando apareceram Abbas e Cid Tannus, acompanhados por duas cantoras de um cabaré da praça Pedro II. Não entraram na igreja, mas foram fotografados ao lado dos noivos e participaram do jantar no Biblos, que acabou numa festança embalada pela voz rouca de uma das cantoras e pelas caixas de vinho francês ofertadas por Tannus.

Halim me mostrou o álbum do casamento, de onde tirou uma fotografia que apreciava: ele, elegante, beijando a moça morena, ambos cercados por orquídeas brancas: o beijo tão esperado, sem nenhum pudor, nenhuma reverência às ratas de igreja e ao Zoraier: os lábios de Halim colados nos de Zana, que, assustada, os olhos abertos, não esperava um beijo tão voraz no altar. "Foi um beijo guloso e vingativo", disse-me Halim. "Calei aquelas matracas, e todos os gazais do Abbas estavam naquele beijo."

Então era isso, assim: ela, Zana, mandava e desmandava na casa, na empregada, nos filhos. Ele, paciência só, um Jó apaixonado e ardente, aceitava, engolia cobras e lagartos, sempre fazendo as vontades dela, e, mesmo na velhice, mimando-a, "tocando o alaúde só para ela", como costumava dizer.

Mas era um demônio na cama e na rede. Ele me contou cenas de amor com a maior naturalidade, a voz pastosa, pausada, a expressão libidinosa no rosto estriado, molhado de suor, molhado pela lembrança das noites, tardes e manhãs em que os dois se enrolavam na rede, o leito preferido do amor, ali onde os poderes de Zana se desmanchavam em melopeia de gozo e riso.

"Algaravias do desejo", repetia Halim, citando as palavras de Abbas. Ele abanava o tabaco do narguilé, a fumaça cobria-lhe o rosto e a cabeça e o sumiço momentâneo de suas feições era acompanhado de um silêncio: o intervalo necessário para recuperar a perda de uma voz ou imagem, essas passagens da vida devoradas pelo tempo. Aos poucos, a fala voltava: membranas do passado rompidas por súbitas imagens.

Não viajaram. Passaram três noites no Hotel América, esquivos do mundo, mergulhados na ardência da paixão. Depois Halim quis passar uma noite ao ar livre, nas cachoeiras do Tarumã, perto de Manaus. Quando voltaram ao Biblos, Zana sugeriu ao pai que viajasse para o Líbano, revisse os parentes, a terra, tudo. Era o que Galib queria ouvir. E partiu, a bordo do *Hildebrand*, um colosso de navio que tantos imigrantes trouxe para a Amazônia. Galib, o viúvo. Dele só restou uma fotografia, muito antiga, o rosto com ar bonachão em fundo azulado, imitando pintura; o bigode terminava em finas espirais, e o cabelo, uma juba grisalha, roçava a moldura dourada. Os olhos, graúdos, cresceram ainda mais no rosto da filha. A foto de Galib ficou pendurada na sala, para quem quisesse admirar.

Ele preparou e serviu o último almoço: a festa de um homem que regressa à pátria. Já sonhava com o Mediterrâneo, com o país do mar e das montanhas. Sonhava com os Cedros, seu lugar. Para lá voltou, reencontrou partes dispersas do clã, os que permaneceram, os que renunciaram a aventurar-se em busca de um outro lar. Zana recebeu duas cartas do pai: que estava morando em Biblos, na mesma casa em que ela, Zana, havia nascido. Ele festejava a volta cozinhando acepipes amazônicos: o pirarucu seco com farofa, tortas de castanha, coisas que levara do Amazonas. Duas cartas, depois nada. Em Biblos, dormindo na casa perto do mar, ele morreu. Mas a notícia tardou a chegar, e, quando Zana soube, se trancou no quarto do pai, como se ele ainda estivesse por ali. Depois balbuciou para o esposo: "Agora sou órfã de pai e mãe. Quero filhos, pelo menos três".

"Chorava que nem uma viúva", disse-me Halim. "Se esfregava nas roupas do pai, cheirava tudo o que tinha pertencido ao

Galib. Ela se agarrou às coisas, e eu tentava dizer que as coisas não têm alma nem carne. As coisas são vazias... mas ela não me ouvia."

Halim tragou, expeliu fumaça pelas narinas, tossiu ruidosamente. De novo, silenciou, e dessa vez eu não soube se era esquecimento ou pausa para meditar. Ele era assim: não tinha pressa para nada, nem para falar. Devia amar sem ânsia, aos bocadinhos, como quem sabe saborear uma delícia.

Como poderia enriquecer? Nunca poupou um vintém, esbanjava na comida, nos presentes para Zana, nas vontades dos filhos. Convidava os amigos para partidas de gamão, o *taule*, e era uma festa, noitadas de grande demora, cheias de comilanças.

"Voltar para a terra natal e morrer", suspirou Halim. "Melhor permanecer, ficar quieto no canto onde escolhemos viver."

Duas semanas trancada no quarto, duas semanas sem dormir com o Halim. Gritava o nome do pai, atordoada, fora de si, inacessível. Os vizinhos escutavam, tentavam consolá-la, em vão.

"O oceano, a travessia... Como tudo era tão distante!", lamentou Halim. "Quando alguém morria no outro lado do mundo, era como se desaparecesse numa guerra, num naufrágio. Nossos olhos não contemplavam o morto, não havia nenhum ritual. Nada. Só um telegrama, uma carta... A minha maior falha foi ter mandado o Yaqub sozinho para a aldeia dos meus parentes", disse com uma voz sussurrante. "Mas Zana quis assim... ela decidiu."

3

Uma carta de Yaqub, pontual, chegava de São Paulo no fim de cada mês. Zana fazia da leitura um ritual, lia como quem lê um salmo ou uma surata; a dicção, emocionada, alternava com uma pausa, como se quisesse escutar a voz do filho distante. Domingas se lembrava dessas sessões de leituras. Eram tristes só em termos, porque Halim convidava os vizinhos e a leitura era pretexto para um jantar festivo. Domingas percebia essa artimanha de Halim. Sem festa, Zana ficaria deprimida, pensando no frio que o filho sentia, na babugem que devia estar engolindo, coitadinho, na solidão das noites num quarto úmido da Pensão Veneza, no centro de São Paulo. Com poucas palavras, Yaqub pintava o ritmo de sua vida paulistana. A solidão e o frio não o incomodavam; comentava os estudos, a perturbação da metrópole, a seriedade e a devoção das pessoas ao trabalho. De vez em quando, ao atravessar a praça da República, parava para contemplar a imensa seringueira. Gostou de ver a árvore amazônica no centro de São Paulo, mas nunca mais a mencionou.

As cartas iam revelando um fascínio por uma vida nova, o ritmo dos desgarrados da família que vivem só. Agora não morava numa aldeia, mas numa metrópole.

"Meu filho paulista", brincava Zana, orgulhosa e preocupada ao mesmo tempo. Temia que Yaqub nunca mais voltasse. Aos poucos, esse desgarrado foi apurando sua capacidade de abstração. No sexto mês de vida paulistana começou a lecionar matemática. Abreviou as cartas, dois ou três parágrafos curtos, ou apenas um: mero sinal de vida e uma notícia que justificava a carta. Assim, sem alarde, quase em surdina, o jovem professor Yaqub noticiou seu ingresso na Universidade de São Paulo. Não ia ser matemático, ia ser engenheiro. Um politécnico, calculista de estruturas. Zana não entendeu direito o significado da futura profissão do filho, mas engenheiro já bastava, e era muito. Um doutor. Os pais mandaram-lhe dinheiro e um telegrama; ele agradeceu as belas palavras e devolveu o dinheiro. Entenderam que o filho nunca mais precisaria de um vintém. Mesmo se precisasse, não lhes pediria.

As cartas rareavam e as notícias de São Paulo pareciam sinais de um outro mundo. O pouco que ele revelava não justificava o barulho que se fazia em casa. Um bilhete com palavras vagas podia originar um festejo. Zana aderiu à comemoração, que no início era mensal e depois foi rareando, de modo que as poucas linhas enviadas por Yaqub passavam por Manaus como um cometa de brilho pálido. Os acenos intermitentes da metrópole: o dia a dia na Pensão Veneza, os cinemas da São João, os passeios de bonde, o burburinho do viaduto do Chá e os sisudos mestres engravatados, venerados por Yaqub. Na primeira foto que enviou, trajava paletó e gravata e tinha o ar posudo que lembrava o espadachim no desfile da Independência.

"Como está diferente daquele montanhês que vi no Rio", comentou Halim, mirando a imagem do filho.

"O montanhês é o teu filho", disse Zana. "O meu é outro, é esse futuro doutor em frente do Teatro Municipal."

Um outro Yaqub, usando a máscara do que havia de mais moderno no outro lado do Brasil. Ele se sofisticava, preparando-se para dar o bote: minhoca que se quer serpente, algo assim. Conseguiu. Deslizou em silêncio sob a folhagem.

Por fora, era realmente outro. Por dentro, um mistério e tanto: um ser calado que nunca pensava em voz alta.

Cresci vendo as fotos de Yaqub e ouvindo a mãe dele ler suas cartas. Numa das fotos, posou com a farda do Exército; outra vez uma espada, só que agora a arma de dois gumes dava mais poder ao corpo do oficial da reserva. Durante anos, essa imagem do galã fardado me impressionou. Um oficial do Exército, e futuro engenheiro da Escola Politécnica...

Já Omar era presente demais: seu corpo estava ali, dormindo no alpendre. O corpo participava de um jogo entre a inércia da ressaca e a euforia da farra noturna. Durante a manhã, ele se esquecia do mundo, era um ser imóvel, embrulhado na rede. No começo da tarde, rugia, faminto, *bon vivant* em tempo de penúria. Era, na aparência, indiferente ao êxito do irmão. Não participava da leitura das cartas, ignorava o oficial da reserva e futuro politécnico. No entanto, mangava das fotografias expostas na sala. "Um lesão com pinta de importante", ele dizia, e com uma voz tão parecida com a do irmão que Domingas, assustada, procurava na sala um Yaqub de carne e osso. A mesma voz, a mesma inflexão. Na minha mente, a imagem de Yaqub era desenhada pelo corpo e pela voz de Omar. Neste habitavam os gêmeos, porque Omar sempre esteve por ali, expandindo sua presença na casa para apagar a existência de Yaqub. Quando Rânia beijava as fotos do irmão ausente, Omar fazia umas macacadas, se exibia, era um contorcionista tentando atrair a atenção da irmã. Mas a lembrança de Yaqub triunfava. As fotografias emitiam sinais fortes, poderosos de presença. Yaqub sabia disso? Sempre com a expressão altaneira, o cabelo penteado, o paletó impecável, as sobrancelhas grossas e arqueadas, e um sorriso sem vontade, difícil de compreender. O duelo entre os gêmeos era uma centelha que prometia explodir.

"Duelo? Melhor chamar de rivalidade, alguma coisa que não deu certo entre os gêmeos ou entre nós e eles", revelou-me Halim, mirando a seringueira centenária do quintal.

Os gêmeos não nasceram logo depois da morte de Galib. Halim queria gozar a vida com Zana, queria tudo, viver tudo com ela, só os dois, siderados pelo egoísmo da paixão. Ele exagerava a beleza dela e ria quando falava isso: que ela ficava mais linda assim, enlutada, viúva do pai.

Deitados na rede, conversavam sobre Galib, a infância de Zana em Biblos, interrompida aos seis anos, quando ela e o pai embarcaram para o Brasil. O pai a levava para banhar-se no Mediterrâneo, depois caminhavam juntos pelas aldeias, eles e um médico formado em Atenas, o único doutor de Biblos; visitavam amigos e conhecidos, cristãos intimidados e mesmo perseguidos pelos otomanos. Em cada casa visitada, o doutor atendia o enfermo e Galib preparava um prato de raro sabor. O homem que deixara a clientela do restaurante manauara com água na boca já era um exímio cozinheiro na sua Biblos natal. Cozinhava com o que havia nas casas de pedra de Jabal al Qaraqif, Jabal Haous e Jabal Laqlouq, montanhas onde a neve brilhava sob a intensidade do azul. A beleza misteriosa, bíblica, dos cedros milenares nas ondulações brancas, às vezes douradas pelo sol invernal — ela fazia uma pausa, e os olhos, úmidos, roçavam o rosto de Halim. E quando visitava uma casa à beira-mar, Galib levava seu peixe preferido, o sultan ibrahim, que temperava com uma mistura de ervas cujo segredo nunca revelou. No restaurante manauara ele preparava temperos fortes com a pimenta-de-caiena e a murupi, misturava-as com tucupi e jambu e regava o peixe com esse molho. Havia outros condimentos, hortelã e zatar, talvez.

"Ali naquele canto ele cultivava as ervas do Oriente", disse Halim, apontando um quadrado de capim, ao lado da seringueira.

Enlutada, Zana se esquivava das carícias do marido e voltava ao assunto, falando na imagem do pai, no rosto do pai, nos gestos do homem que a criara desde a morte de sua mãe. Passou um bom tempo sem tirar da boca o nome de Galib. Os sonhos que ela lhe contava: pai e filha abraçados à beira-mar, entrando na água que levou a mãe dela. Os dois, juntos no sonho, sempre perto do mar, contemplando o rochedo escuro como um navio encalhado, enferrujado. Relembrou o dia em que leu para o pai os gazais e disse, à queima-roupa, sem um triz de hesitação: "Vou me casar com esse Halim".

"Passei meses assim, rapaz", ele disse balançando a cabeça. "Quatro, cinco meses, nem sei mais. Pensei que ela não gostava mais de mim, pensei em levá-la a Biblos, desenterrar o Galib e dizer para ela: Fica com os ossos do teu pai, ou então vamos levar essa ossada para o Brasil, aí tu conversas com os restos dele até o fim da vida."

Não, não disse nada disso. Esperou: paciente, insistente na paciência. Então ela sugeriu que abrissem um pequeno comércio na rua dos Barés, entre o porto e a igreja. Ali o movimento era de multidão: um vaivém noite e dia. Fechariam o restaurante, porque todos aqueles clientes, com suas anedotas obscenas, histórias de naufrágio e seres encantados, lembravam-lhe o pai. Halim concordou. Concordava com tudo, desde que todos os assentimentos terminassem na rede ou na cama ou mesmo no tapete da sala.

Na época em que abriram a loja, uma freira, Irmãzinha de Jesus, ofereceu-lhes uma órfã, já batizada e alfabetizada. Domingas, uma beleza de cunhantã, cresceu nos fundos da casa, onde havia dois quartos, separados por árvores e palmeiras.

"Uma menina mirrada, que chegou com a cabeça cheia de piolhos e rezas cristãs", lembrou Halim. "Andava descalça e tomava bênção da gente. Parecia uma menina de boas maneiras e bom humor: nem melancólica, nem apresentada. Durante um tempinho, ela nos deu um trabalho danado, mas Zana gostou dela. As duas rezavam juntas as orações que uma aprendeu em Biblos e a outra no orfanato das freiras, aqui em Manaus." Halim sorriu ao comentar a aproximação da esposa com a índia. "O que a religião é capaz de fazer", ele disse. "Pode aproximar os opostos, o céu e a terra, a empregada e a patroa."

Um pequeno milagre, desses que servem para a família e as gerações vindouras, pensei. Domingas serviu; e só não serviu mais porque a vi morrer, quase tão mirrada como no dia em que chegou a casa, e, quem sabe, ao mundo. Ela se assustava com o estardalhaço que os patrões faziam na hora do amor, e se impressionava como Zana, tão devota, se entregava com tanta fúria a Halim.

"Parece que toda a tara do corpo deles aparece nessa hora", disse-me Domingas, numa tarde em que enxaguava no tanque os lençóis dos patrões.

Com o tempo, ela acabou por se acostumar com os dois corpos acasalados, escandalosos, que não tinham hora nem lugar para o encontro. Nas manhãs de domingo Zana resistia aos galanteios de Halim e corria para a igreja Nossa Senhora dos Remédios. Mas ao regressar a casa, com a alma pura e o gosto da hóstia no céu da boca, Halim a erguia na soleira da porta e subia a escada carregando-a no colo. E, enquanto subia, deixava as alpercatas e o roupão nos degraus, e mais os sapatos, as meias, as anáguas e o vestido dela, de modo que entravam quase nus na alcova aromada por orquídeas brancas.

"Por Deus, nunca pude levar a sério o comércio", disse ele, num tom de falso lamento. "Não tinha tempo nem cabeça para isso. Sei que fui displicente nos negócios, mas é que exagerava nas coisas do amor."

Não queria três filhos; aliás, se dependesse da vontade dele, não teria nenhum. Repetiu isso várias vezes, irritado, mordendo o bico do narguilé. Podiam viver sem chateação, sem preocupação, porque um casal enamorado, sem filhos, pode resistir à penúria e a todas as adversidades. No entanto, teve de ceder ao silêncio da esposa e ao tom imperativo da frase posterior ao silêncio. Ela sabia insistir, sem estardalhaço:

"Quer dizer que vamos passar a vida sozinhos neste casarão? Nós dois e essa indiazinha no quintal? Quanto egoísmo, Halim!"

"Um filho é um desmancha-prazer", dizia ele, sério.

"Três, querido. Três filhos, nem mais nem menos", ela insistia, manhosa, armando a rede no quarto, espalhando as almofadas no chão, como ele gostava.

"Vão mudar a nossa vida, vão desarmar a nossa rede...", lamentava Halim.

"Se meu pai estivesse vivo, não acreditaria nas tuas palavras."

Halim recuava quando ela mencionava o pai, e Zana percebia isso. Ela não desistiu: alternava o silêncio com a perseverança, se entregava a Halim com promessas de mulher apaixonada. Ele não notou a ambiguidade da atitude de Zana? Deixou-se levar pelas noites de amor em que não faltavam frases dóceis e que sempre terminavam com a felicidade promissora de povoar o casarão de filhos.

Yaqub e Omar nasceram dois anos depois da chegada de Domingas à casa. Halim se assustou ao ver os dois dedos da parteira anunciando gêmeos. Nasceram em casa, e Omar uns poucos minutos depois. O Caçula. O que adoeceu muito nos primeiros meses de vida. E também um pouco mais escuro e cabeludo que o outro. Cresceu cercado por um zelo excessivo, um mimo doentio da mãe, que via na compleição frágil do filho a morte iminente.

Zana não se despegava dele, e o outro ficava aos cuidados de Domingas, a cunhantã mirrada, meio escrava, meio ama, "louca para ser livre", como ela me disse certa vez, cansada, derrotada, entregue ao feitiço da família, não muito diferente das outras empregadas da vizinhança, alfabetizadas, educadas pelas religiosas das missões, mas todas vivendo nos fundos da casa, muito perto da cerca ou do muro, onde dormiam com seus sonhos de liberdade.

"Louca para ser livre." Palavras mortas. Ninguém se liberta só com palavras. Ela ficou aqui na casa, sonhando com uma liberdade sempre adiada. Um dia, eu lhe disse: Ao diabo com os sonhos: ou a gente age, ou a morte de repente nos cutuca, e não há sonho na morte. Todos os sonhos estão aqui, eu dizia, e ela me olhava, cheia de palavras guardadas, ansiosa por falar.

Mas ela não tinha coragem, quer dizer, tinha e não tinha; na dúvida, preferiu capitular, deixou de agir, foi tomada pela inação. Pela inação e também pelo envolvimento com os gêmeos, sobretudo com a criança Yaqub, e, quatro anos depois, com Rânia. Com Yaqub foi mais forte: amor de mãe postiça, incompleto, talvez impossível. Zana se refestelava no convívio com o outro, levava-o para toda parte: passeios de bonde até a praça da Matriz, os bulevares, o Seringal Mirim, as chácaras da Vila Municipal; levava-o para ver os malabaristas do Gran Circo Mexicano, para brincar nos bailes infantis do Rio Negro Clube, onde aos dois anos ele foi fotografado com a fantasia de sauim-de-coleira que ela, Zana, guardou como relíquia.

Domingas ficava com Yaqub, brincava com ele, diminuída, regredindo à infância que passara à margem de um rio, longe de Manaus. Ela o levava para outros lugares: praias formadas pela vazante, onde entravam nos barcos encalhados, abandonados na beira de um barranco. Passeavam também pela cidade, indo de praça em praça até chegar à ilha de São Vicente, onde Yaqub contemplava o Forte, trepava nos canhões, imitava a pose das sentinelas. Quando chovia, os dois se escondiam nos barcos de bronze da praça São Sebastião, contava Domingas, depois iam ver os animais e peixes na praça das Acácias. Zana acreditava, mas de vez em quando as palavras das vizinhas a deixavam em pânico. Essas cunhantãs malinavam as crianças: não havia casos de estrangulamento, de vampirismo, de envenenamento, de maldades ainda piores? Mas logo Zana lembrava que rezavam juntas, veneravam o mesmo deus, os mesmos santos, e nisso elas se irmanavam. Nas horas da reza, em frente ao altar da sala, ficavam juntas, ajoelhadas, adorando a santa de gesso que Domingas espanava todas as manhãs.

Quando os meninos nasceram, Halim passou dois meses sem poder tocar no corpo da Zana. Ele me contou como sofreu: achava um absurdo o período de resguardo, e mais absurda ainda a devoção louca da esposa pelo Caçula. Ele passava o dia na loja, entretido com os fregueses e os vadios que perambulavam pelos arredores do porto, ensinando-os a jogar gamão, bebendo arak no gargalo, como nos tempos da conquista amorosa, da recitação dos gazais de Abbas. Às vezes voltava alegre, o bafo de anis na boca, e um ou dois dísticos de amor na ponta da língua, quem sabe assim ela não saía do resguardo. Por fim, convencido de que o nascimento dos filhos havia interferido em suas noites de amor tanto quanto a morte de Galib, lançou mão da mesma manha, dos mesmos galanteios que tinha usado quando da morte do sogro. Reconquistou Zana, mas deu adeus ao tempo em que se arrepiavam de prazer em qualquer canto da casa ou do quintal.

"Ali mesmo, debaixo da seringueira", apontou com o indicador da mão enrugada, mas firme. "Era o nosso leito de folhas. Dava uma coceira danada, porque aquele canto do mato era cheio de urtigas. Foi assim até o nascimento dos gêmeos."

Halim perdeu o sossego logo que os filhos começaram a andar. Mexiam no tabaco do narguilé, traziam calangos mortos para dentro de casa, enchiam as redes de urtigas e gafanhotos.

Omar era mais ousado: entrava no quarto dos pais durante a sesta e dava cambalhotas na cama até expulsar Halim. Só aquietava quando Zana saía do quarto para brincar com ele no quintal. Os dois sentavam à sombra da seringueira, enquanto Halim, irritado, tinha vontade de trancar o Caçula no galinheiro abandonado desde a partida de Galib. "Como penava com o Caçula, o pobre do Halim", disse Domingas, lembrando-se da época em que ele tentava apaziguar o filho. Quando se enfezava, corria pela casa atrás do Omar, que trepava na jaqueira e ameaçava jogar uma jaca na cabeça do pai. Zana ria: "Pareces mais infantil do que o Omar".

Numa noite Halim acordou com tosse e falta de ar. Acendeu o candeeiro, viu refletida no espelho do quarto uma teia de aranha amarela, sentiu cheiro de fumaça e pensou que o mosquiteiro ardia lentamente ao lado dele. Saltou da cama e viu o Caçula aninhado no corpo de Zana. Expulsou-o do quarto aos gritos, acordando todo mundo, acusando Omar de incendiário, enquanto Zana repetia: "Foi um pesadelo, nosso filho nunca faria isso". Discutiram no meio da noite, até que ele saiu de casa batendo a porta com fúria. Atrás dele correram Zana e Domingas, e o alcançaram perto de um quiosque do Mercado Municipal. Estava de pé, fumando, olhando os barcos pesqueiros iluminados que acabavam de atracar no porto da Escadaria. Disse às duas mulheres que voltaria mais tarde, e passou o resto da noite relembrando o pesadelo, o olhar nos barcos e no rio Negro, até que as vozes e os risos do alvorecer o devolveram à realidade. Estava descalço, de pijama, e os primeiros peixeiros da manhã pensaram que estivesse louco. Um deles o conduziu para casa puxando-o pelo braço como um sonâmbulo. Dormiu duas noites no depósito da loja, não suportava a presença do filho na cama, não suportava uma intromissão no leito conjugal. Depois, mais calmo, chegou a sugerir que fizessem amor na presença de Omar. Zana, sem se alterar, disse: "Ótimo, na presença das crianças, da Domingas e da vizinhança. Aí eu anuncio que vamos ter mais um filho".

Quando Rânia nasceu, Halim já se conformara com o espaço limitado da alcova. Nas raras visitas de Zana à loja, ele mandava embora os fregueses e os jogadores, trancava as portas e subia com ela para o pequeno depósito, onde uma janelinha dá para o rio Negro. Passavam horas ali, longe dos três filhos e da órfã que os pajeava, longe das manhas e intromissões. Os dois a sós, como ele gostava. Uma brisa soprava do rio, trazendo o pitiú de peixe, o cheiro de frutas e pimenta. Ele gostava desse cheiro, que se misturava com outros: o suor dos corpos, o mofo dos tecidos encalhados, das sandálias de couro, das redes de algodão, dos rolos de tabaco de corda. Ao reabrir a loja, comemorava o encontro fazendo uma liquidação das tralhas todas espalhadas no cubículo. Era uma festa, cada vez mais rara.

Os filhos haviam se intrometido na vida de Halim, e ele nunca se conformou com isso. No entanto, eram filhos, e conviveu com eles, contava-lhes histórias, cuidava deles em momentos esparsos. Levava-os para pescar no lago do Puraquecoara, e remavam no paraná do Cambixe, onde Halim conhecia criadores de gado, donos de fazendolas. Foi o que se poderia chamar de pai, só que um pai consciente de que os filhos tinham lhe roubado um bom pedaço de privacidade e prazer. Anos depois, iriam roubar-lhe a serenidade e o bom humor. Ele advertia a esposa sobre o excesso de mimo com o Caçula, a criança delicada que por pouco não morrera de pneumonia.

"Meu mico-preto, meu peludinho", Zana dizia a Omar, para desespero de Halim. O peludinho cresceu, e aos doze anos já tinha a força e a coragem de um homem.

"Fez os diabos, o Omar... mas não quero falar sobre isso", disse ele, fechando as mãos. "Me dá raiva comentar certos episódios. E, para um velho como eu, o melhor é recordar outras coisas, tudo o que me deu prazer. É melhor assim: lembrar o que me faz viver mais um pouco."

Calou sobre o episódio da cicatriz. Calou também sobre a vida de Domingas. No entanto, depois de insistir muito, arranquei dela alguns minutos de confissão.

4

Eu não sabia nada de mim, como vim ao mundo, de onde tinha vindo. A origem: as origens. Meu passado, de alguma forma palpitando na vida dos meus antepassados, nada disso eu sabia. Minha infância, sem nenhum sinal da origem. É como esquecer uma criança dentro de um barco num rio deserto, até que uma das margens a acolhe. Anos depois, desconfiei: um dos gêmeos era meu pai. Domingas disfarçava quando eu tocava no assunto; deixava-me cheio de dúvida, talvez pensando que um dia eu pudesse descobrir a verdade. Eu sofria com o silêncio dela; nos nossos passeios, quando me acompanhava até o aviário da Matriz ou a beira do rio, começava uma frase mas logo interrompia e me olhava, aflita, vencida por uma fraqueza que coíbe a sinceridade. Muitas vezes ela ensaiou, mas titubeava, hesitava e acabava não dizendo. Quando eu fazia a pergunta, seu olhar logo me silenciava, e eram olhos tristes.

Uma vez, na noite de um sábado, enervada, enfadada pela rotina, ela quis sair de casa, da cidade. Pediu a Zana para passar o domingo fora. A patroa estranhou, mas consentiu, desde que Domingas não voltasse tarde. Foi a única vez que saí de Manaus com minha mãe. Ainda estava escuro quando ela chacoalhou minha rede; já tinha preparado o café da manhã e cantava baixinho uma canção. Não queria acordar os outros, e estava ansiosa por partir. Caminhamos até o porto da Catraia e embarcamos num motor que ia levar uns músicos para uma festa de casamento à margem do Acajatuba, afluente do Negro. Durante a viagem, Domingas se alegrou, quase infantil, dona de sua voz e do seu corpo. Sentada na proa, o rosto ao sol, parecia livre e dizia para mim: "Olha as batuíras e as jaçanãs", apontando esses pássaros que triscavam a água escura ou chapinhavam sobre folhas de matupá; apontava as ciganas aninhadas nos galhos tortuosos dos aturiás e os jacamins, com uma gritaria estranha, cortando em bando o céu grandioso, pesado de nuvens. Minha mãe não se esquecera desses pássaros: reconhecia os sons e os nomes, e mirava, ansiosa, o vasto horizonte rio acima, relembrando o lugar onde nascera, perto do povoado de São João, na margem do Jurubaxi, braço do Negro, muito longe dali. "O meu lugar", lembrou Domingas. Não queria sair de São João, não queria se afastar do pai e do irmão; ajudava as mulheres da vila a ralar mandioca e a fazer farinha, cuidava do irmão menor enquanto o pai trabalhava na roça. A mãe dela... Domingas não se lembrava, mas o pai dizia: tua mãe nasceu em Santa Isabel, era bonita, dava risadas alegres, nas festas do ajuri e nas noites dançantes era a mais bonita de todas. Um dia, bem cedinho, o pai saiu para cortar piaçaba e colher castanha. Era junho, véspera de São João, a canoa com a imagem do santo se aproximava do rio, os gambeiros batiam tambor, cantavam e pediam esmola para São João. O povoado de Jurubaxi já se animava com rezas e danças, e das vilas vizinhas e até mesmo de Santa Isabel do rio Negro chegavam caboclos e índios para o festejo. Os sons do tambor foram abafados por grunhidos, e então Domingas viu um porco-do-mato esperneando, tremendo, sufocado, com baba no focinho, o caldo venenoso de mandioca brava. "Um homem jogou água fervente e deu umas cacetadas na cabeça do bicho e depois arrancou os pelos para ser moqueado", contou Domingas. "Corri para dentro da tapera, onde meu irmão brincava. Fiquei ali, arrepiada de medo, chorando... Esperei meu pai... ele demorou... Ninguém sabia de nada."

Não houve festa para ela. O pai tinha sido encontrado morto num piaçabal. Ainda se lembrava do rosto dele, do enterro no pequeno cemitério, na outra margem do Jurubaxi. Não se esquecia da manhã que partiu para o orfanato de Manaus, acompanhada por uma freira das missões de Santa Isabel do rio Negro. As noites que ela dormiu no orfanato, as orações que tinha de decorar, e ai de quem se esquecesse de uma reza, do nome de uma santa. Uns dois anos ali, aprendendo a ler e a escrever, rezando de manhãzinha e ao anoitecer, limpando os banheiros e o refeitório, costurando e bordando para as quermesses das missões. As noites eram mais tristes, as internas não podiam se aproximar das janelas, tinham de ficar caladas, deitadas na escuridão; às oito a irmã Damasceno abria a porta, atravessava o dormitório, rondava as camas, parava perto de cada menina. O corpo da religiosa crescia, uma palmatória balançava na mão dela. Irmã Damasceno era alta, carrancuda, toda de preto, amedrontava a todos. Domingas fechava os olhos e fingia dormir, e se lembrava do pai e do irmão. Chorava quando se lembrava do pai, dos bichinhos de madeira que fazia para ela, das cantigas que cantava para os filhos. E chorava de raiva. Nunca mais ia ver o irmão, nunca pôde voltar para Jurubaxi. As freiras não deixavam, ninguém podia sair do orfanato. As irmãs vigiavam o tempo todo. Espiava as alunas da Escola Normal passeando na praça, livres, em bandos... namorando. Dava vontade de fugir. Duas internas, as mais velhas, conseguiram escapar de madrugada: pularam o muro dos fundos, caíram no beco Simón Bolívar e sumiram no matagal. Foram corajosas. Domingas também pensou em fugir, mas as irmãs perceberam, Deus vai castigar, diziam. O fedor dos banheiros, o cheiro de creolina, das roupas suadas e gosmentas das religiosas. Domingas não aguentava mais. Um dia a irmã Damasceno ordenou: que tomasse um banho de verdade, lavasse a cabeça com sabão de coco, cortasse as unhas dos pés e das mãos. Tinha que ficar limpa e cheirosa! Domingas vestiu uma saia marrom e uma blusa branca que ela mesma passou a ferro e engomou. A irmã pôs uma touca na cabeça dela e as duas saíram do orfanato, e caminharam até a avenida Joaquim Nabuco e entraram numa rua arborizada que dá na praça Nossa Senhora dos Remédios. Pararam diante de um sobrado antigo, pintado de verde-escuro. No alto, bem no centro da fachada, um quadrado de azulejos portugueses azuis e brancos com a imagem de Nossa Senhora da Conceição. Uma mulher jovem e bonita, de cabelo cacheado, veio recebê-las. "Trouxe uma cunhantã para vocês", disse a irmã. "Sabe fazer tudo, lê e escreve direitinho, mas se ela der trabalho, volta para o internato e nunca mais sai de lá." Entraram na sala, onde havia mesinhas e cadeiras de madeira empilhadas num canto. "Tudo isso pertencia ao restaurante do meu pai", disse a mulher, "mas agora a senhora pode levar para o orfanato." Irmã Damasceno agradeceu. Parecia esperar mais alguma coisa. Olhou para Domingas e disse: "Dona Zana, a tua patroa, é muito generosa, vê se não faz besteira, minha filha". Zana tirou um envelope do pequeno altar e o entregou à religiosa. As duas foram até a porta e Domingas ficou sozinha, contente, livre daquela carrancuda. Se tivesse ficado no orfanato, ia passar a vida limpando privada, lavando anáguas, costurando. Detestava o orfanato e nunca visitou as Irmãzinhas de Jesus. Chamavam-na de ingrata, mal-agradecida, mas ela queria distância das religiosas, nem passava pela rua do orfanato. A visão do edifício a oprimia. As palmadas que levou da Damasceno! Não escolhia hora nem lugar para tacar a palmatória. Estava educando as índias, dizia. Na casa da Zana o trabalho era parecido, mas tinha mais liberdade... Rezava quando queria, podia falar, discordar, e tinha o canto dela. Viu os gêmeos nascerem, cuidou do Yaqub, brincaram juntinhos... Quando viajou para o Líbano sentiu falta dele. Era quase um menino, não queria ir embora. Seu Halim foi molenga com a mulher, deixou o filho viajar sozinho. "O Omar ficou debaixo da saia da mãe", contou Domingas. "Ia resmungar no meu quarto, chamava o seu Halim de egoísta... Os dois nunca se entenderam."

Quando desembarcamos na vilinha à margem do Acajatuba, minha mãe mudou de feição. Não sei o que a fez tão sombria. Talvez uma cena do lugar, ou alguma coisa daquela vila, algo que lhe era penoso ver ou sentir. Não quis assistir ao casamento, muito menos esperar a festa, o foguetório, a peixada ao ar livre, na beira do rio. Minha mãe tinha medo de chegar tarde em Manaus. Ou, quem sabe, medo de ficar ali para sempre, sôfrega, enredada em suas lembranças.

Voltamos no mesmo motor, com uns dez moradores de Acajatuba que iam vender porcos, peixes, galinhas e mandioca em Manaus. Percebi que minha mãe falava menos à medida que nos aproximávamos da cidade. Olhava as margens do rio, não dizia nada. Os vendedores vigiavam seus animais, as galinhas se debatiam em gaiolas improvisadas, os porcos estavam amarrados uns aos outros. O fim da viagem foi horrível. Começou a chover quando o motor passava perto do Tarumã. Uma tempestade, com rajadas de chuva grossa. Tudo ficou escuro, céu e rio pareciam uma coisa só, e o barco balançava muito e saltava quando cortava as ondas. A chuva inundava o convés e o passadiço, o comandante pediu que ficássemos deitados. Todo mundo começou a gritar, não havia boias, o jeito era se agarrar à amurada. Minha mãe foi a primeira a vomitar. Depois foi a minha vez; nós dois despejamos tudo, provocamos todo o café da manhã e os bolinhos de tapioca que havíamos comido na ida. Eu via todo mundo de boca aberta, aos prantos, vomitando em cima de porcos e galinhas. Ninguém entendia mais nada, a gritaria se misturava com grunhidos e cacarejos, e eu tentava proteger minha mãe dos porcos que tremiam e esperneavam ao nosso lado. Soltavam grunhidos medonhos, tentavam correr mas patinavam, e se amontoavam desesperados, como se fossem morrer. Mais de meia hora de trovoadas, rajadas de chuva e vento, eu pensava que íamos naufragar, depois não pensei mais nada, de tanto enjoo. Só não expulsei a alma e os olhos, e isso parecia tudo o que me restava. Mamãe, coitada, ofegava, já não tinha força. Soluçava, babava de cabeça baixa e apertava minhas mãos. Eu fraquejava com a trepidação do barco, as golfadas que vinham do rio e do céu golpeavam meu corpo, mas não larguei minha mãe. Os animais não paravam de gritar, me deu vontade de jogá-los no rio, mas os donos se agarravam às gaiolas, aos porcos, não podiam perder os bichos, eram o seu ganha-pão.

Chegamos de noitinha, quando ainda chovia muito. O cais do pequeno porto da Escadaria estava um lamaçal só, tivemos que saltar na beira da praia e caminhar entre as tendas de lona e barracas derrubadas. O nosso estado era lamentável, estávamos ensopados, sujos, cheirando a vômito. Entramos em casa pela portinhola da cerca dos fundos. Domingas foi direto para o quarto, deitou-se na rede e me pediu que ficasse com ela. Cochilei no chão, mareado, com um gosto azedo na boca. No meio da noite acordei com a voz de Domingas: se eu gostava de Yaqub, se eu me lembrava dele, do rosto. Não escutei mais nada. Às cinco ela já estava pronta para ir ao Mercado Municipal.

Nunca mais passeamos de barco: a viagem até Acajatuba foi a única que fiz com minha mãe. Pensei: por pouco ela não teve força ou coragem para dizer alguma coisa sobre o meu pai. Esquivou-se do assunto e se esqueceu das perguntas que me fizera na noite daquele domingo. Jurou que não pronunciara o nome de Yaqub. No fundo, sabia que eu nunca ia deixar de indagar-lhe sobre os gêmeos. Talvez por um acordo, um pacto qualquer com Zana, ou Halim, ela estivesse obrigada a se calar sobre qual dos dois era meu pai.

Depois da nossa viagem de barco Halim sugeriu que eu ocupasse o outro quartinho dos fundos. Disse a Domingas que eu já passara da idade de dormir com a mãe no mesmo quarto, que ela devia se desgarrar um pouco de mim. Eu mesmo ajudei a limpar e a pintar o quartinho. Desde então, foi o meu abrigo, o lugar que me pertence neste quintal. Agora só escutava o eco da canção que minha mãe cantava nas noites de insônia. Às vezes, quando eu estava estudando debruçado sobre uma mesinha, via o rosto de Domingas no vão da janela, o cabelo liso, de cobre, sobre os ombros morenos, os olhos dirigidos para mim, como se me pedisse para dormir com ela, na mesma rede, nós dois abraçados. Quando eu saía à noite pela cerca dos fundos, ela me esperava, alerta, tal uma sentinela preocupada com alguma ameaça noturna. Ela temia que o meu destino confluísse para o de Omar, como dois rios indômitos e turbulentos: águas sem nenhum remanso.

Aos domingos, quando Zana me pedia para comprar miúdos de boi no porto da Catraia, eu folgava um pouco, passeava ao léu pela cidade, atravessava as pontes metálicas, perambulava nas áreas margeadas por igarapés, os bairros que se expandiam àquela época, cercando o centro de Manaus. Via um outro mundo naqueles recantos, a cidade que não vemos, ou não queremos ver. Um mundo escondido, ocultado, cheio de seres que improvisavam tudo para sobreviver, alguns vegetando, feito a cachorrada esquálida que rondava os pilares das palafitas. Via mulheres cujos rostos e gestos lembravam os de minha mãe, via crianças que um dia seriam levadas para o orfanato que Domingas odiava. Depois caminhava pelas praças do centro, ia passear pelos becos e ruelas do bairro da Aparecida e apreciar a travessia das canoas no porto da Catraia. O porto já estava animado àquela hora da manhã. Vendia-se tudo na beira do igarapé de São Raimundo: frutas, peixes, maxixe, quiabo, brinquedos de latão. O edifício antigo da Cervejaria Alemã cintilava na Colina, lá no outro lado do igarapé. Imenso, todo branco, atraía o meu olhar e parecia achatar os casebres que o cercavam. Mas a visão das dezenas de catraias alinhadas impressionava mais. No meio da travessia já se sentia o cheiro de miúdos e vísceras de boi. Cheiro de entranhas. Os catraieiros remavam lentamente, as canoas emparelhadas pareciam um réptil imenso que se aproximava da margem. Quando atracavam, os bucheiros descarregavam caixas e tabuleiros cheios de vísceras. Comprava os miúdos para Zana, e o cheiro forte, os milhares de moscas, tudo aquilo me enfastiava, e eu me afastava da margem e caminhava até a ilha de São Vicente. Mirava o rio. A imensidão escura e levemente ondulada me aliviava, me devolvia por um momento a liberdade tolhida. Eu respirava só de olhar para o rio. E era muito, era quase tudo nas tardes de folga. Às vezes Halim me dava uns trocados e eu fazia uma festa. Entrava num cinema, ouvia a gritaria da plateia, ficava zonzo de ver tantas cenas movimentadas, tanta luz na escuridão. Depois eu cochilava e dormia, uma, duas sessões, e despertava com o lanterninha chacoalhando meu ombro. Era o fim. O fim de todas as sessões, o fim do meu domingo.

Podia frequentar o interior da casa, sentar no sofá cinzento e nas cadeiras de palha da sala. Era raro eu sentar à mesa com os donos da casa, mas podia comer a comida deles, beber tudo, eles não se importavam. Quando não estava na escola, trabalhava em casa, ajudava na faxina, limpava o quintal, ensacava as folhas secas e consertava a cerca dos fundos. Saía a qualquer hora para fazer compras, tentava poupar minha mãe, que também não parava um minuto. Era um corre-corre sem fim. Zana inventava mil tarefas por dia, não podia ver um cisco, um inseto nas paredes, no assoalho, nos móveis. A estátua da santa no pequeno altar tinha que ser lustrada todos os dias, e uma vez por semana eu subia à platibanda para limpar os azulejos da fachada. Além disso, havia os vizinhos. Eram uns folgadões, pediam a Zana que eu lhes fizesse um favorzinho, e lá ia eu comprar flores numa chácara da Vila Municipal, uma peça de organza na Casa Colombo, ou entregar um bilhete no outro lado da cidade. Nunca davam dinheiro para o transporte, às vezes nem agradeciam. Estelita Reinoso, a única realmente rica, era a mais pão-dura. Seu casarão era um luxo, as salas cheias de tapetes persas, cadeiras e espelhos franceses; os copos e taças cintilavam na cristaleira, tudo devia ser limpo cem vezes por dia. O pêndulo dourado brilhava, mas o relógio silenciara havia muito tempo. Para entrar na cozinha dos Reinoso eu tinha que tirar as sandálias, era a norma. Na casa moravam empregadas de quem Estelita falava horrores para Zana. Eram umas desastradas, desmazeladas, não serviam para nada! Não valia a pena educar aquelas cabocas, estavam todas perdidas, eram inúteis! O Calisto, um curumim meio parrudo do cortiço dos fundos, cuidava dos animais dos Reinoso, sobretudo dos macacos, que guinchavam e saltitavam nos imensos cubos de arame do quintal. Eram divertidos, dóceis, faziam gracejos para as visitas e não davam tanto trabalho. Os macacos amestrados eram o tesouro vivo de Estelita. Com toda a tropa de serventes à sua disposição, aquela parasita era a vizinha que mais me atazanava. Parece que fazia de propósito. "Zana", dizia com uma voz melosa e falsa, "o teu menino pode apanhar uma talha de leite para mim?" Eu saía para buscar o leite e tinha vontade de mijar e cuspir na talha. Às vezes, depois do almoço, quando me sentava para fazer uma tarefa da escola, escutava os estalidos do salto alto de Estelita ressoando no assoalho de casa. As marteladas dos passos acordavam todo mundo. Zana fechava a porta do quarto para que a vizinha não escutasse os palavrões de Halim. Eu já sabia o que me esperava. Via o rosto sonolento todo pintado e já borrado de suor, o cabelo armado de laquê que nem uma cuia, e ouvia a voz gralhar que o forro cinzento do sofá estava manchado, o lustre fora de moda, o tapete esgarçado. Zana se deixava impressionar com o passado de Estelita. O avô dela, um dos magnatas do Amazonas, aparecera na capa de uma revista norte-americana que a neta mostrava para todo mundo. Mostrava também as fotografias das embarcações da firma, que haviam navegado pelos rios da Amazônia vendendo de tudo aos ribeirinhos e donos de seringais. Numa roda de pessoas desconhecidas, ela começava a conversa dizendo: "O rei da Bélgica se hospedou em casa e passeou no iate do meu avô". Agora os Reinoso viviam dos imóveis alugados em Manaus e no Rio de Janeiro. A cada mês, na noite de um sábado, a casa de Estelita virava um cassino, explodia de tanta luz, só eles na rua tinham gerador. Os vizinhos não eram convidados a entrar no palacete iluminado, ficavam na janela, entocados na escuridão, admirando aquele chafariz de lâmpadas, tentando adivinhar quem eram os convidados. Naquelas noites, Estelita tinha a audácia de pedir a Zana baldes cheios de gelo. Certa vez pediu um rolo de gaze. Fui levar o gelo e a gaze, e fiquei curioso de saber quem estava ferido no palácio dos Reinoso. Antes de voltar, dei uma espiadela na sala onde iam jantar antes da jogatina. O rolo de gaze havia se transformado em trouxinhas que os convidados usavam para espremer o limão sobre o peixe. Contei a cena a Halim. "São finíssimos, pertencem à nossa aristocracia", disse ele, "por isso adoram aqueles macacos enjaulados no quintal." Um dia encasquetei: me recusei a ser mensageiro dos Reinoso. Minha mãe não tinha coragem de dizer a Zana que eu não era um empregado dos outros. Eu mesmo disse, exagerando um pouco, contando que Estelita atrapalhava a minha vida, que eu não tinha tempo para trabalhar em casa. Halim concordou comigo. E muitos anos depois, quando Zana expulsou brutalmente Estelita de casa, dei umas gargalhadas na cara daquela megera.

Com Talib era melhor, eu me dava bem com o viúvo. Ele pedia hortelã e cebolinha para o tempero da comida que as filhas preparavam. Às vezes queria um pouco de tabaco e uma garrafinha de arak. Sempre me oferecia um lanche. "Entra, senta um pouco, querido, vem provar o nosso quibe cru." Zahia era mais alta do que o pai e bem mais enxerida do que a irmã. Quando Zahia requebrava ou cantava, Nahda imitava o saracoteio e a voz da outra. A mocinha tímida, toda retraída, abria a boca para grandes risadas, mostrando dentes tão brancos que brilhavam. As duas irmãs, juntinhas assim, eram belezas de estontear. Eu tinha a impressão de que eram incansáveis, não podiam ficar paradas um só minuto, faziam tudo na casa e ainda ajudavam o pai na taberna. Ao meio-dia, apareciam no alto da rua, fardadas, rebolando quando passavam diante da casa de Estelita. Eu devorava o quibe cru sem tirar os olhos das pernas cruzadas de Zahia, cobertas de pelos dourados. Torcia para que ela tirasse a farda e voltasse para a sala só de short e camiseta, e quando isso acontecia eu me fartava de tanto olhar para o corpo dela. Talib me tacava uma cacholeta: "Queres engolir minha filha, seu safado?". Eu ficava acabrunhado, Zahia dava uma risada. Não perdia uma noite em que elas dançavam em casa, onde eram rivais de Rânia e rebolavam como nunca. Na véspera do aniversário de Zana, Talib me chamava logo de manhã. "Leva esse cordeiro para tua casa." Halim matava o animal, e minha mãe não aguentava ver o sangue esguichar do pescoço do bicho, tapava os ouvidos, os balidos eram tristes e desesperados, o bichinho parecia gritar por socorro ou piedade. Domingas saía de perto, se escondia, morria de pena, coitado do cordeirinho de Deus, ela dizia. A visão do carneiro ensanguentado, pendurado ao galho da seringueira a entristecia. Desde pequeno me acostumei a esfolar e a destripar cordeiro. Halim cortava a carne que Zana preparava com o tempero do finado Galib. A cabeça era reservada a Talib, que a comia ensopada, com bastante alho. Eu passava o ano todo à espera do pernil: saboreava as minhas fatias e as de minha mãe, que raspava para mim os ossos do cordeirinho de Deus.

O que me dava um pouco de folga e certo prazer era uma tarefa que não chegava a ser um trabalho de verdade. Quando as casas da rua explodiam de gritos, Zana me mandava zarelhar pela vizinhança, eu cascavilhava tudo, roía os ossos apodrecidos dos vizinhos. Era cobra nisso. Memorizava as cenas, depois contava tudo para Zana, que se deliciava, os olhos saltando de tanta curiosidade: "Conta logo, menino, mas devagar... sem pressa". Eu me esmerava nos detalhes, inventava, fazia uma pausa, absorto, como se me esforçasse para lembrar, até dar o estalo: As mocinhas do viúvo Talib, não as filhas: as outras, que ele fisgava perto dos armazéns. Certa vez as filhas o flagraram com uma cunhã atrás do balcão da Taberna Flores do Minho. Ele não esperava por isso, não acreditava que um dia os professores das filhas faltariam todos ao mesmo tempo. Deram uma sova no pai, nós ouvíamos os urros do viúvo ecoando no quarteirão, e quando me aproximei da casa eu o vi deitado na sala, escorjado sob os braços roliços e rijos das filhas, a voz de súplica repetindo: "Só estava me divertindo um pouquinho, filhas...". Apanhou das duas feito um condenado, elas morriam de ciúme, não admitiam vê-lo perto de uma mulher, temiam as visitas noturnas do solteirão Cid Tannus, cercavam o pai, ficavam de vigília, só o deixavam jogar bilhar na loja do Balma se Halim o acompanhasse. Mas quando elas dançavam, Talib lagrimava de gozo, sua barriga tremia de tanto prazer. Ele as chamava "minhas guerreiras morenas, minhas lindas amazonas". Eram suas flores do Minho, porque a mãe nascera em Portugal.

Na casa dos Reinoso era pior, Zana ficava sem fôlego, me pedia para contar tudinho. Quando a confusão começava, os empregados ligavam o gerador para abafar os guinchos dos macacos e os gritos de Abelardo Reinoso. A barulheira estremecia a rua, os curiosos corriam para ver Estelita espancar o esposo em plena manhã. Eu o via acuado, de cócoras, num dos cantos do cubo de arame dos macacos, onde ele ouvia xingamentos e ameaças de Estelita, tudo por causa da irmã dela, aquela enxerida, mãe da Lívia. Estelita ordenava às empregadas que não dessem nada àquele safado: nem banana, nem água. "Vais mofar aí dentro", ela gritava. "És uma péssima companhia para os meus macacos." Na manhã seguinte, a caminho da escola, eu trepava na mangueira do quintal de Talib para ver o pobre Abelardo agoniado no meio dos animais. Durante a noite o viúvo jogava biscoitos na jaula de arame, e via a sombra dos símios movendo--se como aranhas enormes ao redor de Abelardo. Estelita não se importava com fuxicos. Era altiva, considerava-se superior aos vizinhos imigrantes, alimentava-se das lendas do passado da família, e a visita do rei da Bélgica não lhe saía da cabeça. Ostentava os colares e pulseiras de marfim que a avó ganhara do rei.

Quando a vizinhança apaziguava, Zana me mandava à taberna do Talib e a dez outros lugares para comprar uma coisinha de nada. Ela comprava fiado, só pagava no fim do mês, desconfiava de mim e de todo mundo. Ralhava: "Não era isso que eu queria, volta correndo e traz o que te pedi". Eu tentava argumentar, mas não adiantava, ela era teimosa, se sentia melhor quando dava ordens. Eu contava os segundos para ir à escola, era um alívio. Mas faltava às aulas duas, três vezes por semana. Fardado, pronto para sair, a ordem de Zana azarava a minha manhã na escola: "Tens que pegar os vestidos na costureira e depois passar no Au Bon Marché para pagar as contas". Eu bem podia fazer essas coisas à tarde, mas ela insistia, teimava. Eu atrasava as lições de casa, era repreendido pelas professoras, me chamavam de cabeça de pastel, relapso, o diabo a quatro. Fazia tudo às pressas, e até hoje me vejo correndo da manhã à noite, louco para descansar, sentar no meu quarto, longe das vozes, das ameaças, das ordens. E havia também Omar. Aí tudo se embrulhava, foi um inferno até o fim. Eu não podia comer à mesa com o Caçula. Ele queria a mesa só para ele, almoçava e jantava quando tinha vontade. Sozinho. Um dia, eu estava almoçando quando ele se aproximou e deu a ordem: que eu saísse, fosse comer na cozinha. Halim estava por perto, me disse: "Não, come aí mesmo, essa mesa é de todos nós". O Caçula bufava, depois se vingava de mim. Nunca suportou me ver estudar noite adentro, concentrado no quartinho abafado. As noites eram a minha esperança remota. Quando Omar esborniava, era um transtorno. Às vezes vinha tão chumbado que perdia o equilíbrio e tombava, anulado. Mas se entrava meio lúcido, com força para mais algazarra, acordava as mulheres, e lá ia eu ajudar Zana e minha mãe. "Traz uma bacia de água fria... O braço dele está sangrando... Corre, pega o mercurocromo!... Cuidado para não acordar o Halim... Ferve um pouco de água, ele precisa tomar um chá..." Não paravam de pedir coisas enquanto o Caçula se contorcia, arrotava, mandava todo mundo à merda, se exibia, era um touro, agarrava minha mãe, bolinava, dava-lhe um tapinha na bunda e eu pulava em cima dele, queria esganá-lo, ele me tacava um safanão, depois um coice, e aí a gritaria era geral, todo mundo se intrometia, Zana me despachava para o quarto, Domingas me socorria, chorava, me abraçava, Rânia enlaçava o irmão, "Para com isso, pelo amor de Deus!", mas ele persistia, queria acabar com a noite de todos, escornar Deus e o mundo, acordar os moradores do cortiço, da rua, do bairro. O que ele mais queria era a presença do pai. Halim raramente descia. Ele pigarreava, acendia a luz, víamos a sua sombra alongada, imensa na parede de cima. A sombra se movia, depois se aquietava, sumia. Ele batia a porta, um estrondo. No dia seguinte ninguém falava, todos enfezados com todos. Só mau humor, carranca. E ódio. Eu odiava aquelas noites em claro, as muitas noites que perdi por causa do Caçula. Os carões que levava de Zana porque eu não entendia o filho dela, coitado, tão desnorteado que nem conseguia estudar! Ela aproveitava a ausência de Halim e inventava tarefas pesadas, me fazia trabalhar em dobro, eu mal tinha tempo de ficar com minha mãe. Quantas vezes pensei em fugir! Uma vez entrei num navio italiano e me escondi, estava decidido: ia embora, duas semanas depois desembarcaria em Gênova, e eu só sabia que era um porto na Itália. Tinha rompantes de fuga, podia embarcar para Santarém ou Belém, seria mais fácil. Olhava para todos aqueles barcos e navios atracados no Manaus Harbour e adiava a partida. A imagem de minha mãe crescia na minha cabeça, eu não queria deixá-la sozinha nos fundos do quintal, não ia conseguir... Ela nunca quis se aventurar. "Estás louco? Só de pensar me dá uma tremedeira, tens que ter paciência com a Zana, com o Omar, o Halim gosta de ti." Domingas caiu no conto da paciência, ela que chorava quando me via correndo e bufando, faltando aula, engolindo desaforos. Então, fiquei com ela, suportei a nossa sina. E passei a me intrometer em tudo. Vi Halim e Zana de pernas para o ar, entregues a lambidas e beijos danados, cenas que eu via quando tinha dez, onze anos e que me divertiam e me assustavam, porque Halim soltava urros e gaitadas, e ela, Zana, com aquela cara de santa no café da manhã, era uma diaba na cama, um vulcão erotizado até o dedo mindinho. Às vezes não dava tempo ou eles se esqueciam de trancar a porta, e ali, na fresta, meu olho esquerdo acompanhava as ondulações dos corpos, os seios dela sumindo na boca de Halim.

Talvez por esquecimento, ele omitiu algumas cenas esquisitas, mas a memória inventa, mesmo quando quer ser fiel ao passado. Certa vez tentei fisgar-lhe uma lembrança: não recitava os versos do Abbas antes de namorar? Ele me olhou, bem dentro dos olhos, e a cabeça se voltou para o quintal, o olhar na seringueira, a árvore velha, meio morta. E só silêncio. Perdido no passado, sua memória rondava a tarde distante em que o vi recitar os gazais de Abbas. Era um preâmbulo, e Zana se excitava com aquela voz grave, cheia de melodia, que devia tocar a alma dela antes da loucura dos corpos. Omissões, lacunas, esquecimento. O desejo de esquecer. Mas eu me lembro, sempre tive sede de lembranças, de um passado desconhecido, jogado sei lá em que praia de rio.

Yaqub já morava em São Paulo havia uns seis anos, cada vez mais orgulhoso de si próprio, cada vez mais genial. Mas ele não se elogiava; deixava transparecer certas linhas de conduta, e não eram tortas. No fim de cada linha havia uma flecha apontando um destino glorioso, e o casamento fazia parte desse destino. O que não estava na mira do calculista era a ida de Omar a São Paulo. Naquele ano, 1956, o Caçula já tinha abandonado o Galinheiro dos Vândalos, e nem falava em estudo, diploma, nada disso. Antenor Laval trazia-lhe livros e o convidava a ler poemas na pensão onde morava. Admirava a entonação da voz de Omar, que, depois de recitar um poema do amigo, dizia: "Esta é a voz do teu único leitor". Os dois não demoravam em casa, o Caçula esvaziava a bolsa da mãe e arrastava Laval para a calçada do Café Mocambo, por onde passavam veteranas e calouras do Liceu Rui Barbosa.

Gandaiava como nunca, e certa noite entrou em casa com uma caloura, uma moça do cortiço da rua dos fundos, irmã do Calisto. Fizeram uma festinha a dois: dançaram em redor do altar, fumaram narguilé e beberam à vontade. De manhãzinha, do alto da escada, Halim sentiu o cheiro de pupunha cozida e jaca; viu garrafas de arak e roupas espalhadas no assoalho, caroços e casca de frutas sobre a Bíblia aberta no tapete em frente ao altar, e viu o filho e a moça, nus, dormindo no sofá cinzento. O pai desceu lentamente, a moça despertou, assustada, envergonhada, e Halim, no meio da escada, esperou que ela se vestisse e fosse embora. Depois se aproximou do filho, que fingia dormir, ergueu-o pelo cabelo, arrastou-o até a borda da mesa e então eu vi o Omar, já homem feito, levar uma bofetada, uma só, a mãozorra do pai girando e caindo pesada como um remo no rosto do filho. Todos os pedidos que Halim lhe fizera em vão, todas as palavras rudes estavam concentradas naquele tabefe. Foi um estalo de martelada em pau oco. Que mão! E que pontaria!

O valentão, o notívago, o conquistador de putas estatelado sobre o tapete. O Caçula não se levantou. O pai o acorrentou na maçaneta do cofre de aço, sentou-se uns minutos no sofá cinzento, tomou fôlego e saiu de casa. Sumiu por dois dias. Zana não pôde interferir, não teve tempo de socorrer o filho. Ela esbravejou, gritou, sentiu-se mal ao ver o filho acorrentado, apoiado ao cofre enferrujado, a face esbofeteada em alto-relevo. No meu íntimo, aquele tabefe soava como parte de uma vingança.

Rânia passava arnica na face intumescida, a mãe alimentava o filhote na boquinha e Domingas ajeitava o penico para ele mijar. Três escravas de um cativo. Zana foi atrás de Halim e encontrou a loja trancada. Eu fui incumbido de vasculhar o centro da cidade; entrei nas barracas espalhadas no porto da praça dos Remédios, nos pequenos restaurantes encafuados no alto dos barrancos, nos botecos do labirinto da Cidade Flutuante, onde ele costumava papear com um compadre. Ninguém o avistara, e mesmo se eu o tivesse encontrado, não teria dito nada. Na extremidade do porto da Escadaria, amarrado a uma canoa, latia um cachorro, e babava, o vira-lata, de tanta agonia; dessa vez eu ri de verdade, pois a visão do cachorro amarrado me remetia ao cativo de cara inflada. Toda valentia é vulnerável. Halim, tão sereno, sabia disso? Bateu firme no rosto do filho e foi embora. Só voltou para casa dois dias depois. Durante as duas noites de cativeiro, ouvíamos os urros de Omar, o ruído dos pontapés inúteis no cofre maciço, o tilintar grave das argolas de ferro. Bastava um maçarico para libertá-lo, mas ninguém pensou nisso, muito menos eu, que desconhecia a existência dos maçaricos e só pensava, vagamente, em vingança. Mas vingar-me de quem?

Foi só depois do episódio da Mulher Prateada que Halim decidiu mandar Omar para São Paulo. Yaqub já estava casado, e, mais uma vez, não aceitara um vintém dos pais; talvez recusasse até uma dádiva da mão de Deus. Não revelou o nome da mulher e apenas um telegrama anunciou o casório. Zana mordeu os lábios. Para ela, um filho casado era um filho perdido ou sequestrado. Fingiu-se desinteressada do nome da nora e cercou ainda mais o Caçula, que ela atraía para si como um imenso ímã atrai limalhas.

No aniversário de Zana, os vasos da sala amanheciam com flores e bilhetinhos amorosos do Caçula, flores e palavras que despertavam em Rânia uma paixão nunca vivida. Por um momento, naquela única manhã do ano, Rânia esquecia o farrista cheio de escárnio e via no gesto nobre do irmão o fantasma de um noivo sonhado. Ela o abraçava e beijava, mas afagos em fantasmas são passageiros, e Omar reaparecia, de carne e osso, sorrindo cinicamente para a irmã. Sorria, fazia-lhe cócegas nos quadris, nas nádegas, uma das mãos tateava-lhe o vão das pernas. Rânia suava, se eriçava e se afastava do irmão, chispando para o quarto. Antes do jantar, quando os vizinhos já conversavam e bebiam na sala, ela reaparecia. Era a mais alinhada da noite, quase mais bela que a mãe, e os vizinhos a olhavam sem entender por que aquela mulher teimava em dormir sozinha numa cama estreita. Rânia podia frequentar os arraiais, as festas juninas, os bailes carnavalescos, as festinhas no parque aquático do Atlético Rio Negro Clube, mas evitava tudo isso. Nas poucas vezes que apareceu na festa dos Benemou, ficou arredia, bela e admirada, recebendo chuvas de confetes e serpentinas de rapazes imberbes e homens grisalhos. Muito mocinha, Rânia se retraiu, emburrou a cara. Domingas, que a viu nascer e crescer, lembrava-se da tarde em que mãe e filha se estranharam. Os buquês de flores com mensagens para Rânia murcharam na sala até exalar um cheiro de luto. Minha mãe não soube o que aconteceu, e eu só viria a saber alguma coisa anos depois, num encontro inesperado e memorável. Era uma menina alegre e apresentada, contou Domingas, mas desde aquele dia Rânia só tocou em dois homens: os gêmeos. Não foi mais aos salões dançantes da cidade; parou de passear pelas praças onde encontrava veteranos do Ginásio Amazonense para ir às matinês do Odeon, do Guarany, do Polytheama; aderiu à reclusão, à solidão noturna do quarto fechado. Ninguém soube o que fazia entre quatro paredes. Rânia foi esse ser enclausurado, e ai de quem a molestasse depois das oito, quando ela se resguardava do mundo. Saía do quarto na noite do aniversário da mãe e nas ceias natalinas. Abandonou a universidade no primeiro semestre e pediu ao pai para trabalhar na loja. Halim consentiu. O que ele esperava de Omar, veio de Rânia, e da expectativa invertida nasceu uma águia nos negócios. Em pouco tempo, Rânia começou a vender, comprar e trocar mercadorias. Conheceu os regatões mais poderosos e, sem sair de Manaus, sem mesmo sair da rua dos Barés, soube quem vendia roupa aos povoados mais distantes. Fez um acordo com esses regatões, que no início a desprezaram; depois, acreditaram ou fingiram acreditar que Halim se escondia por trás da negociante astuta. Não era raro vê-la exibir para os fregueses o sorriso quase instantâneo de uma falsa simpatia. Sabia atraí-los, lançando-lhes um olhar lânguido, demorado e cativante que contrastava com os gestos rápidos e prestativos de vendedora exímia.

Uma fotografia de Yaqub com seis palavras no verso aguçava-lhe a compulsão de missivista. No entanto, não respondia às cartas de galanteio enviadas por médicos e advogados, cartas que Zana lia com voz terna e alguma esperança. Rânia rasgava todas elas e jogava o papel picado no fogareiro.

"É assim que tratas os teus pretendentes?", dizia a mãe.

"Fumaça! Todos viram cinza e fumaça", ela respondia, sorrindo, mordendo os beiços.

Às escondidas, a mãe convidava algum pretendente para o jantar do seu aniversário, e fez assim a cada ano, porque vi muitos homens solteiros entrarem na casa com dois buquês, um para a mãe, outro para a filha. Na manhã seguinte, as folhas do quintal estavam salpicadas de pétalas. Rânia picava as cartas e despetalava as flores com naturalidade, e, quando o fazia diante de Zana, até mesmo com deleite. De nada adiantavam as advertências da mãe: "Vais ficar uma solteirona, filha. É triste ver uma moça envelhecer assim".

A velhice ainda estava longe, e a amargura, se existia, Rânia sabia esconder. Escondia muitas coisas: seus pensamentos, suas ideias, seu humor e mesmo uma boa parte do corpo, que eu nunca deixei de admirar. No entanto, era uma virtuose nas questões mais prosaicas, e nisso ela me ajudava. Dá pena pensar que ela só usava aquelas mãos morenas de dedos longos e perfeitos para trocar uma lâmpada, consertar uma torneira ou desentupir um ralo. Ou para fazer contas e contar dinheiro; talvez por isso a loja tenha se mantido aberta por tanto tempo, mesmo em época de movimento escasso, quando ela saía com uma caixa de bugigangas para garantir o sustento da casa e da família. Fazia tudo isso durante o dia. Depois do jantar entocava-se no quarto, onde a noite a esperava.

Vá saber o que acontecia durante esse encontro misterioso. É provável que nem a noite percebesse seus gestos e pensamentos. Mas a festa de aniversário da Zana era, para Rânia, um parêntesis em seu confinamento noturno. Era a noite em que deixava esperançoso um dos pretendentes, que não retornaria a casa no aniversário do próximo ano. Iludia a todos, um por um, a cada noite festiva em que a mãe envelhecia. Eu sentia o cheiro de Rânia antes de escutar seus passos no corredor do andar de cima. Deixava-se admirar no alto da escada; depois, com movimentos meticulosos, descia, e aos poucos iam surgindo as pernas bem torneadas, os braços roliços e nus, o cabelo ondulado cobrindo-lhe os ombros, o decote do vestido que ampliava sua respiração. Víamos o corpo moreno e quase tão alto quanto o dos gêmeos, o rosto maquiado e os lábios pintados na única noite do ano, e os olhos, de incompreensão ou aturdimento, pareciam perguntar por que diabo ela ingressava naquela sala cheia de gente. Rânia causava arrepios no meu corpo quase adolescente. Eu tinha gana de beijar e morder aqueles braços. Esperava com ânsia o abraço apertado, o único do ano. A espera era uma tortura. Eu ficava quieto, mas um fogaréu me queimava por dentro. Então a sonsa se acercava de mim, me dava um acocho e eu sentia os peitos dela apertando meu nariz. Sentia o cheiro de jasmim e passava o resto da noite estonteado pelo odor. Quando ela se afastava, alisava meu queixo como se eu tivesse uma barbicha e me beijava os olhos com os lábios cheios de saliva, e eu saía correndo para o meu quarto.

Talib era tarado por ela. O viúvo se adiantava, era o primeiro a saudá-la com beijos desabusados nas mãos, nos braços, no rosto. Zahia e Nahda, enciumadas, iam correndo apartá-lo de Rânia, enquanto ele gritava para Halim: "Por Deus, eu trocaria minhas duas filhas pela tua".

Eu invejava o pretendente da noite quando Rânia lhe estendia as mãos para receber o buquê. Depois ela se afastava com um olhar etéreo, enigmático, que encabulava o galanteador. Mas aceitava o convite para dançar, fingindo-se tímida e distante nos primeiros passos; aos poucos os braços morenos enlaçavam-lhe as costas, as mãos apertavam-lhe a cintura, e, de olhos fechados, ela apoiava o queixo no ombro direito do dançarino. Nesse momento, Zana apagava as lâmpadas da sala e torcia para que da dança surgisse um namoro ou uma promessa de noivado. Surgia um homem ressentido, que via Rânia interromper bruscamente a dança e atirar-se nos braços do Caçula quando este entrava na sala. O pretendente, boquiaberto com a intimidade entre os irmãos, saía irritado, alguns nem se despediam da aniversariante. Omar os chamava de lesos, pamonhas empertigados, escravos da aparência e ocos de alma. É que nenhum tinha o olhar do Caçula: um olhar de volúpia, devorador. Talvez Rânia quisesse pegar um daqueles pamonhas e dizer-lhe: Observa o meu irmão Omar; agora olha bem para a fotografia do meu querido Yaqub. Mistura os dois, e da mistura sairá o meu noivo.

Ela nunca encontrou essa mistura. Contentou-se em idolatrar os gêmeos, sabendo que os laços sanguíneos não anulavam o que neles havia de irreconciliável. Mesmo assim, a admiração de Rânia por ambos foi por muito tempo visceral e quase simétrica. Ela conversava com a imagem de Yaqub, beijava-lhe o rosto no papel fosco, soprava-lhe uma sequência de murmúrios, palavras que punha numa carta.

Ano após ano eu ouvi Zana dizer para a filha no dia seguinte à festa de aniversário: "Perdeste um rapagão, querida. Estás jogando a sorte pela janela". Rânia reagia com raiva: "A senhora sabe... Não era esse que eu queria. Nunca me senti atraída por nenhum desses idiotas que passam por aqui".

O que para a mãe era um golpe de sorte, para ela não passava de um prazer que durava três músicas ou quinze minutos. Ao contrário de Zana, ela conseguia disfarçar o ciúme que sentia do Caçula, e ambas faziam tudo para reinar nas noites de festa, quando ele aparecia em casa com uma nova namorada. Mas na noite do episódio da Mulher Prateada elas não reinaram sozinhas.

Havia rumores de que o Caçula andava cortejando uma mulher mais velha do que ele. Foi Zahia Talib quem deu a notícia na noite do aniversário de Zana. As duas irmãs e o pai chegaram cedo em casa. Talib trouxera um tambor, o darbuk, e disse que ia tocar para as filhas dançarem no meio da festa. Zana agradeceu e parou de sorrir quando ouviu a voz de Zahia:

"Parece que o Omar encontrou uma mulher e tanto. Dizem que eles passam a noite toda dançando no Acapulco..."

"Uma mulher e tanto? No Acapulco? Puxa, Zahia, como tu menosprezas o meu Caçula! Logo o Omar, que sempre te olhou com admiração."

A notícia de Zahia deixou Zana impaciente. A cada convidado que chegava ela mostrava as flores ainda viçosas e o bilhete de amor escrito pelo filho. Ela sabia que cedo ou tarde Omar chegaria acompanhado de uma mulher. Chegou às dez, antes da dança das irmãs Talib. Abriu os braços, dizendo em árabe: "Feliz aniversário, rainha". Era uma frase decorada, mas pronunciada com esmero. Beijou-a com ardor, e nesse momento Zana lagrimou, em parte por emoção, em parte porque o Caçula, depois do beijo, apresentava-lhe a namorada.

Dessa vez ela não quis disfarçar: encarou com um sorriso dócil e um olhar de desprezo a mulher que jamais seria a esposa de seu filho, a rival derrotada de antemão. No fundo, Zana não dava muita trela às mulheres que o Caçula levava para casa. Ele não escolhia, não se empolgava com a cor dos olhos ou cabelos. Namorava as anônimas, mulheres que ninguém da família ou da vizinhança podia dizer: é filha, neta, sobrinha de fulano ou beltrano. Galanteava as desconhecidas, que não frequentavam os salões de beleza famosos, muito menos o Salão Verde do Ideal Clube; namorava moças que nunca tinham saído de Manaus, nunca viajariam ao Rio de Janeiro. No entanto, as mulheres anônimas do Caçula surpreendiam, e ele cultivava essas surpresas, deleitava-se com a reação dos outros. Halim torcia para que uma dessas mulheres levasse o filho para bem longe de casa, ou que uma das filhas de Talib, sobretudo Zahia, a mais formosa, sensual e perspicaz, laçasse o Caçula. Mas ele intuía que Zana era mais forte, mais audaciosa, mais poderosa.

O ciúme, o medo, a inveja e a compaixão que causavam as mulheres de Omar! A peruana de Iquitos, miudinha e graciosa, que cantou a noite toda em espanhol, fazendo beicinho para Halim, até que Zana falou para todo mundo ouvir: "Filho, a tua mocinha está procurando emprego?".

Todas foram vítimas de Zana. Todas, menos duas. A que eu conheci e vi de perto surge agora diante de mim, como se aquela noite distante se intrometesse nesta noite do presente.

As outras, assanhadas e oferecidas, não foram páreo para Zana, nem de longe ameaçavam o amor da mãe. Nem chegaram a duelar, não foi preciso. Além disso, não tinham nome, quer dizer, o Caçula só as chamava de queridinha ou princesa, para deleite da rainha-mãe, jamais destronada. Mas a mulher daquela noite tinha um nome: Dália. E assim foi apresentada a todos, um por um. Um nome era pouco para ela. Omar revelou-lhe o sobrenome, que eu esqueci. O resto, ou seja, todo o encanto dessa Dália veio dela própria. Que belo duelo entre Zana e a pretensa nora! Um duelo silencioso, que poucos perceberam, tamanha era a força de dissimulação dos risinhos e salamaleques.

Mas a força de Dália começava no corpo e crescia no vestido todo vermelho, mais rebelde, sensual e sanguíneo que o da semente do guaraná. Ela atraiu mais olhares do que Rânia. Atraiu e permaneceu quieta, misteriosa, ao sabor da nossa imaginação. Aos poucos, os olhares desviaram do vestido para o rosto, que sorria sem esforço. Omar e Dália se aconchegaram num canto da sala, e nesse momento Zana foi até lá falar com ela. Omar se afastou, deixando-as a sós. Não se sabe o que conversaram, mas cada uma tateava o território da outra, ambas cheias de gestos e disfarces, e muito nervosas, atrizes em noite de estreia. As palavras de Dália prevaleceram em tom e timbre, e eram sons cativantes, levemente cantados, sem falseio. Zana sentiu-se ameaçada e procurou outro canto. Foi a sua primeira derrota, ainda parcial, antes da meia-noite.

No fim da sobremesa Rânia recolheu-se, porque até o seu pretendente ficou aturdido com a presença de Dália. Aquela não era a noite de Rânia. Saiu sem dar boa-noite, e ao atravessar lentamente a sala a caminho da escada, ainda tentou fisgar algum galanteio, mas dessa vez sua beleza foi ignorada.

Foi então que a noitada começou. As luzes da sala se apagaram. Do alpendre, um piscar de luar revelava silhuetas sentadas.

Sons de alaúde e de batucada encheram a sala, a casa, e, para os meus ouvidos, encheram o mundo. Então as duas moças Talib surgiram da penumbra. Seus braços ondulavam, depois os quadris e o ventre, ritmados pela música que parecia multiplicar os movimentos do corpo das dançarinas. Faziam gestos semelhantes, ensaiados, talvez previsíveis, uma sensualidade pensada, artifícios das irmãs dançarinas. Estavam repetindo os passos e os volteios, estavam sideradas pela música, e já enrijeciam bruscamente o corpo numa pausa inesperada do batuque quando surgiu da escuridão um vulto claro e alto que se acercou do centro da sala com passos e requebros e rodopios simétricos, e logo vimos um delgado corpo feminino, descalço, dançando como uma deusa, jogando o rosto e os ombros para trás, curvada feito um arco, e agora a música era ritmada por palmas e estalidos de sapatos no assoalho. O ambiente já estava abafado, quente, quase sufocante, quando o foco de uma lanterna aclarou o rosto da dançarina. Então vimos o sorriso, os lábios carnudos sem batom, os olhos voltados para o canto da sala, onde Omar, extasiado, empunhava a lanterna. E quanta magia havia na luz lambendo aquela Dália, a luz que vinha da mão trêmula de Omar. Só ela atraía os olhares, e assim dançou por um bom momento, o corpo prateado enlouquecido pelo ritmo dos tambores, das palmas e do alaúde, e nós — aturdidos com os giros sensuais daquele corpo que nos desviou da noite —, nós invejamos o Caçula, o gêmeo disputado.

Mas Omar cometia o erro de trair a mulher que nunca o havia traído. Zana se remexeu na cadeira ao ver o filho aproximar-se de Dália, o foco de luz da lanterna crescendo no rosto da dançarina, até que ele, exibicionista e enamorado, beijou teatralmente a amante no meio da sala e depois pediu aplausos para ela. Todos bateram palmas ao som de um batuque tocado pelo viúvo Talib. Só Zana ficou alheia a tanta homenagem. Não quis que cantassem o parabéns; desprezou o bolo que ela e Domingas tinham preparado e deixou acesas as velinhas com que Halim desenhara o nome da esposa. O nome de Zana permaneceu aceso sobre o bolo confeitado, e a imagem das chamas daquelas velas vermelhas ainda se acende com força na minha memória. Halim entendeu e subiu para o quarto. Minha mãe me fez um sinal, que eu a acompanhasse, mas disfarcei, fiquei por ali. Então ela desapareceu nos fundos da casa. Os vizinhos se despediram, Talib foi o último a sair com o seu tambor. Não havia mais música: Omar e Dália se arrastavam na sala, grudados, enquanto Zana, sentada na cadeira de balanço, o leque na mão imóvel, acompanhava a dança silenciosa dos dois.

Nunca, nas noites festivas, ele havia dançado tanto tempo de rosto e corpo colados com uma mulher. Era uma afronta à mãe, a grande traição do Caçula. Zana esperou os corpos cambalearem de cansaço, esperou o momento propício ao desfecho que não tardaria. Largou o leque, levantou-se, acendeu todas as lâmpadas, e com a voz meiga pediu: que a dançarina lhe desse uma mãozinha, ajudasse a limpar a mesa. Omar aprovou essa intimidade. Deitou-se na rede vermelha, não longe de mim. Penso que não me viu: ele só tinha olhos para a Mulher Prateada. As duas começaram a tirar copos e pratos da mesa, iam da sala para a cozinha, às vezes falavam andando, e numa dessas idas e vindas Zana segurou com força o braço da outra e cochichou. Dália entrou no banheiro. Reapareceu com o vestido vermelho, segurava uma sacola onde guardara o traje prateado. Só de relance pude ver seu rosto, e não era o mesmo da mulher que entrara na casa nem o da dançarina que magnetizara tantos olhares. Era o rosto de uma mulher humilhada. Ela parou na sala e, antes de ir embora, disse em voz alta: “Vamos ver, vamos ver”.

Omar, sonolento, se ergueu da rede e ainda ouviu a porta da entrada bater com força. Correu para a calçada e desapareceu na noite, atrás da mulher.

Nós soubemos que Dália era uma das Mulheres Prateadas que se exibiam aos domingos na Maloca dos Barés. Eram dançarinas amazonenses, mas se diziam cariocas, acreditando que essa mentira lhes daria maior audiência. Então Zana fez de tudo para convencer o filho doutor a hospedar o filho farrista. “Ele quer se enganchar com uma sirigaita da Maloca, uma dançarina que se exibiu na noite do meu aniversário. Se ele não passar um tempo em São Paulo, vai abandonar tudo: os estudos, a casa, a família", escreveu ao engenheiro.

Yaqub negou abrigo ao irmão. Escreveu à mãe que podia alugar um quarto numa pensão para Omar e matriculá-lo num colégio particular. Podia enviar notícias sobre a vida dele em São Paulo, mas não ia permitir que o irmão dormisse sob o seu teto. "Que ele encontre o caminho dele, mas longe de mim, muito longe da minha seara."

Quando Omar soube do plano, passou vários dias sem aparecer em casa. Dormia e comia fora, e mandou um bilhete desaforado, xingando o irmão de "fresco, pulha e falso". Tentou, em vão, marcar um encontro com Dália e a mãe. Zana descobriu o teto da dançarina: uma casa derruída na Vila Saturnino, onde, indo para o norte, Manaus terminava. Era a última casinha da vila, situada num pequeno descampado cheio de carcaças de carroça e aros de bicicleta enferrujados. As flores vermelhas dos jambeiros cobriam um caminho de terra que ligava a rua à vila. Dália morava com duas tias, uma costureira, a outra doceira, e as três viviam à beira da penúria. Dava dó ver o estado da casa: uma promessa de cortiço, com os tabiques empenados multiplicando quartinhos e saletas. Eu as visitei a mando de Zana. Mesmo à luz do dia, sem a maquiagem e a fantasia prateada, Dália era bela. Estava de short e camiseta, sentada no chão, um monte de carretéis coloridos entre as coxas morenas. Quando me viu, ficou séria, espetou a agulha na manga da camiseta puída e saiu da saleta. Ainda cheguei a ver de perto os seios que o tecido esgarçado não escondia. Minha missão era infame, mas a ida do Caçula a São Paulo, sua ausência mesmo temporária me seria vantajosa, traria um pouco de paz. Ofereci às tias de Dália o dinheiro enviado por Zana. Relutaram, mas encomendas de doces e vestidos rareavam àquela época. A outra extremidade do Brasil crescia vertiginosamente, como Yaqub queria. No marasmo de Manaus, dinheiro dado era maná enviado do céu. As tias aceitaram a oferta e talvez tenham trocado as telhas quebradas e os caibros podres da cobertura. Assim, aliviei-lhes o inverno chuvoso, acalmei o coração de uma mãe e ainda colhi uns cobres de gorjeta.

Dália sumiu da Maloca dos Barés, da casa na Vila Saturnino, da cidade. Só não soubemos se sumiu deste mundo, e isso nem Omar soube, ou, se soube, nada disse quando reapareceu numa tarde de chuva. Estava descalço, sem camisa, a calça encharcada. Um espantalho fugido do dilúvio, e bêbado, a ponto de esbarrar nos dois vasos de porcelana e no console antes de cair na rede vermelha. Zana não arredou o pé. Domingas e Rânia, aflitas, quiseram socorrê-lo, mas foram detidas por um olhar severo. Ele dormiu no sereno, acordou tossindo, amolengado, incapaz de dar um passo. Já estava com febre quando ouviu a mãe dizer:

"Tudo isso por causa de uma dançarina vulgar. Aquela serpente ia te levar para o inferno, querido. Teu irmão vai te ajudar em São Paulo."

"Meu irmão?", gritou ele, exasperado.

Halim se aproximou do filho:

"Vais estudar em São Paulo, vais ter que dar duro que nem o teu irmão..."

"Calma, Halim... o nosso menino está queimando de febre", disse Zana, abraçando o filho. "Ele precisa de repouso, depois viaja, passa uns meses em São Paulo e volta."

Omar cravou os olhos avermelhados no rosto do pai, tentou ficar de pé, mas Halim o empurrou com força e deu as costas para o filho. Os dois não se falaram mais até o dia do embarque. Zana, arrependida, ainda quis adiar a viagem do filho; parecia enlutada, rezava para que tudo desse certo com Omar, a separação tinha o travo da morte.

Ele viajou dando coices no ar, rebelde, enraivecido. Foram seis meses de quietude na casa, de alívio para Halim. Os livros do Caçula, romances e poemas que ele lia na rede, caíram nas minhas mãos. Os livros, os cadernos, as canetas, tudo, menos o quarto, que era só dele, só para ele. No quarto bagunçado, o colchão velho e o lençol foram trocados. Mas, antes de viajar, o Caçula pedira a Domingas que deixasse os objetos nas prateleiras da estante; ela cobriu com um lençol a coleção de cinzeiros, copos, garrafas cheias de areia, calcinhas, sutiãs, sementes vermelhas, tocos de batom e baganas manchadas. Domingas, ao vasculhar o guarda-roupa, descobriu um remo indígena, lustrado e escuro. Na pá do remo, nomes femininos gravados a ponta de faca. Domingas alisava a pá escura, pronunciava um e outro nome e se sentava na cama do Caçula, meio aérea, não sei se saudosa. Agora ela podia entrar no quarto dele, conviver com as coisas que ele deixara, abrir a janela e se deparar com o horizonte que ele avistava no fim de cada tarde, antes de sair para os balneários noturnos. Ela rastreava todos os móveis do quarto, não parava de encontrar objetos, fotografias, brinquedos, a velha farda de guerra do Galinheiro dos Vândalos. Era diferente do quarto de Yaqub, vazio, sem marcas ou entulho: abrigo de um corpo, nada mais. Não sei qual dos dois minha mãe preferia limpar. O fato é que todos os dias, de bom ou mau humor ela entrava em cada quarto e se demorava antes de começar a limpeza. E se o remo e as tralhas do Caçula lhe exaltavam o ânimo, o despojamento do espaço de Yaqub lhe esfriava a cabeça. Talvez minha mãe gostasse desse contraste.

Zana me deu a farda do filho; ficou frouxa no meu corpo e provocou risadas. Engoli as risadas; e devolvi a roupa antes de ser engolido pelos olhos de Zana, incapaz de ver a farda em outro corpo. E, graças a Halim, ingressei no Galinheiro dos Vândalos.

No liceu havia vestígios do Caçula: ex-namoradas, histórias de algazarra, de cenas heroicas, duelos, desafios. Nas paredes do banheiro havia inscrições de sua autoria. Por onde passava, deixava um gesto ousado, de valentia, ou um epigrama qualquer, palavras de humor e ironia. Eu cheguei a terminar o curso que ele havia abandonado no último ano. Na verdade, o Caçula não terminou nada, jamais frequentaria uma faculdade, desprezava um diploma universitário, ignorava tudo o que não lhe desse um prazer intenso, fortíssimo, de caçador de aventuras sem fim.

Halim e Zana pensavam que o filho doutor ia corrigi-lo, que cedo ou tarde a vida dura em São Paulo podia domá-lo. Passaram meses acreditando nas cartas de Omar: que ia bem, que no início estranhara o frio mas já estava estudando, madrugava para ir ao colégio, jantava na pensão da rua Tamandaré, quase não saía do quarto. Era um outro Caçula, compenetrado, não gazeava, apenas sentia-se meio deslocado entre os alunos, porque já era um marmanjo. No último sábado de agosto, a empregada de Yaqub fez uma visita à pensão de Omar para entregar-lhe roupa e doces enviados por Zana. Dois casacos, um pulôver e uma calça de veludo para que o Peludinho não sofresse com a garoa e o frio. Uma lata cheia de doces árabes, assim ele se lembraria da mãe dele. Omar agradeceu com um bilhete: "Muito obrigado, mano. Desde que cheguei a São Paulo é a primeira vez que como com prazer. E só minha mãe me daria tanto prazer". Yaqub permaneceu mudo quando a empregada lhe disse que Omar, sentado na cama, devorou os doces.

Esse outro Omar existiu durante alguns meses. No feriado de 15 de novembro, antes de viajar com a esposa para Santos, Yaqub decidiu ir ao bairro da Liberdade, onde morava Omar. Anos depois, Yaqub disse ao pai que não quis falar com o irmão, sequer vê-lo. Tinha passado em frente à pensão para observar aquela casa triste ocupada por estudantes de outras cidades e regiões. Pensou nas noites solitárias dos primeiros meses em que ele, Yaqub, havia morado em São Paulo. Aos sábados caminhava até a ladeira Porto Geral e a rua 25 de Março, entrava nos armarinhos e nas lojas de tecidos; ouvia a conversa dos imigrantes árabes e armênios e ria sozinho, ou se amargurava ao lembrar da infância no bairro portuário de Manaus, onde escutara aqueles sons. Depois, no Empório Damasco, passava um bom tempo sentindo o cheiro forte dos temperos, devorando com os olhos as iguarias que não podia comprar; pensou nos restaurantes e clubes que não podia frequentar, nas vitrines das lojas que admirava no caminho entre a Pensão Veneza e a Escola Politécnica; pensou no tédio dos domingos e feriados numa cidade sem amigos e parentes. A solidão extrema domaria um selvagem como o Omar. Yaqub acreditava que o sofrimento, a labuta, o transtorno do dia a dia e o desespero da solidão seriam decisivos para a educação de Omar. Ele não ia ajudá-lo. Acreditava que o desamparo engrandece a pessoa. Mas tinha curiosidade de saber alguma coisa da vida do irmão. Como ele vivia? Como se comportava no colégio? Como podia viver longe de Manaus, onde conhecia cada rua e era saudado e festejado nos clubes grã-finos e nos lupanares? Onde os quitutes caseiros e o colo e os afagos das mulheres da casa estimulavam ainda mais a insolência dele? Em Manaus, Omar nunca seria um anônimo. E, para Yaqub, o anonimato era um desafio.

Uma semana depois do feriado, decidiu passar no colégio em que o irmão estudava. Conversou com professores e alunos. Ele era estranho, disseram-lhe. Um rapaz impulsivo, ousado, gostava de vencer obstáculos. Omar assistia às aulas com assiduidade, frequentava os laboratórios, só era um pouco estabanado nas aulas de educação física. Estava indo bem: por que deixara de frequentar o colégio? Adoecera? Yaqub arregalou os olhos: desde quando não assistia às aulas? Depois do feriado não tinha comparecido a uma única aula.

Foi à pensão da rua Tamandaré e soube que o irmão abandonara o quarto sem nenhuma explicação, sem nem mesmo pagá-lo. Entrou no quartinho de Omar e viu uma maleta vazia no chão, a roupa pendurada em cruzetas improvisadas, um mapa dos Estados Unidos sobre a escrivaninha. Nenhum bilhete, nenhuma palavra, sinal algum. Yaqub pensou num acidente, numa tragédia. Procurou o irmão nos hospitais, delegacias e necrotérios de São Paulo. A esposa o aconselhou: "Nada de mencionar o desaparecimento dele aos teus pais. Ele vai voltar. Se não voltar, não é culpa tua".

Pensaram que ele podia reaparecer a qualquer momento, não custava nada esperar uma ou duas semanas. Caixas de doces continuaram a chegar de Manaus. Em dezembro eles receberam o primeiro cartão-postal.

5

Na vida de Omar aconteciam lances incríveis, ou ele os deixava acontecer, como quem recebe de mão cheia um lance de aventura. E não há seres assim? Pessoas que nem carecem buscar o lado fantasioso da vida, apenas se deixam conduzir pelo acaso, pelo inusitado que assoma nas ventas.

Yaqub só revelou a verdade sobre o irmão quando visitou pela primeira vez a família desde que partira para São Paulo.

Quando soube que ele ia chegar, senti uma coisa estranha, fiquei agitado. A imagem que faziam dele era a de um ser perfeito, ou de alguém que buscava a perfeição. Pensei nisto: se for ele o meu pai, então sou filho de um homem quase perfeito. A sabedoria dele não me intimidava, nunca tinha sido uma ameaça para mim. Eu o considerava um homem tenaz, respeitado em casa, a ponto de ser elogiado pelo pai, que não sabia até onde o filho queria chegar. Certa vez, Halim me disse que Yaqub era capaz de esconder tudo: um homem que não se deixa expor, revestido de uma armadura sólida. De um filho assim, disse o pai, pode-se esperar tudo. Omar, ao contrário, se expunha até as entranhas, e esse excesso era a maior arma de Zana. Eu tentava descobrir qual dos dois tinha atraído minha mãe. Percebia que Domingas ficava nervosa quando Omar me chamava com voz insolente e me mandava entregar um bilhete nos confins da cidade. Ele se aproveitava da proteção de Zana até para engrossar a voz, mas quando Halim estava por perto ele se acovardava, e era um alívio para minha mãe. Agora, com a visita de Yaqub, ela não saía de perto de mim. Quando Yaqub me viu no quintal, de mãos dadas com Domingas, ficou sem jeito, não sabia quem abraçar primeiro. Minha alegria foi tão grande quanto a surpresa. Ele abraçou minha mãe, e senti a mão dela suada, trêmula, apertando meus dedos. Eu tinha uma vaga lembrança da voz dele, pois costumava entrar no quarto de minha mãe e falar um pouco, dizia palavras que eu não entendia. O que me lembro, muito bem, é da pergunta que Domingas lhe fez quando soube que ele ia morar em São Paulo. Vais levar aquela moça contigo?, perguntou várias vezes minha mãe. Ele não respondeu, saiu do quarto sem dizer nada. Anos depois, minha mãe me revelou quem era a moça e me contou que Omar tinha cortado o rosto do irmão por causa dela.

Agora eu reconhecia a voz que havia escutado aos quatro ou cinco anos de idade. Disse que trouxera livros para mim. Ele não parecia um estranho, mas alguém que não conseguia ser espontâneo na casa onde nascera.

Zana lhe perguntou por que a esposa não tinha vindo a Manaus, e ele apenas olhou para a mãe, altaneiro, sabendo que podia irritá-la com o silêncio.

"Quer dizer que não vou conhecer minha nora?", insistiu a mãe. "Ela está com medo do calor ou pensa que somos bichos?"

"O outro filho vai te dar uma nora e tanto", disse Yaqub, secamente. "Uma nora tão exemplar quanto ele."

Zana preferiu não responder.

Na véspera da chegada de Yaqub ela havia sonhado que os gêmeos conversavam serenamente no quarto dela, mas de repente viu o jovem Yaqub no cais, de costas para um navio branco, sorrindo friamente para ela. Sorriu e cravou os olhos na mãe, até desaparecer.

Durante o café da manhã ela contou o sonho a Halim. Estava tensa, atrapalhada, e ele, acariciando-lhe as mãos, disse com uma voz irônica:

"Por Deus, Zana, se eu tivesse um lugarzinho no teu sonho teria enxotado os dois do nosso quarto e armado a rede..."

"Ainda assim, seria um sonho", disse ela, amargurada. "O que eu posso fazer? Nossos filhos não se entendem..."

"O que podes fazer? Dá um pouco de atenção ao outro filho. Faz anos que não vemos o Yaqub. Olha o que ele conseguiu fazer, sozinho em São Paulo. Tem a vida dele, a mulher dele."

Ela temia um encontro dos filhos, uma explosão de insultos dentro de casa. Ficava de vigília durante a noite até a chegada do Caçula; depois Domingas ajudava a levá-lo até o quarto, de onde ele saía quando o irmão já estava fora de casa. Fizeram isso três noites seguidas, e assim evitaram que Yaqub encontrasse o irmão na rede vermelha do alpendre.

A visita de Yaqub, ainda que passageira, permitiu que eu o conhecesse um pouco. Algo do comportamento dele me escapava; ele me deixou uma impressão ambígua, de alguém duro, resoluto e altivo, mas ao mesmo tempo marcado por uma sofreguidão que se assemelhava a uma forma de afeto. Essa atitude indecisa me deixava confuso. Ou talvez eu mesmo oscilasse feito gangorra. Muita coisa do que diziam de Yaqub não se ajustou ao que vi e senti. Em casa, diante da família, ele se alterava, ficava desconfiado. Mas perto de mim não vestia uma armadura sólida, como dissera Halim a respeito do filho. Durante o nosso passeio pela cidade, enquanto nos aproximávamos da zona portuária, ele parecia estranhar tudo. Estava ensopado de suor, irritado com a sujeira acumulada nas ruas. Aos poucos, tudo isso foi perdendo importância. Perto do Hotel Amazonas ele parou diante da banquinha de tacacá da dona Deúsa, tomou duas cuias, sorvendo com calma o tucupi fumegante, mastigando lentamente o jambu apimentado, como se quisesse recuperar um prazer da infância. Depois nós caminhamos pelo porto da Escadaria, onde um canoeiro nos conduziu até o igarapé dos Educandos. A vazante do rio Negro formava praias enlameadas, onde havia pequenos motores encalhados e cascos de embarcações emborcados. Yaqub começou a remar, às vezes erguia o remo e acenava aos moradores das palafitas, ria ao ver os meninos correndo nos becos do bairro, nos campos de futebol improvisados, ou escalando o toldo de barcos abandonados. "Eu brincava muito por aqui", ele disse. "Vinha com a tua mãe, nós dois passávamos o domingo nessas margens... escondidos nos aningais." Parecia estar contente, não se irritava com o cheiro de lodo que empestava as praias do igarapé. Apontou uma palafita na margem esquerda, um pouco antes da ponte metálica. Encostamos a canoa,

Yaqub observou a casinha suspensa, subiu uma escada e me chamou. Era um barraco que fora pintado de azul, mas agora a fachada estava coberta de manchas cinzentas; no seu interior havia duas mesinhas e tamboretes; uma mulher que arrumava as mesas perguntou se íamos comer. Yaqub respondeu com uma pergunta: ela se lembrava dele? Não, não fazia ideia: quem era? "Eu e a mãe deste rapaz vínhamos comer jaraqui frito na sua casa. Depois a gente nadava no igarapé... eu jogava futebol e empinava papagaio..." Ela recuou, observou-o dos pés à cabeça, quis saber quando, fazia muito tempo? "Sou filho do Halim." "O da rua dos Barés? Minha Nossa Senhora... aquele menino? Olha... como cresceu! Espera um pouco." Ela trouxe uma fotografia em preto e branco: Yaqub e minha mãe juntos, numa canoa, em frente da palafita, o Bar da Margem. Ele olhou a imagem, quieto e pensativo, e procurou com os olhos o lugar da margem em que algum dia fora feliz. Depois falou que morava muito longe, em São Paulo, fazia anos que não visitava a cidade. A mulher quis puxar conversa, mas Yaqub quase não falou, sua alegria foi se apagando, o rosto ficou sério. Despediu-se com poucas palavras, a mulher lhe ofereceu a foto, ele agradeceu: talvez voltasse com Domingas ao Bar da Margem. Na canoa, remando para o pequeno porto, ele me disse que nunca ia se esquecer do dia em que saiu de Manaus e foi para o Líbano. Tinha sido horrível. "Fui obrigado a me separar de todos, de tudo... não queria."

A dor dele parecia mais forte que a emoção do reencontro com o mundo da infância. Ele molhou o rosto com a água do rio e pediu que o canoeiro contornasse a Cidade Flutuante, onde já piscavam chamas de velas e de candeeiros. A floresta escurecia às nossas costas, e o clarão da cidade aumentava enquanto navegávamos na noite úmida. Eu via, em relances, o rosto sério de Yaqub, e imaginei o que teria lhe acontecido durante o tempo em que viveu numa aldeia do sul do Líbano. Talvez nada, talvez nenhuma torpeza ou agressão tivesse sido tão violenta quanto a brusca separação de Yaqub do seu mundo. Mas naqueles dias que passou em Manaus, eu notei que o humor dele oscilava muito.

Seu entusiasmo para redescobrir certas pessoas, paisagens, cheiros e sabores era logo sufocado pela lembrança de uma ruptura. Hoje é menos difícil pensar nisso. Ainda o vejo saltar da canoa e se encaminhar para a rua dos Barés; ouço a voz dele criticar o comércio anacrônico do pai e os amigos que rodeavam o tabuleiro de gamão.

"São pessoas que atrapalham o movimento da loja, uns urubus na carniça que ficam esperando o lanche da tarde. Assim vocês não vão muito longe."

Rânia concordava, mas Halim, apoiando os braços no balcão, perguntou:

"Para que ir tão longe? E o prazer do jogo, da conversa?"

"O comércio não se alimenta de prazeres fortuitos", disse Yaqub, dirigindo-se à irmã.

Halim me pediu que o acompanhasse à loja do Balma:

"Hoje à noite o Issa e o Talib vão jogar bilhar, e eu não quero perder esse jogo fortuito."

Eu me despedi dos dois irmãos e só fui ver Yaqub no dia seguinte, véspera de sua partida para São Paulo.

Ele desceu cedo, tomou café e começou a ler um livro de cálculo de "grandes estruturas"; quando Rânia lhe mostrou as fotografias emolduradas, fechou o livro e admirou suas próprias imagens. Rânia emagrecera, tornara-se mais bonita, os olhos amendoados mais graúdos, o pescoço alongado e o rosto, tal o da mãe, quase sem rugas. Envelheceria assim, refratária aos homens, revelando depois de cada ano os vestígios de uma beleza que nunca deixou de me impressionar. Ela mimava os gêmeos e se deixava acariciar por eles, como naquela manhã em que Yaqub a recebeu no colo. As pernas dela, morenas e rijas, roçavam as do irmão; ela acariciava-lhe o rosto com a ponta dos dedos, e Yaqub, embevecido, ficava menos sisudo. Como ela se tornava sensual na presença de um irmão! Com esse ou com o outro, formava um par promissor.

Nos quatro dias da visita ela se empetecou como nunca, e parecia que toda a sua sensualidade, represada por tanto tempo, jorrava de uma só vez sobre o irmão visitante. Rânia, não a mãe, ganhou os melhores presentes dele: um colar de pérolas e um bracelete de prata, que ela nunca usou na nossa frente.

Ainda chovia muito quando a vi subir a escada, de mãos dadas com Yaqub; entraram no quarto dela, alguém fechou a porta e nesse momento minha imaginação correu solta. Só desceram para comer.

Almoçaram com os pais, Talib e suas duas filhas. Yaqub comportou-se de um modo quase formal; tratava os vizinhos com humildade, era cordial sem fazer festa. Fumava com piteira, e se mostrou enfastiado quando Zana tornou a encher seu prato com lentilhas e fatias de pernil de carneiro. Deu uma baforada e afastou-se da mesa sem tocar na comida.

Tomaram café sob a seringueira do quintal, e ele nada falou da engenharia e suas façanhas. Nem era preciso: tudo dava tão certo na vida dele que os atropelos e o purgatório do dia a dia só pertenciam aos outros. E nós éramos os outros. Nós e o resto da humanidade.

Foi então que aconteceu o inesperado: Talib, voz grossa e troante, triscou no assunto:

"Não sentes saudades do Líbano?"

Yaqub ficou pálido e demorou a responder. Não respondeu, perguntou:

"Que Líbano?"

Halim tomou mais um gole de café, franziu a testa, olhou sério para o filho. Zana mordeu os lábios, Rânia seguiu com os olhos, até encontrar o japiim-vermelho que piava num galho da seringueira, perto de mim.

"Por enquanto, só há um Líbano", respondeu Talib. "Quer dizer, há muitos, e aqui dentro cabe um." Ele apontou para o coração.

Zahia se levantou, Talib fez um gesto, ela tornou a sentar, quieta. Nahda não sabia onde pôr os olhos, e ninguém sabia o que dizer.

"Não morei no Líbano, seu Talib." A voz começou mansa e monótona, mas prometia subir de tom. E subiu tanto que as palavras seguintes assustaram: "Me mandaram para uma aldeia no sul, e o tempo que passei lá, esqueci. É isso mesmo, já esqueci quase tudo: a aldeia, as pessoas, o nome da aldeia e o nome dos parentes. Só não esqueci a língua...".

"Talib, não vamos falar..."

"Não pude esquecer outra coisa", Yaqub interrompeu o pai, exaltado. "Não pude esquecer...", ele repetiu, reticente, e se calou.

Zana convidou os vizinhos a tomar licor na sala, mas Talib agradeceu, disse que ia fazer a sesta, sentia dor de cabeça. Ele e as filhas se despediram, e logo depois os da família se encafuaram. Só Yaqub permaneceu debaixo da seringueira. Ele e sua frase incompleta. A reticência. O ruído de sua vida. Yaqub, encurralado, parecia mais humano, ou menos perfeito, mais inacabado. Percebi que estava nervoso, fumava com ânsia, os olhos fixos no chão. Eu não me aproximei dele, não tive coragem. Estava transfigurado, parecia trincar os dentes até a alma.

À noite ele quis conversar com Halim; os dois saíram para jantar e voltaram tarde. Só fui vê-lo no domingo, antes da volta para São Paulo. Havia recuperado a carnadura e não revelava vestígio de fraqueza ou sofrimento. Abraçou-me com força, depois recuou e me olhou de frente, examinando minha estatura, observando meu rosto.

Rânia fez questão de acompanhá-lo até o aeroporto. Já estavam na calçada quando Domingas entregou a Yaqub um pacote de farinha e uma penca de pacovãs. Abraçou-o; soluçou ao vê-lo partir. Foi a cena mais comovente da visita de Yaqub.

Ele revelara ao pai alguns episódios sobre o sumiço de Omar. Halim não sabia de nada. Ele e Zana, iludidos, pensavam que o Caçula havia frequentado um dos melhores colégios de São Paulo e que durante todo um semestre letivo o Peludinho queimara as pestanas, aplicado, debruçado sobre uma escrivaninha coberta de livros. Pensavam: Por isso tinha voltado falando um pouco de inglês e espanhol.

"*Majnun!* Um maluco, esse Omar!", disse Halim, bebendo um trago de arak.

Ele me levara para um boteco na ponta da Cidade Flutuante. Dali podíamos ver os barrancos dos Educandos, o imenso igarapé que separa o bairro anfíbio do centro de Manaus. Era a hora do alvoroço. O labirinto de casas erguidas sobre troncos fervilhava: um enxame de canoas navegava ao redor das casas flutuantes, os moradores chegavam do trabalho, caminhavam em fila sobre as tábuas estreitas, que formam uma teia de circulação. Os mais ousados carregavam um botijão, uma criança, sacos de farinha; se não fossem equilibristas, cairiam no Negro. Um ou outro sumia na escuridão do rio e virava notícia.

Eu tinha percorrido os caminhos da Cidade Flutuante nas folgas do domingo. No entanto, Halim conhecia o bairro melhor do que eu; conhecia e era conhecido. Quando vendia além da conta, fechava a loja mais cedo e entrava no trançado de ruelas do bairro agitado. Ia de casa em casa, cumprimentava esse e aquele e sentava à mesa do último boteco, onde tomava uns tragos e comprava peixe fresco dos compadres que chegavam dos lagos.

Antes da nossa conversa, ofereceu tabaco de corda a um compadre do lago do Janauacá, o Pocu, que vinha a Manaus para vender sorva, fibras de piaçaba e farinha. Quando não vendia suas coisas, trocava por sal, café, açúcar e instrumentos de pesca. Sempre trazia um pacu frito para tira-gosto e contava casos; tinha sido comandante de barco e navegara por muitos rios. Ouvimos o trechinho de uma história que até Halim desconhecia: a de um casal de irmãos que morava num barco abandonado, escondido, encalhado para sempre, lá perto da boca do rio Preto da Eva. Dois seres do mesmo sangue, irmãos, vivendo longe de tudo, sem nenhum sinal de vida humana por perto. Num entardecer, finzinho de uma grande pescaria, Pocu os encontrou e falou com eles.

"Bichos...", murmurou Pocu. "Viviam que nem bichos."

"Bichos?" Halim balançou a cabeça, mirou o banzeiro, os barcos amontoados no pequeno porto das escadarias dos Remédios.

"Isso mesmo, bichos. Só que pareciam felizes."

"Conheço um bicho, mas sem muita coragem." Halim soltou a língua, tomou mais um gole de arak, enrolou um cigarro, o olhar vagando entre a Cidade Flutuante e a floresta.

Agora ouvíamos a barulheira dos que zanzavam carregando tralhas, o grito dos catraieiros, grunhidos de porcos, as vozes vizinhas, choro de crianças, a algaravia do anoitecer.

"Um bicho sem muita coragem", ele repetiu, o cigarro na boca. Marcou um encontro com Pocu, que desse uma voltinha na loja, amanhã, antes do sol a pino. O ex-barqueiro saiu do boteco e por um momento eu fiquei imaginando o fim da história dos irmãos amantes. Invenção de Pocu? E o que há de verdade e mentira nas palavras de um navegante? Ele contara o evento com convicção e ardor, como se fosse uma verdade íntima, tanto que continuei a pensar nos dois irmãos acasalados num barco.

"Isso mesmo, *majnun*, um maluco mesmo." Halim estalou os dedos, depois coçou a barba por fazer, grisalha, que envelhecia ainda mais o seu rosto. "Omar quer viver com emoção. Ele não abre mão disso, quer sentir emoção em cada instante da vida. A Zana pensou que o nosso filho..." Halim olhou para a margem do rio, como se tentasse lembrar de algo. "Sabes de uma coisa? Eu também... estava crente que ele tinha estudado um semestre inteiro num ótimo colégio e que depois ia poder entrar numa universidade. Nem São Paulo corrigiu o Omar! Aliás, nenhum santo nem cidade vai dar jeito nele."

Então Yaqub revelou a verdade, na versão dele. Contou só para o pai, que deixou o outro desabafar. O engenheiro, lacônico, dessa vez desandou a falar mal do irmão: "Um mal-agradecido, um primitivo, um irracional, estragado até o tutano. Fez pouco de mim e da minha mulher".

Halim escutara o filho doutor com um ar sério, compenetrado. Agora, à mesa do boteco, contraía o rosto e soltava uma gargalhada de dar medo.

Pois bem, o Caçula enviou o primeiro cartão-postal de Miami; depois enviou outros, de Tampa, Mobile e Nova Orleans, contando suas farras e peripécias em cada cidade. Yaqub rasgara todos os postais menos um, que entregou ao pai: "Queridos mano e cunhada, Louisiana é a América em estado bruto e mesmo brutal, e o Mississippi é o Amazonas desta paragem. Por que não dão uma voltinha por aqui? Mesmo selvagem, Louisiana é mais civilizada que vocês dois juntos. Se vierem, tratem de pintar o cabelo de loiro, assim vão ser superiores em tudo. Mano, a tua mulher, que já foi bonita, pode rejuvenescer com o cabelo dourado. E tu podes enriquecer muito, aqui na América. Abraços do mano e cunhado Omar".

"Durante cem dias o teu filho foi disciplinado como não tinha sido em quase trinta anos, mas foram cem dias de farsa", disse Yaqub ao pai. "Ele roubou meu passaporte e viajou para os Estados Unidos. O passaporte, uma gravata de seda e duas camisas de linho irlandês!"

Yaqub teve certeza disso quando recebeu o primeiro cartão-postal. Já tinha expulsado a empregada, porque ela levara Omar para o apartamento quando ele e a esposa estavam em Santos no feriado de 15 de novembro. A empregada havia confessado quase tudo: Omar a levara para passear no Trianon e no Jardim da Luz; tinham almoçado no Brás e nos restaurantes do centro. Dois folgadões! Tudo isso com o dinheiro que vocês mandavam, disse Yaqub, irado. Depois Yaqub se lembrou dos dois volumes velhos e empoeirados de cálculo integral e diferencial, livros que comprara por uma pechincha num sebo da rua Aurora. Abriu os livros com o pressentimento de que fora aviltado. Rangia os dentes, as mãos trêmulas mal conseguiam folhear o primeiro volume, onde tinham sido enfiadas várias cédulas de um dólar; no outro volume guardara as notas de vinte. Folheou os dois livros, página por página, depois chacoalhou-os, e caíram cédulas de um dólar. O patife! Muito bem, que o pulha levasse o passaporte, a gravata de seda, as camisas de linho, mas dinheiro... "Deixou a mixaria, deixou o que ele é. Esse é o teu filho. Um *harami*, ladrão!"

"Gritou ladrão tantas vezes que pensei que estivesse se referindo a mim", disse Halim. "Bom, ele falava do meu filho, e de alguma forma me atingia. Mas deixei o Yaqub falar, eu queria que ele desembuchasse tudo. Depois eu disse: 'Não dá para esquecer essas coisas? Perdoar?'. Meu Deus, foi pior!"

Yaqub passou da acusação à cobrança. Não ia sossegar enquanto o irmão não lhe devolvesse os oitocentos e vinte dólares roubados. Uma fortuna! A poupança de um ano de trabalho. Um ano calculando estruturas de casas e edifícios na capital e no interior. Um ano vistoriando obras. Zana devia conhecer essa história, e aí sim, ela ia entender o verdadeiro caráter do caçulinha dela, o peludinho frágil. Mimem esse crápula até ele acabar com vocês! Vendam a loja e a casa! Vendam a Domingas, vendam tudo para estimular a safadeza dele!

"Ele não parava, não conseguia parar de xingar o filho mimado da minha mulher. Parece que o diabo torce para que uma mãe escolha um filho..." Halim me encarou: os olhos embaciados pareciam querer dizer mais. Ele se aprumou. "Não estava furioso só por causa dos dólares. A empregada já tinha contado para Omar quem era a esposa de Yaqub. Ficou irado porque o Caçula entrou no apartamento dele e vasculhou tudo, encontrou as fotos do casamento, das viagens, e deve ter visto outras coisas. Só eu sabia que a Lívia, a primeira namorada do Yaqub, tinha viajado para São Paulo a pedido dele. Ele queria manter esse segredo, mas Omar acabou sabendo. Não sei qual dos dois ficou mais enciumado, mas a verdade é que Yaqub não perdoou os desenhos obscenos que Omar fez nas fotos de casamento..."

Halim pôs as mãos na cabeça, confirmou: "Isso mesmo: Omar encheu o rosto da Lívia de obscenidades, cobriu as fotografias do álbum de casamento com palavrões e desenhos... Yaqub ficou louco... Não tinha perdoado a agressão do irmão na infância, a cicatriz... Isso nunca tinha saído da cabeça dele. Jurou que um dia ia se vingar".

Agora ele parecia melancólico e bebia arak com gelo, raramente bebia outra coisa. Duas garrafinhas azuis na mesa, com o selo de Zahle, compradas de um contrabandista. Tomou três, quatro goles, enrolou mais um cigarro. O rio e o céu se confundiam, e, ao longe, uma procissão de canoas iluminadas desenhava uma linha sinuosa na escuridão. O vento trazia o cheiro da floresta, não muito distante. O vozerio findava, a Cidade Flutuante aquietava-se.

Halim ia parar de falar? Ele me encarou mais uma vez, mordeu com raiva o lábio inferior. Deu um murro na mesa, como se pedisse silêncio.

"Sabes o que eu fiz depois dessas acusações?" Ele parecia agitado, meio bêbado, sei lá. "Sabes o que a gente deve fazer quando um filho, um parente ou um fulano qualquer estrebucha por causa de dinheiro? Sabes?"

"Não", eu disse, quase sem perceber.

"Pois bem. Deixei o Yaqub terminar. Estava alterado, nunca tinha visto meu filho assim. Depois do desabafo, ele foi murchando, virou mururé fora d'água. Então eu disse: 'Está bem, vou dar um jeito nisso'. Pensou que eu ia sair atrás do irmão dele, ou que eu ia contar tudo para Zana. Me levantei, voltei para casa, enchi de orquídeas os vasos do quarto, armei a rede e gritei o nome da minha mulher... Filhos! Por Deus, eu tinha que esquecer todas essas porcarias, os oitocentos e vinte dólares, o passaporte, a gravata, as camisas e a droga de Louisiana... Zana entrou no quarto e me viu nu na rede. Me viu e entendeu. Declamei umas palavras do Abbas... Era a senha..."

Foi a primeira vez que vi Halim cambalear; estava grogue, por pouco não caiu da cadeira. Ele quis ficar mais uns minutos ali, sem dar um pio. Um pequeno motor se aproximou dos troncos, o comandante lançou as cordas e eu ajudei na amarração. Atracou perto do boteco, o holofote do motor girou lentamente, focou os esteios de madeira, a nossa mesa, o rosto de Halim. Vi seu lábio inferior vermelho demais, ferido, no rosto abrasado. Pedi ao comandante que iluminasse a nossa mesa e ajudei Halim a se levantar. Acompanhei-o de volta para casa; nós dois juntos, abraçados, atravessamos passagens estreitas, caminhamos sobre as tábuas envergadas da Cidade Flutuante. De vez em quando alguém o chamava, mas ele não respondia, continuava andando comigo na escuridão. O silêncio de Halim. Eu já desconfiava do que ele mais temia. O engenheiro se engrandecia, endinheirado. E o outro gêmeo não precisava de dinheiro para ser o que era, para fazer o que fez.

E como fez! Aqueles cinco ou seis anos: o tempo entre a fuga de Omar e a visita de Yaqub a Manaus. Só depois soubemos que Yaqub havia prosperado, aspirando, talvez, a um lugar no vértice. Ele mudara de endereço, e o novo bairro paulistano onde morava dizia muito. O bairro e o apartamento, porque agora as fotografias enviadas por Yaqub revelavam interiores tão imponentes que os corpos diminuíam, tendiam a desaparecer. Rânia reclamava disso: "Querem mostrar a decoração e se esquecem de mostrar o rosto", dizia.

Realmente, os rostos do casal Yaqub se afastaram da lente do fotógrafo. A mulher dele, que só existia na minha imaginação, agora aparecia nas imagens como um corpo alto e delgado, mais fino que lâmina. Omar dissera que a mulher arrastava Yaqub para os clubes grã-finos, onde ele conhecia clientes e fechava negócios. "Ela não pode ter filhos", contou Omar, cruamente. "Mas as crias daqueles dois serão outras, vocês vão ver."

Mesmo assim, Rânia emoldurava as fotografias e a mãe as mostrava às amigas. Zana orgulhava-se do filho doutor, mas na conversa com as vizinhas venerava Omar. Punha os gêmeos numa gangorra e fazia loas ao Caçula, elogiando-o até a cegueira. Mas Zana não era cega. Via muito, por todos os ângulos, de perto e de longe, de frente e de viés, por cima e por baixo, e sua visão continha uma sabedoria. Só que Zana era possuída por um ciúme excessivo. Fingiu não se desesperar com o casamento do filho: soube se controlar, mas não sossegou até descobrir quem era a nora. Aos poucos, a curiosidade cresceu com o ciúme. A nora mandava de São Paulo caixas de presente para Halim. Garrafas de arak, latas de tabaco para o narguilé, sacos de pistache, figos secos, amêndoas e tâmaras. Halim, guloso, se refestelava. "Que mulher! Que nora maravilhosa!" Zana virava o rosto, tinha vontade de jogar tudo no lixo, mas acabava comendo as guloseimas às escondidas. Sozinha, na cozinha, ela enchia a boca de tâmaras. Todo mundo sabia disso: pela boca morriam todos. O Caçula, insolente, exigia tudo do bom e do melhor. Catavam as espinhas do peixe para ele comer sem chateação; o pudim de tapioca com coco ralado tinha que ser bem assado; comida mal passada ele mastigava e ia cuspir no galinheiro. Eu saboreava o pudim que o Caçula só ciscava. Minha mãe também escondia um punhado de tâmaras e amêndoas atrás dos bichos de madeira. Eu comia antes de dormir, ela não tocava em nada, deixava tudo para mim, queria me ver saudável, fortudo como um cavalo.

Halim nunca quis ter mais que o necessário para comer, e comer bem. Não se azucrinava com as goteiras nem com os morcegos que, aninhados no forro, sob as telhas quebradas, faziam voos rasantes nas muitas noites sem luz. Noites de blecaute no norte, enquanto a nova capital do país estava sendo inaugurada. A euforia, que vinha de um Brasil tão distante, chegava a Manaus como um sopro amornado. E o futuro, ou a ideia de um futuro promissor, dissolvia-se no mormaço amazônico. Estávamos longe da era industrial e mais longe ainda do nosso passado grandioso. Zana, que na juventude aproveitara os resquícios desse passado, agora se irritava com a geladeira a querosene, com o fogareiro, com o jipe mais velho de Manaus, que circulava aos sacolejos e fumegava.

Nessa época, Rânia quis modernizar a loja, decorá-la, variar as mercadorias. Halim fez um gesto de fadiga, talvez indiferença. Não tinham dinheiro para reformar a casa nem a loja, muito menos os dois quartos dos fundos, onde eu e minha mãe dormíamos. E, quando menos esperávamos, o pequeno deus agiu sobre nossa vida. Yaqub agiu e foi generoso. Anos depois, no momento mais trágico da vida dele, eu retribuiria, talvez sem querer, essa generosidade que de algum modo mudou minha vida. Ele não era desatento para o mundo; ao contrário, observava tudo, e isso eu fui percebendo aos poucos. Na breve visita que fez a Manaus, deve ter notado e anotado todas as carências da casa, dos parentes e empregados. O homem que estrebuchou por oitocentos e vinte dólares e uns poucos pertences transformou a nossa casa.

Halim não teve tempo de recusar a ajuda providencial. Uma boa amostra da indústria e do progresso de São Paulo estacionou diante da casa. Os vizinhos se aproximaram para ver o caminhão cheio de caixas de madeira lacradas; a palavra *frágil*, pintada de vermelho num dos lados, saltava aos olhos. Vimos, como dádiva divina, os utensílios domésticos novinhos em folha, esmaltados, enfileirados na sala. Se a inauguração de Brasília havia causado euforia nacional, a chegada daqueles objetos foi o grande evento na nossa casa. O maior problema era o corte quase diário de energia, de modo que Zana decidiu manter ligada a geladeira a querosene. Domingas, no fim da tarde, antes do blecaute, tirava tudo da geladeira nova e transferia para a velha. Tudo o que era novo, mesmo de uso limitado, impressionava. Yaqub surpreendeu ainda mais: mandou dinheiro para restaurar a casa e pintar a loja. Então, uma aparência moderna lustrou o nosso teto. Nosso, porque o meu quarto e o de minha mãe também foram reformados. Troquei as ripas do forro, tapei com argamassa os buracos das paredes e as pintei de branco; construí um telheiro levemente inclinado para proteger as janelas da chuva; desde então, pude dormir e estudar sem goteiras, sem o mofo e o bolor que nas noites mais úmidas do ano dificultavam minha respiração. Eu abria as duas janelas, uma que dá para o quintal, a outra para o alpendre, e deixava o sol aquecer as paredes e o chão. Quando chovia sem força de temporal, Domingas entrava no meu quarto e eu a ajudava a tirar a casca de um pedaço de tronco de muirapiranga, que depois ela esculpiria com habilidade e paciência. Ela, que tinha medo de trocar uma lâmpada, podia transformar um pau tosco num pequenino papa-açaí de peito encarnado. Graças a Yaqub, os nossos cômodos tornaram-se habitáveis em qualquer época do ano: os meses de chuva não nos ameaçavam como antes, e nós nos sentíamos mais à vontade para conversar ali.

Rânia dirigiu a reforma da loja. Eu a ajudei a emboçar e rebocar a fachada, e ela mesma pegou nas brochas e pintou todas as paredes de verde. Minha ajuda não foi inútil, mas quem trabalhasse ao lado de Rânia tinha a sensação de que estava atrapalhando.

Ela queria fazer tudo sozinha, e tudo era pouco para o empenho e a disposição dela. Era forçuda como uma anta e paciente como o pai, que a observava perplexo, rodeado pelos amigos do gamão e dos tragos. Depois da reforma, Rânia tomou mais gosto pela loja. Mandava e desmandava, cuidava do caixa, do estoque e das dívidas dos caloteiros. Acabou de vez com a venda a fiado, "uma filantropia que não combina com o comércio". Publicou anúncios nos jornais e nas estações de rádio, mandou imprimir folhetos de propaganda. Fez uma promoção de mercadorias e torrou o encalhe, as coisas velhas, de um outro tempo.

Ela acreditava na moda, e reverenciou a moda do momento.

Desconfiei da sanha empreendedora de Rânia e percebi que o seu impulso era movido pelas mãos e as palavras de Yaqub. Em menos de seis meses a loja deu uma guinada, antecipando a euforia econômica que não ia tardar.

Omar desprezou a reforma da casa e da loja. Proibiu que pintassem seu quarto, privou-se de qualquer sinal de conforto material que viesse do irmão. Comia fora de casa. A mãe enlouquecia quando não o encontrava de manhã no quarto dele. Ele continuou fiel a suas aventuras, fiel aos clubes noturnos, onde era conhecido e festejado. Sem ele, o leque luminoso do Acapulco Night Club brilhava menos. Nos dias de fevereiro, seu quarto cheirava a álcool e lança-perfume. Fantasiava-se com extravagância, pregava nas paredes do quarto fotografias coloridas em que aparecia enroscado em colombinas e odaliscas seminuas. A mãe se divertia ao mirar as imagens: era preferível contemplá-lo numa foto, cercado de mulheres quase nuas, a vê-lo em carne e osso com uma única mulher vestida. O êxtase do lança-perfume induzia Omar a surrupiar uma parte do dinheiro do mercado e da feira. Várias vezes fez isso. Depois vi Domingas tirar uma ou duas cédulas amarelas, imaginando que a patroa atribuiria o roubo ao filho. Não atribuiu a ninguém: Zana se deixava ludibriar. Às vezes, quando o filho se penteava diante do espelho da sala, a mãe se aproximava dele, cheirava-lhe o pescoço, e enquanto ele se arrepiava, vaidoso e possuído pelo amor materno, ela arrumava-lhe a gola da camisa; depois a mão de Zana descia, apertava o cinturão, e nesse momento dava um jeito de enfiar um maço de cédulas no bolso da calça.

O Caçula preferia ignorar que parte daquele dinheiro vinha de São Paulo. Dinheiro e mercadorias: Yaqub conhecia alguns fabricantes na capital e no interior de São Paulo, gente que frequentava os mesmos clubes que ele e para quem ele construíra casas e edifícios. Rânia recebia as amostras, escolhia os tecidos, as camisetas, carteiras e bolsas. Quando Halim se deu conta, já não vendia quase nada do que sempre vendera: redes, malhadeiras, caixas de fósforo, terçados, tabaco de corda, iscas para corricar, lanternas e lamparinas. Assim, ele se distanciava das pessoas do interior, que antes vinham à sua porta, entravam na loja, compravam, trocavam ou simplesmente proseavam, o que para Halim dava quase no mesmo.

Agora a fachada da loja exibia vitrines, e pouca coisa restava que lembrasse o antigo armarinho situado a menos de duzentos metros da praia do Negro. Restou, sim, o cheiro, que resistiu ao reboco, à pintura e aos novos tempos. A sobreloja, espaço exíguo onde Halim às vezes rezava ou se refugiava com a mulher, não havia sido reformada. Ali ele empilhou seus badulaques e ali ele se entocava, agora sem Zana, sozinho. De vez em quando eu o via na janela, picando tabaco e enrolando um cigarro, o olhar na rua dos Barés, seus quiosques, camelôs, mendigos e bêbados em meio aos urubus, atento para o burburinho da rua que era uma extensão do Mercado e do atracadouro do pequeno porto.

Penso que não me via, olhava na minha direção e não me enxergava, ou me confundia com um passante qualquer, um dos muitos que rondam a zona portuária desde sempre, caminhando a esmo pelas calçadas ou pela beira do rio, parando numa taberna para tomar um trago ou comer um jaraqui frito. A vista do Mercado Municipal e seus arredores, isso o velho Halim apreciava. As frutas e peixes, os paus e troncos podres, pedaços de uma natureza morta que teima em renascer por meio do cheiro.

“Esse cheiro”, disse Halim no esconderijo da sobreloja, “e essa gente toda, os pescadores, os carroceiros, os carregadores que conheci quando era muito jovem, antes de frequentar o restaurante do Galib.”

Passavam em frente ao Mercado Municipal, já velhos, recurvados, ainda carregando nas costas sacos de farinha e um monte de pencas de pacovã; acenavam para Halim, mas não davam mais uma paradinha na loja para tomar água ou guaraná. Não paravam, continuavam a subir até o topo da praça, onde descarregavam o fardo. Depois voltavam para a beira das escadarias do pequeno porto, entravam nas embarcações e recomeçavam. Desde quando faziam isso?

“Há mais de meio século”, continuou. “Eu era moleque, e eles uns curumins que já carregavam tudo, iam dos barcos para o alto da praça, o dia todo assim. Eu vendia tudo, de porta em porta. Entrei em centenas de casas de Manaus, e quando não vendia nada, me ofereciam guaraná, banana frita, tapioquinha com café. Em vinte e poucos, por aí, conheci o restaurante do Galib e vi a Zana... Depois, a morte do Galib, o nascimento dos gêmeos...”

Não mencionou Domingas. Adiei a pergunta sobre o meu nascimento. Meu pai. Sempre adiaria, talvez por medo. Eu me enredava em conjeturas, matutava, desconfiava de Omar, dizia a mim mesmo: Yaqub é o meu pai, mas também pode ser o Caçula, ele me provoca, se entrega com o olhar, com o escárnio dele. Halim nunca quis falar disso, nem insinuou nada. Devia temer não sei o quê. Ainda bem que não chegou a presenciar o pior. O mais infame, o fundo do abismo que Halim tanto temia, só aconteceu alguns anos depois da história da Pau-Mulato.

Pau-Mulato: bela rubiácea. E que apelido para uma mulher!

O apelido foi o de menos. Depois de Dália, Zana pensou que o Caçula ia desistir de amar alguém. Não desistiu; não era tão fraco assim. Além disso, as mulheres da casa não saciavam a sede do Caçula. E o aventureiro, quando menos espera, cai na malhadeira e se enrosca.

Desta vez Halim parecia baqueado. Não bebeu, não queria falar. Contava esse e aquele caso, dos gêmeos, de sua vida, de Zana, e eu juntava os cacos dispersos, tentando recompor a tela do passado.

"Certas coisas a gente não deve contar a ninguém", disse ele, mirando nos meus olhos.

Relutou, insistiu no silêncio. Mas para quem ia desabafar? Eu era o seu confidente, bem ou mal era um membro da família, o neto de Halim.

Omar se escondeu com a Pau-Mulato. Não a trouxe para casa, e por um bom tempo deixou de visitar os clubes noturnos. Voltava sereno, sem a expressão estúrdia e os tropeções da bebedeira. Passou a dormir no quarto dele. Ele, que se excedera na algazarra, agora exagerava na discrição. Tanto silêncio parecia um excesso. Omar amanhecia no quarto e amanhecia em paz, sem ressaca, sem aquele olhar esgazeado das noites insones e insanas. Esse homem metamorfoseado em anjo assombrou sua mãe. E o anjo, em lugar de apaziguá-la, transtornou-a. Zana achava esquisito ver o filho à mesa nas refeições, ver o homem que nunca tinha trabalhado acordar cedo, barbear-se, vestir sua melhor roupa e dirigir-se a um banco estrangeiro. Era um emprego e tanto, e para isso deviam ter servido suas andanças pela Flórida e Louisiana. Não tinha pinta de americano, muito menos de inglês, mas andava engravatado, e quem o visse de longe, alto, ereto, o cabelo engomado e repartido ao meio, poderia tê-lo confundido com Yaqub. Quer dizer, na aparência podia ser o outro, sendo ele próprio. A espontaneidade e o desleixo haviam sumido de seu corpo; e aquele ímpeto de quem se arrisca, de aventureiro que torce pelo lance mais difícil e excitante, isso também já não vibrava dentro dele. Tinha sido domado, dominado? O fogaréu que incendiava as noites manauaras virou chama de vela, olhinho de luz, quieto no escuro. Agora Omar era um obediente às normas e regras do trabalho rotineiro, um homem de relógio dourado no pulso, que entrava e saía com passos firmes.

Rânia só faltava devorar esse novo irmão. Agora ela convivia mais com ele, conversavam durante o café da manhã, quando ela e a mãe o cercavam e davam palpites sobre a roupa, o perfume, a cor da gravata e do sapato. Na manhã que Zahia o viu alinhado e transformado num cavalheiro, a mãe e a irmã não desgrudaram dele, nem tiraram os olhos do decote da filha mais velha de Talib.

"Dessa vez o Omar vai ser fisgado por um monte de noivas...", disse Zahia, beijando-lhe o rosto.

"Ele não precisa disso", disse Rânia.

"E para que serve uma noiva, querida? Ele é tão feliz assim", acrescentou Zana. "Minha filha é quem precisa de um noivo. Tu também, Zahia... Quantos aninhos vais fazer? Meu Deus, quando me lembro que vocês duas já foram crianças..."

"É verdade, preciso mesmo de um noivo", concordou Zahia. "Quem sabe se ele não dorme nessa casa?"

"Halim é muito velho para ti, querida", riu Zana, apertando as bochechas de Omar. "E o filho da Domingas é muito novinho, e só quer saber de estudar."

Os olhos escuros de Zahia me encontraram na porta da cozinha.

"Só quer saber de estudar, mas é abelhudo como ninguém", ela riu, me encarando com o olhar aceso, de dançarina em noite de aniversário na casa de Zana e nos bailes de Sultana Benemou. Zahia sabia que ali em casa não havia noivo para ela nem para sua irmã, mas não sabia o que estava acontecendo com Omar, trajado de linho branco, com um ar de felicidade, falando menos e sorrindo muito mais, a ponto de surpreender os Reinoso e todas as visitas da casa. "Que rapagão o teu filho, hein, Zana", suspirava Estelita. "Nem parece aquele desleixado! Se não for feitiço de mulher, corto o meu pescoço." Zana, nervosa, dava uma risada: "Então corta logo, Estelita. O Omar não é leso que nem o Yaqub".

Já não o víamos de pernas para o ar na rede vermelha, as unhas sujas e compridas esperando pela tesourinha de Domingas, nem ouvíamos a voz meio pastosa exigindo que lhe cozinhassem tal peixe com tal recheio. Por um tempo minha mãe ficou livre de suas estocadas grosseiras e exigências absurdas. Ele parou de rosnar quando despertava faminto ao meio-dia, e eu me livrei dos recados que mandava para mulheres de vários bairros distantes. Voltava sóbrio das noitadas e, quando não ia direto para o quarto, sentava no quintal, respirava o ar úmido, meditava. Ria sozinho. Nas noites enluaradas, quando eu queimava as pestanas para terminar uma lição, via a cabeça erguida de Omar, o rosto iluminado por um sorriso. Não nos falávamos. Ele se perdia no enlevo e eu me concentrava nas minhas leituras e equações. Vez ou outra via Zana espiá-lo da sala, ressabiada. Ele a ignorava.

"Zana vivia desconfiada", disse Halim. Ele hesitava, e eu não sabia se queria calar ou contar tudo. Desistira de apaziguar os filhos, mas não de influir no destino de Omar, homem feito mas cheio de arestas esquisitas. "Um imprevisível... Levou para casa um inglês empetecado, um tal de Wyckham ou Weakhand, que se dizia gerente de um banco estrangeiro. Comia que nem uma mocinha, sentava com pose de debutante e tinha medo de provar o molho, o peixe e até o tabule. Um sujeito que tem medo de provar comida, pode?"

Wyckham beliscou os quitutes de Domingas, recusou a sobremesa e deve ter levantado da mesa faminto. Quando saiu, Omar o acompanhou, e então nós vimos à porta da casa um Oldsmobile conversível, prateado, os bancos forrados de azulão. Era um carro e tanto. E, para nossa surpresa, era o carro de Omar.

Os dois entraram no conversível e da janela os vizinhos observavam a cena, atônitos, surpresos com tanto luxo, com tanta compostura. Como tudo aquilo impressionava! A roupa impecável, os sapatos de cromo, o carro importado. Tudo parecia o avesso dele, nada parecia ser ele. Até o último momento, ninguém soube o que estava acontecendo, ninguém, nem mesmo Halim. Zana, sim: foi a primeira a perceber, e duelou com garra na batalha final. Por Deus! Os estilhaços. Mas como ela tinha concluído?

"Como?" Halim mordeu os lábios. "Ela não precisou ir atrás do Omar, foi atrás do carro... aquela sucata de aço. O

Omar poderia estar vivendo com aquela mulher até hoje. Por mim, viveria com qualquer mulher, bonita ou feia, puta ou não... Com qualquer uma, ou muitas ao mesmo tempo, desde que me deixasse em paz com a minha..."

O filho de Halim: forte, viril com todas, mas com a mãe se desmanchava em chamegos ou tremia como taquara verde. Vá entender o poder de uma mãe. Daquela Zana. Porque só ela não engoliu a história do banco britânico. O Caçula ludibriou todo mundo: quem não acreditou naquela aparência poderosa, nos horários britânicos e no próprio britânico? A voz dele, os gestos ensaiados até a exaustão, as frases curtas, o temor de completá-las, os muitos sinais de bem-nascido. Wyckham, o grandalhão de braços longuíssimos, rosto arredondado cheio de pintas vermelhas, era, como Zana veio a descobrir, um impostor, um senhor contrabandista. Os gestos, a voz, o jeito de comer, tudo era dele, menos a profissão. Omar trabalhava com Wyckham, era o seu braço direito. Os dois tinham uma sócia, e aí entram o conversível e a mulher. A mãe cascavilhou, imaginou, intuiu, deu uma de arquiteta às avessas: desfez os recantos construídos. E a construção, inacabada, prometia ser monumental.

Primeiro, a parte mais fácil: descobriu que o emprego no banco britânico era pura farsa. Depois, gateando na Capitania dos Portos e nos armazéns do Manaus Harbour, molhou a mão de empregados e estivadores. Com paciência, armou a malhadeira e fisgou as piabas e as piraíbas. Armou também a rede, a teia de contrabando em que se envolvera Omar. O pai só tomou conhecimento da história perto do desfecho. Daí seu semblante sisudo nas últimas semanas, antes da nossa conversa no depósito da loja.

"Quando o destino de um filho está em jogo, nenhum detetive do mundo consegue mais pistas que uma mãe", ele disse. "Ela fez tudo caladinha, quieta que nem uma sombra."

Zana ia ao porto todas as manhãs. Sem ser vista, viu várias vezes o filho. Não no porto, mas no armazém onde a muamba era empilhada e depois desviada para um destino incerto. Descobriu o destino e a origem. A muamba era transportada nos navios da Booth Line, Omar conferia tudo no armazém número nove e saía sozinho no conversível, enquanto as piabas da rede levavam a mercadoria para uma chácara. Chocolate suíço, roupas e caramelos ingleses, máquinas fotográficas japonesas, canetas, tênis americanos. Tudo o que naquela época não se via em nenhuma cidade brasileira: a forma, a cor, a etiqueta, a embalagem e o cheiro estrangeiros. Wyckham percebeu isso. Intuiu a sede de novidade, de consumo, o poder de feitiço que cada coisa tem. De que forma participava do negócio? Estava ganhando dinheiro? Halim não sabia. Mas o que Zana soube é que o seu Peludinho fora atraído por uma mulher. Nunca andava com ela à luz do dia. Disfarçavam, os dois no fundo de um caracol noturno, amorosos. Os dois e ninguém mais.

"Como eu sempre quis." Halim enfim sorriu, e cumprimentou um peixeiro. "Dessa vez ele puxou ao pai, mas Zana estragou tudo."

Ela descobriu um tipo de nome esquisito, Zanuri, que uma noite apareceu em casa. Era um rapaz esquisito mesmo, dissimulado, quase apresentado, quase sorridente, um tipo cheio de metades e quases, com um nariz enjambrado no rosto meio chupado. Uma figura que carecia de olhar, que é como carecer de alma. Um chapéu Panamá enlaçado por uma fita amarela, inclinado na cabeça, dava a ele um jeito quase cômico.

"Quase, porque era um ser incompleto da cabeça aos pés. Nem carnadura de homem esse Zanuri tinha", resmungou Halim. "Um tipo covarde, incapaz de acariciar um animal."

Halim antipatizou com ele assim, logo de cara, desde que o viu segredando com Zana, uma única vez, no quiosque de ferro do Mercado Adolpho Lisboa. A aversão cresceu, tornou-se insuportável quando Zanuri entrou na casa sem bater na porta, em plena noite, ousadia típica de antigo vizinho, nunca de um Zanuri qualquer. Halim estava na rede com Zana, ambos esquecidos do mundo, remando entre os mimos lentos da velhice que acenava. Aproveitavam o silêncio e o sereno da noite fresca. Rânia já tinha se confinado no quarto. Domingas, vencida pela fadiga, estava estendida na rede do aposento dela. E eu, amoitado, vi o tipo, o quase sorriso na cabeça do vulto. Ouvi murmúrios. A voz de Zana prevalecia. Ela falava em voz baixa e gesticulava como se repreendesse alguém. A sombra das mãos dela desenhava formas estranhas na parede do alpendre, e quando um barulhinho de trote veio da escada, ela calou. A sombra das mãos sumiu e a figura de Omar apareceu no centro da sala. Ele se penteou diante do espelho, arqueou as sobrancelhas e sorriu para sua imagem. Estava elegante, o terno de linho irlandês recendia a cheiro-do-pará, e um odor mais forte exalava do corpo dele. Esses cheiros misturados, de essências daqui e de lá, encheram a casa. Ao meu esconderijo só chegaram os restos dessa mistura, um cheiro que morreu nos tajás da minha moita.

Halim viu o filho sair de casa. E, logo depois, o deplorável Zanuri.

"Nada me perturbava quando eu estava com a Zana na rede", Halim me disse, "mas encasquetei, desconfiei da missão daquele Zanuri, quis saber quem era aquele intruso. Um delator..."

Zanuri, funcionário do Tribunal de Justiça, cobrava caro por outro serviço: olheiro de apaixonados. O alcaguete acumulara um punhado de cobre delatando casais que esbanjam risos e arrepios. Mas casais clandestinos, enclausurados, vigiados por um réptil invisível. Zanuri era um assim: camuflado, cobra-papagaio enroscada em folhagem escura.

De longe, Zanuri seguiu o conversível. O Oldsmobile afastou-se do centro, atravessou as pontes metálicas sobre os igarapés e entrou no labirinto da Cachoeirinha. Rua da Matinha, aclarada por lampiões de luz fraca. Terceira casa à direita, sem número. Casa de madeira, caiada, vasos no batente das duas janelas abertas. A sala iluminada, um quadro oval, o rosto de Cristo emoldurado, na parede que dá para a rua. A porta da sala, protegida por uma tela de arame. Omar estacionou o carro uns quinze metros adiante. Caminhou na direção da casa; parecia preocupado, olhando para os lados, para trás. Parou para pentear o cabelo e arrumar o colarinho. Tirou do bolso um frasco. Perfumou-se. Antes de entrar na casa, observou o movimento na rua: meninos brincando ao redor de uma fogueira, um casalzinho ao pé de uma mangueira, duas velhas sentadas na calçada, rindo e contando lorotas. Ele assobiou uma canção conhecida, um chorinho, e a porta da sala abriu. Ninguém apareceu. Escondidinha atrás da porta, sem dúvida. A sala escureceu, as janelas foram fechadas. Ele demorou no moquiço. Às três e dez da manhã, saiu. Quer dizer, saíram. Uma giganta. Uma mulher maçuda, roliça, alta e escura. Um tronco de mulateiro. Por pouco, uma pura africana. O rosto esculpido, a pele lisa, o nariz pequenino. Uma covinha no queixo, de dar água na boca. Uma boca normal. Um riso solto, musical, notas mais agudas que graves, em tons de bandalheira. Cabelo longo, alisado, ainda assim crespo. Uma trancinha caindo no ombro direito, salpicada de pontos prateados, bijuteria barata, por certo. Os anéis dela, estes sim: metal precioso. O colar, miudezas de marfim, lá da terra ancestral dela. Beijaram-se na boca. Muitos minutos. Abraçados, grudados, caminharam até o conversível. Entraram no carro. Mais um beijo, agora breve, sem ânsia. Ela tirou a blusa, Omar bolinou os peitos dela, sem pressa. Ela deixou, se entregou, meio deitada no banco. Depois a cabeça dela sumiu, e um dos braços, o direito, também. Não pude ver, não posso afirmar o que ela fez. Sei, ouvi ele miar que nem jaguatirica no cio, mas abafado, mordendo, engolindo os dedos da mão esquerda dela. Um bêbado apareceu no outro lado da rua. Bebia no gargalo, cambaleava, soluçava sem alvoroço. Avançou em oito até parar pertinho do conversível. De soslaio, observou a bandalheira. Uma festa carnal ao ar livre. Estrelas piscavam lá em cima; um bêbado piscou aqui embaixo. Assim os dois, até as cinco da manhã. Os primeiros feirantes, os últimos notívagos, movimento, vozes. Ele ligou o motor, ela saiu do carro. Até, meu amor, ela disse. Tchau, meus olhos, ele disse. Depois ele disse alguma coisa em árabe que eu não compreendi. E assim foi. Sem tirar nem pôr.

"Sem tirar nem pôr: palavras de um bêbado", resmungou Halim, largando uma folha de papel. "Um alcaguete disfarçado de bêbado. E o crápula ainda teve coragem de cobrar um bom dinheiro por essa delação. Devia ter amassado o chapéu Panamá no nariz dele."

Zanuri, o delator profissional, anotava tudo e depois datilografava os detalhes do encontro clandestino. Halim me entregou a última página do relatório. As letras dançavam na folha branca. Sete páginas para um só encontro. Havia detalhes exagerados. "Colinas de lixo nas ruas da Cachoeirinha. Fumei oito cigarros esperando o par de passarinhos sair da gaiola. A Pau-Mulato caminhava ereta, tronco liso e altivo de árvore nobre. Um papagaio com a figura de uma caveira em fundo branco, esquecido na rua de cascalho. Sem rabiola..."

Zana leu e analisou tudo: os detalhes, os desvios e a cena do encontro em si. Despachou o Zanuri e partiu para a ofensiva, mas com cautela. Começou a batalha trazendo para casa caixas de caramelo inglês e chocolate suíço. Deu de presente a Omar uma gravata de seda e um paletó de linho irlandês para "Tu saíres mais alinhado, filho, mais lindo nas tuas noites da Cachoeirinha".

Omar percebeu o ultraje, entendeu que a mãe descobrira tudo. Fingiu, fingiram, e buscaram uma trégua para arrumar os pensamentos. Ele arrumou outras coisas: o quarto, por exemplo. Arrumou também as roupas na mala. Por fim, arrumou um motivo para sair de casa.

Decidiu partir, senhor de si, na aparência; quer dizer, seguro de sua decisão: livrar-se do que tinha sido até aquela noite: o engravatado fingindo-se funcionário de banco, magnânimo, dono de gestos estudados. O lorde que não deu certo.

A mãe sentiu-se ameaçada, rondava o filho.

"Para onde vais? Que viagem é essa?", gritou ela, puxando a manga do paletó e olhando para ele. "Já sei de tudo, Omar, essa viagem é um fingimento, uma mentira. Sei direitinho quem é a mulher... ela vai te sugar, te enfeitiçar, tu vais voltar um trapo para casa... São todas iguais, ela vai te deixar louco... Um ingênuo, um meninão, isso é o que tu és... Nem parece meu filho."

Ela o intimidou até onde pôde, falou sem tirar os olhos do rosto dele e sentiu que agora era mais grave que da outra vez em que ele havia se apaixonado. Com um gesto rápido Omar tirou o paletó e deixou-o nas mãos da mãe, solto e amarrotado. Ele exalava cheiros misturados, a mesma brisinha enjoada. Mas devia lhe causar certos arrepios.

Lá do alto da escada Halim via a cena, torcendo para que o filho fosse embora. Omar ouviu o ralho, suportou o olhar reprovador da mãe. Então, arrancou o paletó das mãos de Zana, apontou o dedo para ela:

"A senhora tem o outro filho, que só dá gosto e tem bom posto. Agora é a minha vez de viver... Eu e a minha mulher, longe da senhora..." Ergueu a cabeça e gritou para o pai: "Longe do senhor também, longe dessa casa... de todos. Não venham atrás de mim, não adianta...".

Saiu gritando como um alucinado, sem se despedir de Rânia nem de Domingas. Era capaz de bater, de quebrar tudo se alguém o impedisse de partir. Ninguém dormiu naquela noite. Zana não parava de se lamentar; culpava-se, depois acusava Halim: "Nunca foste um pai para ele, nunca. Ele fugiu por causa do teu egoísmo... Isso mesmo, egoísmo". Subia e descia a escada, atarantada, exigindo a minha presença, a de Domingas. Não sabia o que pedir, o que dizer a nós dois. Esperávamos, sonolentos, a tarefa. Mas ela não se decidia e perguntava: "O que acham disso? Meu filho perdido por uma mulher qualquer! O que vocês acham? E Rânia, por que não desce? Em vez de me ajudar, fica mofando naquele quarto". Enfim, ordenou: que eu tirasse a filha da cama. Rânia abriu a porta, o rosto mal-humorado. Não estava dormindo, o quarto dela todo iluminado. As duas rezaram, fizeram promessas, acenderam velas. Acenderam tudo: as lâmpadas, os olhos, a alma. O tempo passava e ele não voltava para casa. Soltara-se de vez? Tinha asas, era impulsivo, mas faltou-lhe força para voar alto e perder-se livremente no imenso céu do desejo.

"O filho da Zana! Vai e volta, bêbado de indecisão, um molenga no momento de soltar as amarras", lamentou Halim. "Resistiu por um bom tempo, mas no fundo eu sabia que ele não ia conseguir. Tinha tudo nas mãos, no coração: o amor, uma mulher colossal... Tinha ouro puro, só faltou coragem. Mas bem que tentou. E como! Até enganou o Zanuri alcaguete. Quanto dinheiro jogado no lixo!"

A mãe agiu. Zanzava pela cidade atrás do conversível. Três motoristas de praça circulavam pelos bairros, vasculhavam garagens clandestinas, galpões em fundos de quintal, vilas antigas de Manaus. E os tantos terrenos de ninguém, por toda parte, na cidade e em suas beiradas. Era impossível perscrutar todos os lugares: os milhares de palafitas às margens dos igarapés, a Cidade Flutuante, as balsas na baía, as vilas vizinhas, os barcos, os lagos, furos e rios.

Andava tristonha, murmurava "Roubaram o meu Caçula", sonhava pesadelos em noites maldormidas e assim foi perdendo o viço. Não comia, só beliscava, bebericava. Mas não desistiu da busca, continuou inconformada, emitindo soluços de quieto desespero. Mãe enlutada. Só que, para ela, era luto passageiro. A volta do filho era só uma questão de vida, nunca de morte.

"Deu tanto trabalho", suspirou Halim. "O que eu percebi, o que eu entendi, é que uma mulher, a minha mulher, se agigantava quando sentia que ia perder o filho. Ela se recompôs, repensou tudo. Quer dizer, desembaralhou as cartas até encontrar seu rei de espada."

Numa noite, o tal de Zanuri reapareceu, intruso e dissimulado. Ela o enxotou com o abanador do fogareiro. Insultou-o nas duas línguas que falava. O gatuno alesado, o ladrão, *harami*! Tinha brasa nos olhos, e, quem sabe, cinzas no coração. Calada diante dos vizinhos, muda para os conselhos de fulana, muda para tudo. Mas por dentro, lá no fundo, um banzeiro se agitava. Halim, seco de tanto desejo, mas com medo, recuou. Todo mundo já sabia do caso, a cidade inteira, os povoados vizinhos: cochichos no ar, feito chuva de confete. Nenhuma caçada é anônima. E caçada de mãe é tempestade, revira o mundo, faz vendaval. Alguém soube o que Zana tramava? Porque, naquele silêncio só dela, ela mexia os paus, soprava o carvão em brasa. Só ela, com a voz serena antes do bote. Ela enchia de mistérios o seu jamaxi. O que mais fazia era rezar, ela e as beatas, bem coesas: abelha numa só casinha da colmeia. Domingas aderiu ao ritual de cada noite. Minha mãe também queria o Omar de volta? Eu notava nela um desejo, uma ânsia que ela sabia esconder, uma sombra no sentimento. Ela me deixava na dúvida, me desnorteava quando lamentava a ausência do Caçula.

Ah, a falta que lhe fazia o corpo do galã desmaiado na rede! O suor ralo dos drinques e coquetéis, e o suadouro espesso, com seu cheiro mareante de bebida forte e amarga, nhaca de pelame de jaguar. As mãos dela enxugando-lhe o rosto, o pescoço, o peito cabeludo. Ele, quase nu, esparramado na rede vermelha. Os chumaços de formigas-de-fogo, batalhões de amarelo vivo cercando as garrafas de rum e uísque no chão de cimento. O cheiro de arnica, banha de cacau e óleo de copaíba nos hematomas que manchavam o corpo de Omar. Esses cheiros e outros: o das folhas grandes da fruta-pão, semelhantes a abanos verdes; o do cupuaçu pesado e maduro, cofre de veludo ocre que protege a polpa prateada, fonte de raro perfume. As folhas molhadas com que ela cobria as partes roxas do corpo dele; o suco de cupuaçu com caroços para chupar que ela lhe preparava no meio da tarde, quando, revigorado, ele abria os braços para minha mãe e beijava-lhe o rosto com intimidade, antes de sorver a bebida espessa.

Disso ela sentia falta? Do corpo e dos cheiros que o envolviam nas noites de mil farras? Minha mãe parecia sedenta do corpo do Caçula, já não escondia mais a ânsia pelo regresso dele. Domingas perguntou à patroa: "Posso preparar um olho de boto? A senhora pendura o olho no pescoço e aí o Caçula vem beijar a senhora... com muito amor". Zana não sabia o que dizer? Ela se aproximou de minha mãe e virou a cabeça para o oratório. As duas, juntas, ainda disputavam a beleza de outros tempos. A índia e a levantina, lado a lado: a expressão solene dos rostos, o fervor que cruzara oceanos e rios para palpitar ali naquela sala — tanta devoção para que ele voltasse, são e salvo, sobretudo sozinho, para o quarto que seria sempre só dele.

"Aí o nosso namoro amornou de vez", murmurou Halim, trançando uns fios de tucum com os dedos. "Então começou o jejum das nossas brincadeiras, quer dizer, o jejum da vida. Tudo por causa dessa história com a Pau-Mulato."

Halim nunca me falou da morte, senão uma única vez, com disfarce, triscando as beiradas do assunto. Falou quando já se sentia perto do fim, uns anos depois da história do filho com a Pau-Mulato. Ele não viu o pior, o descalabro. Não viu, mas era dado a apreciar presságios: as tantas antevisões que escutara dos caboclos companheiros dele, filhos da mata e da solidão. Tinha tendência a crer piamente nessas histórias, e se deixava embalar pela trama, pela magia das palavras. Halim: um ingênuo fingido, cultor do amor e seus transes; um boa-vida no mar de miudezas da província. E um despreocupado: qualquer açúcar, grosso ou fino, adoçava seu café. Mas nas coisas do amor, com Zana, sempre queria, sempre pedia mais. Nos dias e meses de ausência de Omar, ele começou a embiocar, a voar baixinho, zonzo de dor e carente. E agiu. Quantas artimanhas não usou para acabar com as rezas, novenas e tanta santimônia? Não prometeu fundos e mundos: só uma coisa, uma difícil façanha. Disse: "Vou trazer o Omar para casa. Ou ele volta ou some de vez com aquela mulher".

6

ESTAVA ENVELHECENDO, o Halim: uns setenta e tantos, quase oitenta, nem ele sabia o dia e o ano do nascimento. Dizia: “Nasci no fim do século passado, em algum dia de janeiro... A vantagem é que vou envelhecendo sem saber minha idade: sina de imigrante”. No entanto, as pelancas ainda pelejavam para tirar-lhe toda a rigidez dos músculos. Um cavalo, quando abria e fechava a loja. Puxava ou erguia com força as portas de ferro, os cilindros estalavam com estrondo. Rânia podia fazer esse trabalho, mas ele se adiantava, mostrando a musculatura e exibindo--se para a filha. Até um pouco antes de morrer, foi discreto em roda de amigos, incapaz de rir sem gana, generoso sem pensar três vezes, mas imprevisível na coragem de macho. Um homem capaz de dar coice em queixo inimigo e machucar.

Assim acontecera com um certo A. L. Azaz e sua gangue de brutos, um ano depois do fim da Segunda Guerra. Não me é difícil lembrar a data porque Domingas me dizia: “Tu nasceste quando o Halim brigou em praça pública e a cidade todinha comentou”.

A briga que toda a cidade ficou sabendo, e se lembrava, em tom de anedota, hoje tão distorcida, nas versões fantasiadas pelo tempo e suas vozes.

É que Azaz, vagabundo e peitudo, espalhou que Halim andava no maior chamego com as índias, a empregada dele e as da vizinhança. E contava, esse Azaz, que muitos curumins pediam a bênção a Halim. O despreocupado foi o último a saber. Ouviu a difamação quando se entretinha com amigos no Bar do Encalhe, um boteco na carcaça de um barco estropiado, lá na baixada dos Educandos, então povoado por ex-seringueiros, quase todos paupérrimos. Ali havia sempre uns três com peixeira ou canivete afiado no bolso. Mas Halim gostava do Encalhe, da macaxeira e do jaraqui frito que serviam na mesinha de caixotes, e, já naquela época, não se desgrudava da garrafa de arak e do tabuleiro de gamão. Halim escutou o boato, parou de rir e largou os dados encardidos.

A. L. Azaz não tinha endereço: mandrião que procurava abrigo nos casarões abandonados que arrombava para passar temporadas, morando como falso proprietário. Ciscava a babugem dos banquetes no apagar das festas dos ricos, e depois, no Bar do Encalhe, contava vantagens de conquistador barato. Mas tinha pinta de valentão, e era difamador maldoso, comadre de fim de tarde, quando a voz se envenena e a maldade apaga o juízo. Era parrudo, o cabelo xexéu aloirado, meio sarará, e a calça apertada, os bolsos sempre cheios de ferros afiados.

Halim fechou o tabuleiro, guardou os dados, pagou a conta. Olhou um dos amigos: Quer dizer que esse tal de Azaz não tem lar? Então que fosse sozinho, de mãos limpas, no domingo às três da tarde, à praça General Osório. Todo mundo soube. Quem não admira um duelo? Houve até plateia, gente dos Educandos, os clientes do Encalhe, os camelôs do mercado, todos ali, sentados à sombra dos oitizeiros na beirada da praça: a imensa e verde arena oval, palco de muita festa junina.

A. L. Azaz chegou antes das três. Esperou o inimigo no meio da arena sem sombra. Sua camiseta branca molhou-se, e contam que ele esfregava as mãos e olhava para os lados em relances de gavião inquieto, desafiando um intruso qualquer. Mas os da plateia, calados, compenetrados, não se moviam. Azaz olhava, mirava em panorâmica para ver se o outro vinha. Halim demorava, ensaiando renúncia ou covardia. Então, às três e meia, Azaz, banhado de suor, riu, bêbado de triunfo. Exibiu-se: virou o corpo, caminhou rumo à plateia. Vinha gritando desaforos, urros de guerra, e socava o ar, estalava os ossos, esmurrando e chutando inimigos fantasmas. Grunhia, o abobalhado: guaribão enlouquecido. Tentava amedrontar os clientes do Encalhe, e, já ofegante, gritava com força difamações sobre o adversário. Então, com calma, no meio da roda de amigos, Halim apareceu. Ergueu-se, bem devagar, e pediu passagem. Azaz, ao ver o outro, estacou, ficou travado; sua loucura buscou repouso, e contam que o guariba virou filhote de macaco-cheiro. Azaz não teve tempo para pensar, quase não teve tempo para se defender. Estava exausto de tanto comemorar o duelo adiado, a suposta covardia do inimigo. Halim avançou alguns passos e não se intimidou com a navalha que o outro empunhava. Ele, Halim, também tinha sua arma: a corrente de aço que sacou da cintura com um só gesto. Azaz, em desvantagem, recuou, gaguejou: que largassem as armas, lutassem corpo a corpo. Halim ignorou as palavras e avançou, cauteloso mas decidido, ondulando a corrente, os olhos cravados no rosto do inimigo.

A sangueira na arena da General Osório: assim diziam, ainda dizem. Ambos, ensanguentados, largaram os ferros e se atracaram até saciar a sede de vingança. Os clientes do Bar do Encalhe se impressionaram com o pacato jogador de gamão. Evitaram que Halim cortasse a língua de A. L. Azaz. Não puderam evitar as navalhadas e os golpes com a corrente de aço. No fim da tarde, pouco antes do fim da luta, as bordas da arena estavam cheias de gente. Ninguém se intrometeu. Em duelos assim, só Deus é mediador.

Azaz, manco, morreu três anos depois, esfaqueado, no centro de uma arena menor, menos visível: uma toca de sinuca frequentada por marinheiros e putas, perto do porto, onde tombavam os valentões anônimos de Manaus. Diz que Halim, quando soube, não festejou, não lamentou; limitou-se a murmurar: "Quem quer a glória, deve pagar caro".

Mas ele calava sobre o duelo. Deixava a historinha correr de boca em boca, alheio às novas versões, em que ele e o inimigo renasciam como heróis ou covardes. Azaz, morto, ressurgiu mais vezes pintado de valente e imbatível. Halim não se vexava. Mas o pior, Domingas me disse, é que depois da briga, quando chegou em casa viu a mulher agarrada à cintura de Omar, dizendo "Pelo amor de Deus, filho, deixa o teu irmão em paz", e viu Yaqub acuado, ajoelhado debaixo da escada, ouvindo as ameaças do irmão: que era um metido, um puxa-saco dos padres; que nem sabia falar português e merecia uma porrada na cara. Halim viu a cena, tirou a camisa, rodopiou a corrente de aço e gritou: "Agora vão brigar comigo... Isso mesmo, os dois marmanjos contra o pai, vamos ver se são homens".

Omar calou ao ver as costas e os ombros do pai ensanguentados, cheios de furos e fendas das estocadas de Azaz. Assustada, Zana largou o Caçula e pediu que Halim se acalmasse; depois, tremendo, perguntou várias vezes quem o tinha ferido, e ele respondeu, "Um caluniador... andou dizendo que eu tinha filhos com várias índias. Pensando bem, eu estaria em paz se tivesse meia dúzia de curumins soltos por aí". Ele se aproximou de Omar e ordenou: que subisse para o quarto e não metesse o nariz para fora sem a permissão dele. Yaqub esperou o irmão subir a escada, saiu rastejando do esconderijo e depois correu até o quarto de Domingas. Halim deitou-se de bruços no assoalho da sala e apalpou as estrias das navalhadas.

"Domingas", gritou Zana, "deixa o teu bebê com o Yaqub e vem me ajudar."

Minha mãe, na porta da cozinha, tremeu ao ver tanto sangue. Halim passou a noite gemendo, e durante algumas semanas foi o mais mimado da casa, me disse Domingas. Zana cuidou dele, enfaixou-lhe as costas e os ombros, derramando infusão de crajiru nos ferimentos antes de fazer o curativo. Tinha medo de que ele contraísse uma infecção, e ele dizia: "Não, a navalha estava limpinha, a sujeira vinha era da boca do Azaz, do palavrório que andou espalhando...".

Mesmo depois de sarado ele reclamava da dor, do formigamento que sentia nas costas, das pontadas nos ombros. Zana percebeu o fingimento:

"Filho com as índias? Que história é essa?"

"Olha as marcas nas minhas costas e nos meus ombros", disse ele. "Se não fosse uma calúnia, tu achas que eu ia enfrentar um gigante daqueles com uma navalha na mão?"

Os curumins, supostos filhos dele, não apareceram. Ele não engolia calúnias, tampouco explodia com qualquer centelha, e a grande batalha de sua vida foi mesmo com os filhos.

* * *

Agora precisava fisgar o Omar, ou empurrá-lo com sua sereia para bem longe de casa. Se estivessem fora da cidade, seria quase impossível encontrá-los. Meses de busca... Além disso, por onde começar? Tantos pequenos povoados e vilas nas margens de cada rio e seus afluentes... Mas fora daqui a vida vegeta, seria a morte para Omar, um notívago nato. Halim pensou em Wyckham, o contrabandista.

Encontrou-o a bordo de um navio da Booth Line. Perguntou pelo filho: não o via já fazia um tempão, queria notícias dele. Onde estava? Wyckham foi cordial e matreiro. Elogiou Omar, disse que ambos tinham deixado o banco estrangeiro e agora planejavam abrir um supermercado de importados. Por isso Omar viajara para os Estados Unidos, mas até agora não lhe dera notícias. Chegaria a qualquer momento, de surpresa, coisas do Omar.

"Por Deus, tive vontade de dar um sopapo na venta daquele mentiroso", resmungou Halim. "Media cada palavra, falava com a convicção de um pastor."

Então lembrou-se de Cid Tannus, jogador como o próprio Halim e amigo das camelagens de outrora. Tannus, dois olhões acesos no rostinho de gafanhoto, só raramente passava na loja do Halim. Rânia não gostava, dizia que atrapalhava o movimento, pois a visitinha se prolongava, e os dois homens, em voz alta, recordavam os tempos de cassinos e polacas. Zana também implicava com ele:

"Esse velho solteirão só tem ideia para orgias."

É que Tannus era, sempre tinha sido, um rastreador de clubes de quinta, barracões sem tabique, só cobertura e estacas de madeira. Em andanças por um e outro rala-bucho, ele via Omar, às vezes bebiam juntos, por prazer, sem mulher à mesa. Proseavam, e Tannus sempre mandava um abraço para Halim, mas Omar não mandava abraço nem coisa nenhuma.

"Nunca me falou desses encontros", disse Halim. "Aliás, nunca quis conversar comigo. O Omar só tem língua para a mãe."

"Deve ter também para outras mulheres", riu Cid Tannus.

"Essa Pau-Mulato... Parece que agora o Omar está louco por ela. Os dois desapareceram."

Halim queria encontrá-los antes de Zana, e Tannus talvez soubesse onde o filho se escondia com a Pau-Mulato. O amigo tornou a rir, balançou a cabeça, mas concordou. Os dois vasculharam as cafuas da cidade; passaram três noites visitando os clubes grã-finos do centro e os animados tetos noturnos dos subúrbios de Manaus. Na quarta noite pararam num botequim da Colina, perto da Cervejaria Alemã. Nenhuma pista de Omar. Sentaram a uma mesinha, Tannus abriu uma garrafa de uísque, encheu o copo sem gelo e disse: "Um verdadeiro néctar, Halim. Sabes quem me deu de presente? Lorde Wyckham".

Halim soube então mais coisas sobre o inglês, e certas coisinhas sobre Omar. Soube que não era inglês e não se chamava Wyckham coisa nenhuma. Chamava-se, isso sim, Francisco Keller, o Chico Quelé, assim conhecido no cais do roadway por práticos de embarcações, marinheiros e estivadores. Neto de alemães pobres, gente que enriqueceu e perdeu tudo. Não tinha sido gerente de banco? Sim, já tinha trabalhado em bancos, em várias repartições, mas Quelé não aguenta isso, detesta horários, abomina marcar ponto e dar bom-dia e boa-tarde para as mesmas pessoas o ano todo, a vida toda. É um desertor da rotina. Quelé conhecera Omar no Verônica, um colosso de balneário-lupanar, cheio de lâmpadas cobertas de papel de seda lilás. Omar e Quelé beberam juntos no Verônica, na mesma mesa, bulindo com as mesmas meninas. Quelé. Francisco Alves Keller, alto, arruivado pelo lado paterno, e delicado. Ele tinha o melado que atraía as caboquinhas, as mais lindas morenas, quase infantis, sorrisos de dentes de leite. Quelé tinha outras coisas: o melhor uísque, caramelo inglês nos bolsos. Blusas de seda. Frascos de perfume francês. E mais, o máximo: um Oldsmobile. Um carro velho, só carcaça. Quelé adaptou o motor, as rodas, os vidros e o para-choque de outro carro. Fez da carcaça um carro conversível, meio troncho: monstro que impressiona. Só ia ao Verônica no conversível; o Oldsmobile chegava de mansinho, deslizando suavemente na ladeira arenosa, macia, o motor desligado, os faróis aclarando o barracão lilás cercado de açaizeiros. O carro parecia um batelão antigo, um vapor movido a rodas, um daqueles de Delaware, barco de outro tempo, do nosso tempo, Halim. As meninas largavam o parceiro no meio do salão, corriam até o carro, e ali mesmo, no areal, Quelé distribuía frascos de perfume, bombons, blusas e beijos. Se assanhava com as cunhantãs na beirada do matagal, entre tajás molhados; faziam carinho nele e imploravam para dar uma voltinha no Oldsmobile. O Quelé ficava nisso. Ele nunca ia aos tijupás nos fundos do Verônica. Não gostava do cheiro de outros corpos que farreavam no colchão de paina de sumaúma. Nem saía com as meninas, gostava era da festinha com dengos e mordidas, manias de um esquisito.

"Mas o teu filho topa todas, Halim. Colhe a orquídea mais rara, mas também arranca a aninga da lama."

Uma noite, quando o Caçula se divertia no Verônica, percebeu o charivari das meninas, seguiu com os olhos o adejo das borboletas e a debandada ruidosa rumo ao conversível. Levantou-se, curioso: para onde iam as mais vistosas? Viu a cena, depois acercou-se da festinha, apreciou o conversível. Ficou por ali, bebendo rum no gargalo. Esperou o dono do Oldsmobile serenar, esperou a saída das cunhantãs. Então, de relance, ele viu a mulher sentada no banco traseiro. Não saiu do carro. Sim, a mulher que Quelé trouxera. E não era do Verônica, nem parecia amazonense. Alta. E altiva. Os peitos, os ombros e a cabeça insinuavam a beleza. Parecia alheia ao cacarejo das outras, festinha de meninas pobres, maliciosas antes do tempo. Omar, a garrafa de rum na mão, olhava feliz para a mulher. Devia armar uma rede vermelha com aquele olhar. Mas ela permaneceu quieta, cabeça de estátua, bronze de traços finos. Estava encantado, o Omar. Chico Quelé, bebendo por ali, se aproximou do carro. Os dois conversaram. Quelé pegou a garrafa do Omar, jogou-a no matagal e trouxe uma garrafa de uísque, esse néctar. Depois saíram do Verônica, os três, para algum lugar da noite.

Tannus encontrou os três outras vezes, sempre à noite, no conversível. Depois só os dois: a mulher e Omar. Não no Verônica, em nenhum lupanar ou clube noturno; viu-os na estrada da ponte da Bolívia, duas vezes. Nas quebradas da Cachoeirinha, três noites seguidas. E neste boteco, uma única vez. Estavam sentados aqui mesmo. Omar, perfumado e airoso, conversador, pinta de amante derretido, doador de tudo, alma e coração. O corpo inteiro. Ela, calada, sabia receber, serena, os galanteios. Bebiam e se olhavam, bebiam e se tocavam, embevecidos. Miravam a ladeira ladeada de casebres que terminava no barranco. Mais além, a faixa de luz dos flutuantes na baía do Negro. Um motor que passava, ruído no rio, luz móvel na noite. Curumins da vizinhança apalpavam o conversível, admiravam a maravilha de automóvel: máquina do outro mundo. Troncho, guenzo, e ainda assim atraente. O Oldsmobile deixara rastros, era a pista das andanças dos dois. Sumiu o conversível. Sumiram Omar e a mulher. Quase impossível encontrá-los nesse mundo de ilhas, lagos, rios intermináveis.

"Às vezes, é mais prudente desistir... deixar os dois viverem. Tomara que teu filho desembeste de uma vez, Halim! Que se embriague com a alegria de uma mulher solta."

"É o que eu queria", disse Halim. "Mas o Omar quer muito mais, deseja tudo. É um prisioneiro de tanto desejo."

Ele estava disposto a navegar semanas até encontrar o filho. No fundo, pensava nas muitas noites perdidas por causa do Caçula. Halim alugou um motor e convocou o comandante Pocu: queria vasculhar as beiradas dos lagos e paranás. Pediu a minha ajuda, insistiu para que Tannus nos acompanhasse. Passamos semanas navegando em círculos. Saíamos de manhãzinha, contornávamos a ilha Marapatá, atravessávamos o paraná do Xiborena até a ilha Marchanteria. Depois, já no Solimões, entrávamos no paraná do Careiro, navegando em arco até o Amazonas. Perguntávamos aos ribeirinhos e pescadores se tinham visto o casal. Halim mostrava fotos do filho, Tannus descrevia a mulher. Os ribeirinhos olhavam as fotografias, franziam a testa, se esforçavam, não senhor, nenhum estranho passou por aqui. Halim repetia: "Vou trazer o Omar no garrote, vocês vão ver". Bastava avistar uma palafita, uma casinha isolada, uma maromba, para ele pedir que Pocu encostasse o motor. Dias assim. Tannus dizia que Halim estava perdendo a cabeça, que não estava procurando o filho, mas perseguindo-o. Já não sabíamos o dia da semana, do mês, desembarcávamos em Manaus de noitinha e às cinco em ponto Halim me acordava, e lá íamos nós, a pé, para o pequeno porto. Percorremos toda a costa da Terra Nova, do Marimba, do Murumurutuba... Contornamos os lagos da ilha do Careiro: o Joanico, o Parun, o Alencorne, o Imanha, o Marinho, o Acará, o Pagão... Nem sinal do Caçula. Pocu aproveitava para caçar ciganas e patos selvagens; armava a malhadeira num lago e na volta recolhia os peixes, que vendia depois nas feiras de Manaus. No paraná do Parauá, um velho, muito sério, disse: "Vai ver que o boto enfeitiçou os dois; devem estar encantados, lá no fundo do rio". Passávamos das águas pretas às águas barrentas, atracamos dezenas de vezes na beirada do paraná do Cambixe. Eu e Halim visitávamos as fazendolas, ele perguntava, se informava, e nada. Um dia, Pocu, cansado, lembrou a Halim que já haviam passado sete vezes pelos mesmos lugares. "Estamos queimando combustível à toa", disse o comandante. Então Halim cismou em navegar no Madeira, quem sabe não estariam em Humaitá... Ou andariam na fronteira com a Colômbia, ou no Peru, em Iquitos... De repente, mudava de ideia, extenuado: não, talvez em Itacoatiara, ou em alguma ilha perto de Parintins. Mas havia centenas. Pensou em Santarém, onde o poeta Abbas era conhecido, e Abbas o ajudaria, conhecia o Médio e o Baixo Amazonas, andava num vaivém por ali.

Os amigos, moradores dos lagos, também ajudaram na busca. Mais de um mês, meses. E nos bares da Cidade Flutuante, os compadres desconversavam, sem esperança. Garantiam: não estavam nos lagos, em nenhuma vila dos arredores de Manaus.

Tannus sentiu pena do amigo atormentado. Insistiu: que desistisse, os dois não estavam em lugar nenhum. "Estão é nas nuvens, no bem-bom embaixo de uma árvore, comendo peixe frito."

Desistiu?

Esperava, um pouquinho crédulo, como alguém que anseia colher um pequeno milagre: ver piscar a luzinha do acaso, quando já nada se espera.

Não piscou a luz de nenhuma providência. Piscavam, na escuridão do quintal, os vaga-lumes. E na sala da casa, as chamas do oratório. Halim, avesso de santinho, olhava com cara enfezada para a mulher. Ele não estava tomado por esse fervor. Nunca se entregou ao êxtase religioso. Suas orações, sempre serenas, pareciam duvidar das coisas do além. E quando não havia tapete para se ajoelhar, ele adiava o mergulho na transcendência. A vida, em seu desfecho, dispensava tais rituais. E não fossem os atritos entre os gêmeos e o ciúme louco que Zana sentia do Caçula, ele não teria com que se preocupar. Podia passar o resto do tempo, os dias ou anos do desfecho, entre as tabernas do porto, o labirinto da Cidade Flutuante e o leito conjugal.

Rânia, tutora da loja, atara os laços com São Paulo, de onde vinham as novidades que enchiam as vitrines. Além de labiosa nos negócios, ela sabia controlar as despesas da casa, anotando cada níquel; mas cedeu, contrariada, à compra excessiva de peixe.

Nunca comemos tão bem. Peixes os mais variados, de sabor incomum, cobriam a mesa: costela de tambaqui na brasa, tucunaré frito, pescada amarela recheada de farofa. O pacu, o matrinxã, o curimatã, as postas volumosas e tenras do surubim. Até caldeirada de piranhas, a caju avermelhada e a preta, com molho de pimenta, fumegava sobre a mesa. E também pirão e sopa com sobras de peixe, farinha feita das espinhas e cabeças, bolinhos de pirarucu com salsa e cebola.

"Tanto peixe assim, não era de estranhar?", contou Halim. "Zana encheu de peixe as duas geladeiras. Distribuía peixes para a vizinhança. Eu perguntava: *Laysh?* Por quê? Pra que tanto peixe? E ela: 'Faz bem para os ossos, nossa carcaça está fraca'."

Algo estranho havia nessa profusão de pescado, porque a época não era fértil: o rio estava longe de baixar, e longe estávamos da Sexta-Feira da Paixão. Enjoamos de tanto peixe. O pitiú era forte, os gatos e as varejeiras aninhavam-se no quintal, vieram os mendigos à cata das sobras, e toda essa fertilidade de alimento, que nos tornava generosos com homens e animais, durou os meses da estação chuvosa.

Em março, quando Zana já sorria e orava menos, Halim desviou a atenção dos peixes para Adamor, o peixeiro. Nós o conhecíamos. Ele voltara a frequentar a nossa rua, o Perna de Sapo. Era um dos mais antigos peixeiros do bairro. Antes do amanhecer, ouvíamos sua voz de barítono amador, um grito que prolongava em eco as vogais da palavra que o ajudava a sobreviver: peixeiro. Era o canto inaugural da manhã, um estentor que se intrometia na festa da passarinhada triscando a copa das árvores imensas. A melopeia do Perna de Sapo. Depois da voz, surgia um vulto que se movia com passos curtos, pulinhos calculados, simétricos, que alcançavam a porta de uma casa conhecida. Aí, nessa espécie de pouso, o Perna de Sapo fazia uma pausa. E o corpo, já visível no mundo surpreendido pela claridade, esperava. Nas mãos espalmadas, o tabuleiro. Assim, parado, ele não cantava, não gritava, era um ser mudo. Tinha a perna esquerda estropiada, meio morta, e o inchaço do rosto o impedia de abrir os olhos. Aos poucos, o Perna de Sapo pestanejava, e duas fendas muito finas surgiam na cara suada. O sol, fraco de manhãzinha, aclarava ângulos, fachadas, árvores, corpos em movimento. Lá nas alturas, os blocos de nuvens se dissolviam com o sopro da manhã. Aqui embaixo, na calçada suja, o corpo de Domingas debruçava-se sobre o tabuleiro, as mãos apalpavam os olhos de um peixe. Ela resmungava: "Esse matrinxã já foi fresco, agora serve para gato de rua". Adamor se irritava com as fisgadas de Domingas. Ele queria esvaziar o tabuleiro na nossa rua, mas minha mãe era exigente, ranzinza, não comprava peixe liso: "São reimosos, não prestam, dão doença de pele". Os dois discutiam, chamavam a patroa, Domingas tinha razão. Na escolha dos peixes minha mãe triunfava, era vitoriosa, se orgulhava disso.

Ela só malinava na presença do Perna de Sapo, e toda a ousadia, contida dentro de casa, revelava-se na calçada, para quem quisesse ver. "Hoje não, Adamor, esses peixes enfeitados com salsa, cebolinha e tomate servem para dona Estelita... Eu não gosto disso, essas fantasias enganam a gente." Ele saía se arrastando, dando pulinhos, xingando minha mãe de índia metida a besta, puxa-saco de patroa... Mas Domingas não era durona com o cascalheiro, um curumim musical que tocava notas agudas num triângulo de ferro e cantarolava. Nem era muquirana com o vendedor de pitomba e sapoti, um velho de rosto de bronze que atravessava o século vendendo frutinhas surrupiadas de terrenos baldios e quintais de casas arruinadas.

Esses seres, que piavam de tanta pobreza, ela até ajudava. Atraía o cascalheiro, oferecia-lhe uma tapioquinha da véspera, e enquanto o curumim comia, ela observava suas unhas sujas, os pés imundos, o calção puído: como podia trabalhar assim? Não tinha vergonha de tanta sujeira? Depois do ralho escolhia uns cones de cascalho para mim, dava-lhe uma moedinha, aconselhava-o: que tomasse um banho antes de sair de casa. Mas o Perna de Sapo, o peixeiro sazonal, era seu alvo predileto. Ele sumia de repente, ele e a voz. E numa manhã ele reapareceu, tremendo, inchado de tanta cachaça, medindo os passos, pronto para tombar de vez. Difícil imaginar um sopro de soberba em seres assim. No entanto, o que lhe faltava no corpo e na aparência, sobrava-lhe na coragem. Uma medalhinha de orgulho e bravura ornava o seu passado. A história dele fora soprada de boca em boca na nossa rua, no bairro, na cidade. Uma dessas histórias que desciam os rios, vinham dos beiradões mais distantes e renasciam em Manaus, com força de coisa veraz. Ele, filho do rio Purus, filho de Lábrea, onde os mutilados são muitos. Filho de Lázaro, da peste mais atroz, vergonha das vergonhas. Mateiro na época da guerra, quando navios e aviões norte-americanos navegavam por águas e céus do Amazonas. Tempo de poderosos cargueiros e hidroaviões. Traziam tudo, levavam borracha para a América. Então, num dia de 1943, um Catalina desviou-se da rota do Purus. Desapareceu. Na busca cerrada, aviõezinhos esquadrinharam a área. Faziam voos rasantes, em círculos que se expandiam e se reduziam. Farejavam das alturas e seguiam urubus que planavam baixo, ávidos de carniça; ávidos, quem sabe, dos restos dos dois tripulantes do Catalina. A floresta: é sobrevoar, admirar, assombrar-se e desistir. Depois de duas semanas de busca, desistiram. Em setembro, antes do dia da Independência, o mateiro, o farejador Adamor apareceu em Lábrea carregando um corpo; quer dizer, arrastava um embrulho pesado. Os moradores se benzeram, incrédulos, assustados. O sobrevivente, enrolado numa rede, tinha força para apertar as mãos de Adamor e chorar. Tenente-aviador A. P. Binford, um molambo de homem, nu, com estrias no corpo todo, as costelas quebradas, os dois pés tortos, um curupira. O militar parecia assombração da floresta. Adamor por pouco não perdeu a perna esquerda. Infeccionada, depois paralisada para sempre. Em Manaus, ele teve sua noite de herói: a medalhinha de bons serviços prestados aos aliados. Foi fotografado, deu entrevista; Adamor e o tenente--aviador Binford, abraçados, juntos mais uma vez, a última, na primeira página dos jornais. O mateiro agradeceu, recusou uma viagem para os Estados Unidos. Não podia mais ser abridor de varadouros e picadas. Nunca mais um caminhante, livre para buscar atalhos na floresta. Não retornou a Lábrea, nem ao Purus: embrenhou-se no trançado de becos de Manaus, ergueu uma palafita e mofou no fedor dos pauís. Aquele que salvou o militar americano? A glória maior: salvar um verdadeiro herói! De longe, via-se o brilho da medalhinha presa na camisa esfarrapada. Exercitou a voz, o timbre grave, o grito prolongado. Fazia assim na floresta, e o estentor afastava o medo da solidão, dos bichos, dos seres assombrados. Sobreviveu. Mais um sobrevivente. Adamor: o Perna de Sapo. Nenhum passado é anônimo. O apelido, o nome, o mateiro. O peixeiro preferido de Zana. "Sim, madame. Pois não, madame. Vou atrás do seu menino, madame."

"E foi mesmo", lembrou Halim. "O Adamor, um senhor farejador. Zana ofereceu a ele um monte de fotos do nosso filho, mas ele não quis. Folheou o álbum, disse que o rosto do Omar já estava na cabeça dele."

Em pouco tempo, fez o que Halim e Tannus não conseguiram fazer em meses. Zana percebeu a manha de Adamor. Ela falava sobre o sumiço do filho, insinuava a busca, tateava o terreno. O Perna de Sapo se emocionava, franzindo a testa, atencioso. Ele chegou a lacrimejar, meio sincero, meio fingido. Enxugou os olhos com as mãos cheias de escamas, ergueu a cabeça e pediu, bem sério, que a madame tirasse aquela índia desconfiada da frente dele. Domingas, obediente, parou de apalpar o olho dos peixes. Saiu da calçada, voltou para os fundos da casa. Então Adamor passou a oferecer à madame os peixes mais caros, e também os encalhados, da piranha ao filhote.

"Só faltou comprar o tabuleiro e aquela medalha enferrujada", resmungou Halim. "Compraria tudo: o rio, o sol, o céu e todas as estrelas. Tudo, tudinho."

Durante a madrugada, a mãe se plantava na sala à espera da voz grave do peixeiro. Halim, nervoso, passava noites em claro. Sozinho na cama. Às vezes ele se levantava e a espiava do alto da escada, mas ela, fora de si, não tinha olhos para Halim; morava em sua redoma, onde só cabia a imagem de Omar. Chegaram a passar uma noite inteira mudos, um de frente para o outro, os olhos dela no rosto dele, só os olhos, porque o olhar parecia sem fundo, sem fim nem começo. Numa outra noite ele se lembrou dos gazais de Abbas, recitou os que sabia de cor e depois pediu, implorou que ela deixasse o filho em paz com aquela mulher... Omar queria isso, ele mesmo tinha dito antes de ir embora: queria viver longe de todo mundo, quem sabe não ia trabalhar com a mulher, os dois juntos, como adultos... Omar já era um homem, não fazia sentido ele morar em casa, com os pais, se estragando com bebida e putas... Isso mesmo, se estragando... daqui a pouco vai adoecer, vai apodrecer, ninguém aguenta ver um filho ir para o buraco... Ela escutou, os olhos no rosto de Halim. O rosto impassível, sério, nem pestanejava. Ele deu um suspiro e se levantou, percebeu que as suas palavras, sua voz, a entonação de apaixonado, tudo se perdia no silêncio da noite.

Na manhã de um sábado ele a viu sair com o peixeiro. Chuviscavam fios finos depois do toró noturno. Zana vestira sua melhor roupa. O rosto levemente maquiado, o cabelo solto, os delicados brincos de jade nos lóbulos. Os olhos protegidos por longas pestanas e as sobrancelhas em arco perfeito estonteavam Halim.

"Sessenta e tantos anos não escondem toda a beleza dessa mulher", dizia ele.

Repetiu isso até o fim, como se ela tivesse parado de envelhecer. Ou o tempo fosse uma abstração, incapaz de agir sobre o corpo de Zana. Cego de amor, até as últimas. Pobre Halim! Pobre? Nem tanto. Um guloso de amor carnal: fez da vidinha na província uma festa de prazeres.

Naquela manhã ele esperou o filho. Sabia que Omar seria fisgado, era inevitável. Morava num motor velho, barquinho de aluguel, bem barato. Dormiam numa rede, ele e a mulher. E dormiam ao ar livre em praias desertas, onde atracavam o motor. Passariam a vida assim? Talvez. Ela, a Pau-Mulato, dando uma de cartomante, lendo a mão calosa dos ribeirinhos, recebendo farinha e moedas em troca de destinos fantasiosos. Pescavam nos paranás desertos das Anavilhanas, armavam a malhadeira perto do barco, e, antes do amanhecer, recolhiam os peixes. Viviam de uma forma anfíbia, clandestinos, ambos na honrosa pobreza, sem horário para nada. Soltos e livres, viviam a vida sem o previsível.

O faro do Perna de Sapo. Como conseguiu encontrar os amantes? Difícil foi encontrar o militar Binford, porque o avião resvalara em árvores e mergulhara no Purus. A astúcia de Adamor: observar todos os ângulos, todos os cantos da floresta, e também olhar para cima, em busca de galhos quebrados, copas cortadas, restos de fuselagem. Depois foi só seguir a sinuosa trilha de destroços até encontrar um homem quieto perto da beira do rio: duas olheiras no rosto chupado, os dentes esverdeados de tanto mastigar folhas, uma pistola no colo. Um corpo imóvel e ovos de tracajá espalhados na areia. Adamor riu ao ver a cena. Quase vinte anos depois, tornou a rir ao descobrir o barquinho de Omar escondido entre batelões pesados: um motorzinho mixuruca, desses que atravessam o dia todo a baía do Negro. Um barco perigoso durante uma tempestade e frágil quando enfrenta um banzeiro forte. Estava ali, bem atrás do Mercado Adolpho

Lisboa, entrincheirado e muito inocente, revelando a rede do amor armada sob a pequena ponte, ao lado do passadiço; na popa, a bandeirinha do Brasil, murcha e desbotada. Ali, a trezentos metros da toca de Halim, que imaginava o filho em alguma fronteira, em alguma ilha distante, ou em Iquitos, Santarém, Belém. Imaginava-o no sul do Brasil ou na América do Norte, no frio do outro hemisfério. Podia estar em qualquer lugar muito longe, menos ali, no tumulto do pequeno porto.

"Nem o Tannus acreditou", disse Halim. "Quem ia procurar os dois aqui, no porto da Escadaria? Estavam nas minhas ventas..."

O Perna de Sapo não foi atrás do barco, preferiu seguir a pista dos peixes. Conversou com os peixeiros: quem lhes fornecia peixe fresco em pequenas quantidades? Havia dezenas de barcos pesqueiros, e o Perna de Sapo conhecia quase todos. Mas eram os pequenos pescadores, donos de canoas e barquinhos, que podiam dar alguma pista de Omar. O Perna de Sapo, com dinheiro no bolso, foi falar com os atravessadores. Mencionou um pescador novato. Esboçou o jeitão dele: alto, moreno, sobrancelhas que nem caranguejeira. Testa larga. Espadaúdo. Riso solto de bonachão, gargalhada de mostrar a garganta. Ah, o careca barbudão? Um parrudo que dança para uma mulher séria? Pode ser. Ele? Com uma garrafa na mão, canta e dança, faz presepadas, doido que nem pião de bêbado. Esse? Ninguém sabia o nome dele, um sujeito festeiro, mas de poucos amigos. Arredio, sem querer ser. Cara meio tapada, sempre de óculos escuros, até na escuridão. Um outro Omar: a cabeça raspada, a barba espessa e grisalha, de profeta ou louco messiânico. Passa dias sem aparecer. Atraca de madrugada, bem-humorado, faz a festinha dele, vende os peixes por qualquer preço e cai fora. Raríssimo, vez em mês, ele amanhece no barco, e é a mulher que dá banho nele, de cuia, ensaboa ele todinho, o bebezão nu. Depois ela puxa as cordas, dá ordens de partir. Zarpam antes dos pescadores, na boca do amanhecer, e não voltam tão cedo.

"Acho que comprávamos do Adamor os peixes fisgados pelo Omar e a diva dele. Só faltava essa!", comentou Halim.

Careca e barbudo. Bronzeado, quase preto de tanto sol. Mais magro, mais esbelto, no peito um colar de sementes de guaraná. Descalço, usava uma bermuda suja, cheia de furos. Não parecia o Peludinho cheiroso da Zana.

Quando entrei em casa, vi que ele procurava o pai no andar de cima, no banheiro, por toda parte. Estava arranhado nos braços e no pescoço, os olhos saltados assustavam Rânia e Domingas. Foi até o quintal, entrou nos quartos dos fundos, voltou para a sala com uma corrente de aço. Quando a porta da frente bateu, ele se agachou perto da escada e alçou a corrente. Rânia escutou os passos no corredor e deu um grito. A mãe apareceu na sala e ainda viu o filho arremessar a corrente no espelho. Foi um estrondo, não sobrou nada. Uma parte do assoalho ficou coberta de cacos. O Caçula continuou a destroçar tudo com fúria: arrastou cadeiras, quebrou as molduras dos retratos do irmão, e começou a rasgar as fotos; rasgava, pisoteava e chutava os pedaços de moldura, bufando, gritando: "Ele é o culpado... Ele e o meu pai... Por onde anda o velho? Está escondido naquele depósito imundo? Por que não aparece para elogiar o engenheiro... o gênio, o cabeça da família, o filho exemplar... a senhora também é culpada... vocês deixaram ele fazer o que queria... casar com aquela mulher... dois idiotas...".

Não parava de xingar, xingou minha mãe e Rânia, as vacas, só faltou cuspir na cara das duas, me chamou de filho duma égua, interesseiro, puxa-saco de Halim, mas eu não recuei, me preparei, fechei as mãos com toda a força, se o idiota me atacasse não sobraria nada de nenhum de nós. Ele babava, relinchava, as veias do pescoço tufadas, a boca expelindo saliva. A careta, a barba espessa grisalha e a cabeça careca amedrontavam todo mundo, as mulheres corriam de um lado para o outro, se escondiam, ele ia atrás delas, escorregava, chutava tudo, queria destroçar a sala toda, as paredes, o altar, a santa. Mas eu não arredei pé, queria ver até onde ia a coragem do bicho, o teatrinho, a pantomima do Caçula... Torcia para que ele me tocasse, ia levar uma porretada na frente da mãe, cair de joelhos na minha frente. Mas não. Ele foi esmorecendo, fraquejando, até murchar. Segurava a cabeça, resfolegando. Rânia ainda salvou duas fotografias: os retratos em que o rosto de Yaqub aparecia ampliado, mais nítido. Tentou se aproximar do irmão, mas ele a empurrou, expulsou-a da sala, e, quando ia erguer a mão, Zana interferiu, investiu contra ele armada do poder de mãe. Agora era a vez dela. Acuou o Caçula logo de cara, não ia admitir que o filho se embeiçasse por uma mulher qualquer. "Isso mesmo, uma qualquer! Uma *charmuta*, uma puta! Que ela passe o resto da vida mofando naquele barco imundo, mas não com o meu filho. Uma contrabandista! Falsária... Agiota... Gastei uma fortuna para descobrir os detalhes. O contrabando, as meninas que ela aliciava para o Quelé, aquele inglês de araque... O esconderijo de vocês na Cachoeirinha... As orgias... A patifaria... a sujeira toda! Eu não ia permitir... nunca! Ouviste bem? Nunca!" Ela abaixou a voz e sussurrou, dócil, tristonha: "Tens tudo aqui em casa, meu amor". Começou a soluçar, a chorar. Pegou nas mãos dele, penteou-lhe a barba grisalha com os dedos, alisou-lhe a careca feridenta. Os dois, abraçados, foram para o alpendre; ela franziu a testa ao ver sua própria imagem distorcida em mil fragmentos no espelho estilhaçado. Perdeu o espelho precioso, mas ainda assim suspirava de felicidade porque o filho estava ali, queimado por dentro, mas agora só dela. Fez um sinal para que eu e Domingas limpássemos a sala. Muitos objetos estavam destroçados. Haviam sobrado o pequeno altar, o narguilé e a cristaleira. Havia pedaços de espelho e de moldura sobre o sofá cinzento. O console e várias cadeiras estavam quebradas. Eu e Domingas tivemos de varrer o chão e consertar as cadeiras antes da chegada de Halim. O espelho veneziano era uma relíquia de Zana, um dos presentes de casamento de Galib. Para mim foi um alívio, porque eu o lustrava com um pedaço de flanela todos os dias, ouvindo a mesma ladainha: "Cuidado com o meu espelho, passa o espanador na moldura".

Quase nada sobrou da relíquia. Depois Halim comprou outro espelho, imenso, que eu passei a lustrar com menos zelo.

Na madrugada daquele sábado em que Zana e o Perna de Sapo saíram juntos, Halim entrou no meu quarto e me pediu para ir atrás deles. Eu estava dormindo, tinha passado parte da noite estudando para um exame do Liceu Rui Barbosa. Halim não pregara as pestanas, intuía que alguma coisa ia acontecer naquele dia, e teve certeza disso ao ver Zana sair de mansinho do quarto. Elegante, perfumada e, para os olhos de Halim, atraente. Imaginou-a sorridente e excitada, e sentiu ciúme do filho como nunca sentira.

O Perna de Sapo apareceu sem entoar o vozerio de sempre, dissimulado na noite que findava. Tampouco bateu na porta. Esperou uns segundos e foi embora com a madame.

Não era o peixeiro, mas o farejador de outras épocas, o rastreador da cidade. Ele mesmo espalharia para todos os fregueses como tinha armado, como tinha pensado a cilada. Na noite da sexta-feira, Adamor fora ao porto da Escadaria com duas garrafas de uísque; chamou um curumim: que as oferecesse ao careca barbudo por um preço de pivete ladrão. Omar comprou as duas garrafas e convidou o curumim para a festinha a bordo do motor. Beberam, dançaram ao som da rádio Voz da Amazônia. No meio da madrugada, Omar e a mulher gemiam na rede que ondulava, como se estivessem numa praia deserta, numa das mil ilhas das Anavilhanas. Foram imprudentes, amos do mundo, felizes em excesso. E adormeceram, imersos nessa magia. A praia do pequeno porto cheirava a detritos e a combustível. A brisa do fim da noite trazia o cheiro da floresta, ainda sombria na outra margem do rio. E também o cheiro de Zana, o odor de jasmim. Ela era conhecida nas ruas da zona portuária. A esposa do Halim, a mãe de Rânia, gerente da loja. Ninguém entendeu a presença dela, tão cedo, naquele lugar cheio de gente humilde: catraieiros à espera da primeira travessia, carregadores seminus, garapeiros e vendedores de frutas que armavam tendinha de lona. Ela, elegante dos sapatos ao chapéu, usava um vestido sóbrio, cinzento, mais propício a uma solenidade noturna do que a um encontro matinal num cais emporcalhado. No entanto, era um encontro com o filho, mais um desafio com uma rival que surgira sabe-se lá de que buraco. Assim ela caminhou com passos decididos bem no meio da passarela, o olhar passeando nos barcos e batelões que emergiam da noite como um arquipélago no meio do rio.

A aparição dela impunha um silêncio que podia significar respeito ou surpresa. Atrás, o Perna de Sapo, sorridente, triunfante, acenava para os barqueiros acocorados na proa dos barcos. De vez em quando surgiam rostos sonolentos das redes armadas na ponte das embarcações. Adamor parou na extremidade do trapiche, onde o esperavam quatro homens atarracados. Conversaram, gesticularam e subiram num batelão que dava acesso ao barquinho de Omar. Eu os segui de longe, vendo os corpos diminuídos pela distância, borrados pela neblina do amanhecer. Mais perto do batelão, pude enxergar a confusão no passadiço do motor, corpos engalfinhados, uma rede balançando e a proa do barco oscilando, formando um banzeiro que agitava as águas pretas. Ouvi gritos de mulher, depois um choro e a voz de Zana: "Soltem essa mulher... deixem ela no barco... Meu filho vai sozinho para casa".

Corri para a beira do cais da Escadaria e fiquei espiando por uma fenda no talude de pedras vermelhas.

O contorno do cais, a silhueta das pessoas, a leve ondulação de proas vermelhas, as redes coloridas, o banzeiro que despejava na praia dejetos oleosos, os mendigos estonteados pela luz do dia, as nuvens imensas, nômades no espaço, a floresta escura que se oferecia à visão, tudo parecia adquirir espessura, movimento, vida.

Então ele apareceu na extremidade do trapiche.

A barba grisalha e a cabeça pelada causavam menos estranheza do que o olhar. Por um momento, o momento da travessia da passarela, ele podia ser confundido com os outros, podia ser mais um carregador ou peixeiro, ou vendedor de ninharias. Ou mais um pobre-diabo. Podia ser mais dono de si e cair na tentação de se libertar, de viver uma aventura até o fim.

Cada vez mais perto da praia, eu o via como um estranho, e queria que Omar fosse realmente um estranho. Fosse estranho e eu estaria talvez menos preocupado com a ideia que fazia dele. Não estaria ali, atrás da muralha vermelha, espreitando a figura se aproximar de mim, os braços bambos, os ombros e o pescoço arroxeados, uma figura maltrapilha que minutos depois seria olhada com comiseração pelos vizinhos. Omar não os saudou; parecia um cego que conhecia de cor o caminho de casa. Ele, que sempre acenava e sorria para os vizinhos, dessa vez não se dirigiu a ninguém. Estava cheio de arranhões, meio bicho, olhos assustados; um movimento brusco da cabeça acentuava nele um desequilíbrio que harmonizava com o resto do corpo. Assim, de cara, ninguém o reconheceu. Depois, quando Domingas o recebeu na porta da casa, aí então os vizinhos entenderam que Omar estava de volta.

Ele almoçou no meio da tarde, sozinho, ensimesmado. Passou vários dias sem sair do quarto, remoendo sua derrota. Recluso, esperou o cabelo crescer, esperou a visita do barbeiro, que lhe devolveu o rosto original de galã notívago e não de noivo cativo.

Essa fidelidade à mãe merecia uma recompensa. E, para desespero de Halim, o Caçula foi mimado como nunca. Nem precisava pedir certas coisas: a mãe adivinhava seus desejos, dava-lhe tudo, desde que não se desgarrasse. Entre ambos não havia recompensa gratuita. Rânia, irritada, teve que abrir o cofre da loja; cedia, a conta-gotas, aos caprichos do irmão; cedia fazendo sermões, enumerando os gastos da casa e da loja, como faz um contador ou um muquirana. Ele ouvia a ladainha e começava a acariciar a irmã: um beijo nas mãos, um afago no pescoço, uma lambida no lóbulo de cada orelha. Enlaçava-a, carregava-a no colo, olhando para ela como um conquistador cheio de desejo. As palavras que adoraria ouvir de um homem ela ouviu de Omar, "o irmão que nunca ficou longe de ti, que nunca te abandonou, mana", ele sussurrava. Rânia se derretia, sensual e manhosa, e a voz dela, mais pausada, ia cedendo um pouquinho, até balbuciar, concordar: "Está bem, mano, te dou uma mesadinha, assim tu te divertes por aí".

E assim também ele readquiria o poder de sedução que havia perdido durante o tempo em que se entregara à Pau-Mulato, no barco amaldiçoado pela mãe.

No fundo, Omar era cúmplice de sua própria fraqueza, de uma escolha mais poderosa do que ele; não podia muito contra a decisão da mãe, para quem parecia dever uma boa parte de sua vida e de seus sentimentos. Preferiu as putas e o conforto do lar a uma vida humilde ou penosa com a mulher que amava. Tentou se conformar com essa frustração que ele supunha pacificada, e nunca mais ousou entregar-se a mulher nenhuma.

Voltou aos lupanares, aos clubes noturnos do centro e do subúrbio; voltaram as madrugadas de bebedeira, ele sempre sozinho, entrando na casa como um autômato, às vezes balbuciando o nome das duas mulheres que realmente amou, ou chorando feito criança que perdeu alguma coisa preciosa. Tornou-se meio infantil, envelhecido, com longos intervalos de silêncio, como certas crianças que renunciam ao paraíso materno ou adiam a pronúncia da primeira palavra inteligível. Plantava-se no alpendre tal um animal acuado, esquivando-se do contato humano, arruinado talvez pela ressaca prolongada quando a bebedeira prosseguia dentro de casa até o dia clarear. Não tive pena dele. Ele mesmo me ensinara serem inúteis a pena e a comiseração. Lembrei-me de uma tarde em que Zana me mandara à praça da Saudade para pegar um vestido numa costureira. Eu não tinha almoçado, o sol muito forte me deixou zonzo. Sentei num banco sombreado por um caramanchão. Olhava para a rua Simón Bolívar, que dá para os fundos do orfanato onde minha mãe havia morado. Pensei nela, no tempo que havia passado naquele cativeiro, e depois me lembrei das palavras de Laval: que ali, debaixo da praça, havia um cemitério indígena. A algazarra de um grupo de homens me despertou. Quando se aproximaram do caramanchão, um deles apontou para mim e gritou: "É o filho da minha empregada". Todos riram, e continuaram a andar. Nunca esqueci. Tive vontade de arrastar o Caçula até o igarapé mais fétido e jogá-lo no lodo, na podridão desta cidade.

Disse isso a Halim, tive coragem de dizer isso quando ele acabou de contar a história da Pau-Mulato.

Ele me olhou e virou o rosto para a janela do depósito. Lâminas prateadas pelo fulgor do sol encrespavam as águas pretas, e o alvoroço do pequeno cais nos fundos do Mercado Adolpho Lisboa agitava aquela manhã de sábado.

Pensei que a minha frase sobre Omar fosse selar o fim da nossa conversa. Os olhos acinzentados me procuraram, ele perguntou sobre o Liceu Rui Barbosa, se estava valendo a pena frequentar uma escola de péssima reputação. "Sempre vale a pena concluir alguma coisa", eu disse. "Aprendi um pouco no Galinheiro dos Vândalos e aprendi muito lendo os livros que Laval me emprestou, conversando com ele depois das aulas."

"Nem nesse galinheiro meu filho quis estudar", Halim se queixou. "Um fraco... deixou minha mulher sugar toda a força dele, a fibra... a coragem... sugou o coração, a alma... o desejo... Eu não queria filhos, é verdade... mas o Yaqub e a Rânia, bem ou mal, me deixaram viver... Quis mandar os gêmeos para o Líbano, eles iam conhecer outro país, falar outra língua... Era o que eu mais queria... Falei isso para a Zana, ela ficou doente, me disse que o Omar ia se perder longe dela. Não deu certo... nem para o que foi nem para o outro que ficou aqui. Quando Yaqub voltou, eu ainda tinha esperança... trazia Zana para cá, brincávamos à vontade, tínhamos liberdade... O que eu fiz para conquistar essa mulher! Meses e meses... os gazais, o vinho para vencer a timidez... Ninguém queria aceitar... ninguém acreditava que um mascate pudesse atrair a filha do Galib. Ela foi corajosa, decidiu. E eu acreditei... Só pensava nela, só queria ela... Depois a vida foi dando voltas, foi me cercando, me acuando... A vida vai andando em linha reta, de repente dá uma cambalhota, a linha dá um nó sem ponta. Foi assim... A morte do pai dela, o Galib... A morte à distância, a dor que isso causa, eu entendo... Um pai... eu nunca soube o que significa... não conheci nem pai nem mãe... Vim para o Brasil com um tio, o Fadel. Eu tinha uns doze anos... Ele foi embora, desapareceu, me deixou sozinho num quarto da Pensão do Oriente... Me agarrei na Zana, quis tudo... até o impossível. Essa paixão voraz como o abismo. Depois da morte do Galib, o Omar foi crescendo na vida dela... Vivia dizendo que o Caçula ia morrer... Era uma desculpa, eu sabia que não ia acontecer nada com ele... Ficou louca, fez tudo por ele, é capaz de morrer com ele... Longe do filho, era a minha mulher, a mulher que eu queria. Sentia o cheiro dela, me lembrava das nossas noites mais assanhadas, nós dois rolando por cima desses panos velhos. De manhãzinha, íamos tomar café no quiosque do mercado, andávamos descalços pela praia... me dava vontade de fugir com ela, entrar num barco e ir embora para Belém, deixar os três filhos com a tua mãe... Pensava nisso, pensei em tudo... até em fugir sozinho... Mas não ia conseguir, ela ia reaparecer inteira na minha imaginação... Ainda tivemos muitas noites de gozo, aqui mesmo, no meio dessa bagunça toda... O problema era o Omar, as paixões dele, as duas mulheres... A última foi um transtorno, a Zana percebeu que podia perder o filho... O frouxo! Covarde... Nunca vai saber... Não consigo nem olhar para ele... não quero escutar a voz dele... acho que nunca quis, me dá enjoo... Se tivesse força, daria nele outro safanão, teria dado uns cem quando ele quebrou o espelho que a Zana adorava... Mil bofetadas, mil..."

Rânia subiu para ver o que estava acontecendo, mas ele não parava de gritar: "Mil bofetadas naquele covarde!". Ela se curvou, passou a mão na cabeça dele, limpou o suor do rosto e a saliva que lhe cobria a boca; ele babava de ódio, se engasgou, sacudiu a cabeça, começou a tossir, a escarrar, ofegante, os olhos avultados, as mãos procurando a bengala. "Baba, o senhor está melhor? Fique calmo, a loja está cheia de fregueses." Ele olhou para a filha: "Todos à merda", disse. Ela desceu. Halim se levantou, apoiado na bengala. Ficou olhando para os rolos de morim e chitão esgarçados, cheios de traças. Deu uns passos meio inseguros, desceu bem devagar a escada de ferro. Quis ajudá-lo, mas ele recusou. Não disse para onde ia. Atravessou a loja empunhando a bengala para afastar os fregueses. Eu o vi cambalear entre os barcos encostados na rampa. Logo depois, só a cabeça branca movia-se no horizonte escuro do rio.

Àquela altura da vida era-lhe penoso caminhar da casa à loja, subir a escada em caracol e sentar-se na cadeira de palha perto da janela debruçada sobre a baía. Eu o acompanhei várias vezes nessa lenta caminhada, e quando alguém o cumprimentava ou gritava o nome dele, ele erguia a bengala e me perguntava quem era esse doido, e eu dizia é o Ibrahim da Coalhada Seca, ou então, é o filho do Issa Azmar, ou um compadre que jogava gamão naquele bar, A Sereia do Rio. Ele havia parado de jogar, as mãos trêmulas o impediam de brincar com os dados antes de cada lance. Esse ritual era uma espécie de magia secreta, fatal para o jogo. Brincar com os dados, sentir suas arestas, o relevo das faces, a textura da matéria, e vê-los quicar e rolar no retângulo de feltro. Esse ritual acabara. Às vezes Rânia convidava dois conhecidos para jogar no cubículo de cima, só para que o pai se distraísse e não metesse o bedelho nos negócios, embora ele quase nada se interessasse pelo destino da loja. Halim tampouco dava atenção aos jogadores e seus lances de dados, porque o outro, o grande jogo, o móvel de sua vida havia terminado desde a época em que o filho conhecera a mulher no lupanar lilás. Ele se deixava entorpecer pelo mormaço, as leves lufadas de ar morno que penetravam na janela do depósito. E quando olhava para o tabuleiro, logo desviava o rosto para a baía do Negro, procurando serenidade nas águas que espelhavam nuvens brancas e imensas.

Nos últimos anos de vida, Halim conviveu com essa paisagem sozinho no pequeno depósito de coisas velhas, entregue aos meandros da memória, porque sorria e gesticulava, ficava sério e tornava a sorrir, afirmando ou negando algo indecifrável ou tentando reter uma lembrança que estalava na mente, uma cena qualquer que se desdobrava em muitas outras, como um filme que começa na metade da história e cujas cenas embaralhadas e confusas pinoteiam no tempo e no espaço.

Assim eu via o velho Halim: um náufrago agarrado a um tronco, longe das margens do rio, arrastado pela correnteza para o remanso do fim. Fingia estar alheio a tudo? Às vezes dissimulava um apagar súbito, de quem vaga, aéreo, sobre as coisas deste mundo. Não dava ouvidos a ninguém, fazia-se de surdo, mas retinha uma ponta de ânimo. Nunca deixou de entornar uns bons goles de arak. Bebia, suava, lambia os beiços e espreitava os gestos de Zana, se derretia para ela, balbuciava palavras de amor. E ainda teve tempo para testemunhar alguns acontecimentos importantes na nossa vida.

7

NA PRIMEIRA SEMANA DE JANEIRO de 1964 Antenor Laval passou em casa para conversar com Omar. O professor de francês estava afobado, me perguntou se eu havia lido os livros que me emprestara e me lembrou, com uma voz abafada: as aulas no liceu começam logo depois do Carnaval. Falava como um autômato, sem a calma e as pausas do professor em sala de aula, sem o humor que nos mantinha acesos quando ele traduzia e comentava um poema. Minha mãe se assustou ao vê-lo tão abatido, um morto-vivo, a expressão aflitiva de um homem encurralado. Recusou café e guaraná, fumou vários cigarros enquanto tentava convencer Omar a participar de uma leitura de poesia, mas o Caçula primeiro fez uma careta de desgosto, depois brincou: se fosse no Shangri-Lá, eu ainda topava. Para Laval não era dia de chacotas: fechou a cara, calou, pigarreou, mas logo tornou a pedir, a implorar que Omar fosse com ele até o porão onde morava. Laval ainda teve que esperar o amigo tomar um banho para tirar a ressaca. Os dois saíram apressados e Omar só voltou na madrugada do dia seguinte, quando Zana estranhou a sobriedade do filho, alguma coisa que ele escondia ou o inquietava. Bombardeou-o com perguntas, mas ele desconversou. Antes de almoçar pediu dinheiro à irmã. Era bem mais do que costumava pedir, um dinheirão que Rânia se recusou a dar: "De jeito nenhum, mano, não há farra que custe essa fortuna". Ele ainda insistiu, sem o cinismo habitual, sem os gestos de sedução que a desmanchavam. Insistiu com o rosto tenso, a voz grave, o olhar sincero. Zana, desconfiada, interpelou a filha: que desse uma parte do dinheiro, ou um pouquinho, Omar talvez quisesse pagar uma dívida. "Vocês dois não param de pedir dinheiro. Por que não passam uma semana atrás daquele balcão? Ou um dia inteiro, um só, naquele forno, aguentando o desaforo dos bêbados, a chatice dos fregueses e ainda por cima a ladainha do papai."

Rânia não cedeu. Andava preocupada com o péssimo movimento de janeiro; o comércio estava quase parado, e a greve dos portuários afastava a clientela dos arredores do porto da Escadaria. Ela encheu uma caixa com amostras de novidades de São Paulo e pediu que eu fosse atrás dos fregueses mais assíduos. "Corre atrás desses fujões, se alguém quiser comprar eu mesma levo a mercadoria." A lista era imensa, em cada rua eu entrava em oito ou dez casas para oferecer as maravilhas de Rânia. Conheci todo tipo de freguês: os indecisos, os pedantes, os exigentes, os perdulários, os agressivos, os medrosos, os intratáveis. Alguns me convidavam para merendar, contavam histórias intermináveis e se despediam como se eu fosse visita. Lembrei-me das palavras de Halim: "O comércio é antes de tudo uma troca de palavras". Muitos economizavam para gastar no Carnaval, mas alguém sempre comprava, e eu arrancava de Rânia um sorriso e uns trocados a título de comissão. Ela ficava eufórica, transpirava, os olhos graúdos reviravam de tanto prazer. O comércio a empolgava, ela se transfigurava ao receber os pedidos, mordia os lábios, me abraçava, e eu tremia como nas noites festivas do aniversário de Zana, que não existiam mais. Passei os meses de janeiro e fevereiro nesse vaivém por ruas, becos e alamedas. Quando anoitecia, Rânia fechava a loja e continuava o meu trabalho, enquanto eu ia atrás de Halim. Zana não o queria fora de casa durante a noite. "Ele não pode andar sozinho por aí, é perigoso", ela dizia. Eu o encontrava numa roda de compadres no Canto do Quintela, ou na casa de um amigo já velho e doente. Relutava em voltar para casa, soltava uns palavrões em árabe, mas depois murmurava: "Está bem, querido, vamos, vamos... é o jeito, não é?".

Na noite em que vimos Rânia carregando uma caixa e vendendo de porta em porta, ele disse com raiva: "Coitada da minha filha, está se matando para sustentar aquele parasita". Ele não suportava mais olhar para o Omar. Até a voz do filho o irritava, dizia que lhe dava dor de barriga, que o coração queimava, tudo queimava por dentro dele. Soube que ele tapava os ouvidos com uma bolinha de sumaúma e cera só para não escutar a voz do Caçula. Quando eu ia atrás de Halim, passava pela pensão do Laval, mas não o via no subsolo. Estava totalmente escuro e a rua deserta dava um pouco de medo. Lembrava-me das poucas vezes que havia participado das leituras no porão. Pilhas de papel cercavam a rede onde ele dormia. Do teto pendiam esculturas, móbiles e objetos de papel. Talvez não tivesse jogado fora uma só folha. Devia guardar tudo: bilhetes, poemas e inúmeras anotações de aula rabiscadas em folhas de papel enroladas, dobradas, ou soltas, espalhadas no chão sujo. Nos cantos escuros amontoavam-se garrafões vazios de vinho, e no piso cimentado restos de comida ressequida se misturavam a asas de barata. "Este caos é mais infecto que um pesadelo, mas é o meu alimento", dizia Laval aos alunos. Saíamos do porão carregando livros e apostilas velhas que ele nos presenteava. Ele permanecia lá dentro, fumando, bebendo e traduzindo poemas franceses durante a noite.

Estranhei que Laval não tivesse me convidado para participar da leitura de poesia. Depois, em março, ele faltou às primeiras aulas e só apareceu na terceira semana do mês. Entrou na sala com uma expressão mais abatida do que quando o vira em casa, o paletó branco cheio de nódoas, os dedos da mão esquerda e os dentes amarelados de tanto fumar. "Desculpem-me, estou muito indisposto", disse em francês. "Aliás, muita gente está indisposta", murmurou, agora em português. Mal se equilibrava de pé. A mão direita, trêmula, segurava um pedaço de giz, a outra, um cigarro. Esperávamos a "preleção" de costume, uns cinquenta minutos que dedicava ao mundo que envolvia o poeta. Tinha sido sempre assim: primeiro o cerco histórico, ele dizia, depois uma conversa, por fim a obra. Era o momento em que ele falava em francês, e nos provocava, nos estimulava, fazia perguntas, queria que falássemos uma frase, que ninguém ficasse calado, nem os mais tímidos, nada de passividade, isso nunca. Queria discussão, opiniões diferentes, opostas, ele seguia todas as vozes, e no fim falava ele, argumentava animado, lembrando-se de tudo, de cada absurdo ou intuição ou dúvida. Mas naquela manhã ele não fez nada disso, não conseguia falar, estava engasgado, que droga, parecia sufocado. Estávamos boquiabertos, nem os mais ousados e rebeldes conseguiam provocá-lo fazendo uma careta medonha por causa do bafo dele. "Vamos ver... vamos... ler alguma coisa... traduzir..." A mão trêmula começou a escrever um poema no quadro-negro, o giz desenhava rabiscos que lembravam arabescos, só foi possível ler o último verso, que eu copiei: "*Je dis: Que cherchent-ils au Ciel, tous ces aveugles?*". O resto era ilegível, ele se esquecera do título, e por um momento nos lançou um olhar estranho. Depois largou o giz e saiu sem dizer palavra. O professor de francês não voltou mais ao liceu, até que numa manhã de abril nós presenciamos sua prisão.

Ele acabara de sair do Café Mocambo, atravessava lentamente a praça das Acácias na direção do Galinheiro dos Vândalos. Carregava a pasta surrada em que guardava livros e papéis, a mesma pasta, os mesmos livros; os papéis é que podiam ser diferentes, porque continham as garatujas dele. Laval escrevia um poema e o distribuía aos estudantes. Ele mesmo não guardava o que escrevia. Dizia: "Um verso de um grande simbolista ou romântico vale mais do que uma tonelada de retórica — dessa minha inútil e miserável retórica", acentuava.

Foi humilhado no centro da praça das Acácias, esbofeteado como se fosse um cão vadio à mercê da sanha de uma gangue feroz. Seu paletó branco explodiu de vermelho e ele rodopiou no centro do coreto, as mãos cegas procurando um apoio, o rosto inchado voltado para o sol, o corpo girando sem rumo, cambaleando, tropeçando nos degraus da escada até tombar na beira do lago da praça. Os pássaros, os jaburus e as seriemas fugiram. A vaia e os protestos de estudantes e professores do liceu não intimidaram os policiais. Laval foi arrastado para um veículo do Exército, e logo depois as portas do Café Mocambo foram fechadas. Muitas portas foram fechadas quando dois dias depois soubemos que Antenor Laval estava morto. Tudo isso em abril, nos primeiros dias de abril.

Na manhã da caçada ao mestre eu apanhei a pasta surrada, perdida na beira do lago. Dentro da pasta, os livros e as folhas com poemas, cheias de manchas.

As lembranças de Laval: seus ensinamentos, sua caligrafia esmerada, de letras quase desenhadas. As palavras pensadas e repensadas. Ele não queria ser chamado de poeta, não gostava disso. Detestava pompa, ria dos políticos da província, espicaçava-os durante os intervalos, mas recusava-se a falar sobre o assunto no meio de uma aula. Dizia: "Política é conversa de recreio. Aqui na sala, o tema é muito mais elevado. Voltemos à nossa outra noite...".

Choveu muito, um toró dos diabos, no dia de sua morte. Mesmo assim, alunos e ex-alunos de Laval se reuniram no coreto, acenderam tochas, e todos tínhamos pelo menos um poema manuscrito do mestre. O coreto estava cheio, iluminado por um círculo de fogo. Alguém sugeriu um minuto de silêncio em homenagem ao mestre imolado. Depois, um ex-aluno do liceu começou a ler em voz alta um poema de Laval. Omar foi o último a recitar. Estava emocionado e triste, o Caçula. A chuva acentuava a tristeza, mas acendia a revolta. No chão do coreto, manchas de sangue. Omar escreveu com tinta vermelha um verso de Laval, e por muito tempo as palavras permaneceram ali, legíveis e firmes, oferecidas à memória de um, talvez de muitos.

Por uma vez, uma só, não hostilizei o Caçula, não pude odiá-lo naquela tarde chuvosa, nossos rostos iluminados por tochas, nossos ouvidos atentos às palavras de um morto, nosso olhar na fachada do liceu, na tarja preta que descia do beiral à soleira da porta. Um liceu enlutado, um mestre assassinado: assim começou aquele abril para mim, para muitos de nós.

Não pude odiar o Caçula. Pensei: se toda a nossa vida se resumisse àquela tarde, então estaríamos quites. Mas não era, não foi assim. Foi só aquela tarde. E ele voltou para casa tão alterado que não se apercebeu da presença do outro.

A cidade estava meio deserta, porque era um tempo de medo em dia de aguaceiro. A casa também, quase vazia. Rânia lá na loja, Halim perambulando pela cidade, Zana por ali, na vizinhança, talvez na casa de Talib, em visita culinária. Domingas, guardiã da casa, engomava a roupa no quartinho dos fundos. Eu chegara mais cedo da praça das Acácias. Pensava em Laval, nas conversas noturnas em sua caverna, como ele chamava o porão onde morava sozinho. Pouca coisa sabíamos dele: ao meio-dia e às seis a dona da casa deixava um prato feito na entrada da caverna. Fazia isso todos os dias, mesmo aos domingos, quando eu passava na calçada da pensão e enxergava o prato de comida na soleira da porta, onde fervilhavam formigas-de-fogo e a gataria do Igarapé de Manaus. Eu via a silhueta de Laval através do óculo redondo do porão. A luz solar pouco aclarava a caverna, e uma lâmpada que pendia do teto iluminava a cabeça do mestre. Ele movia nervosamente as mãos para fumar, escrever ou virar a página de um livro. Raramente comia à noite: começava a beber depois do almoço, entrava na sala do liceu ainda sóbrio, mas animado. Os alunos do período noturno sentiam à distância o bafo azedo do sangue-de-boi. Expelia pelos poros esse vinagre insuportável. Suava. No entanto, não perdia a compostura nem o humor. Quando faltava luz, acendia um lampião e muitas velas. Nunca deixava de ler um poema e comentá-lo com entusiasmo. Compenetrava-se, circunspecto, assim de repente, no meio de uma lição. Podia ser o silêncio de um intervalo, uma reflexão, pausa que a memória pede e a voz cumpre. Ou seria o efeito do vinho, a caída no abismo? Talvez isto: alguma coisa inexplicável. Porque de sua vida ninguém tinha notícias claras: um caracolzinho entre pedregulhos. Só um zunzum corria nos corredores do liceu, dois dedos de mexerico da vida alheia, dele, Laval. Um: que fora militante vermelho, dos mais afoitos, chefe dos chefes, com passagem por Moscou. Ele não negava, tampouco aprovava. Calava quando a curiosidade se alastrava em alaridos. O outro rumor, bem mais triste. Diz que havia muito tempo o jovem advogado Laval vivia com uma moça do interior. Líder e orador nato, ele fora convocado para uma reunião secreta, no Rio. Levou a amante e voltou a Manaus sozinho. Falou-se de traição e abandono. Versões desiguais, palavras desencontradas e afins...

Conjeturas. O que se sabe é que, desde então, Laval internou-se no subsolo de uma casa à margem do Igarapé de Manaus. Várias vezes foi encontrado no canto da caverna, quieto e emudecido, o rosto cadavérico, a barba espessa que ele conservaria até a imolação. Não era greve de fome nem inapetência. Talvez desespero. Seus poemas, cheios de palavras raras, insinuavam noites aflitas, mundos soterrados, vidas sem saída ou escape. Às sextas-feiras distribuía-os aos alunos, pensando que ninguém os leria, pensando sempre no pior. Lá no íntimo era um pessimista, um desencantado, e tentava compensar esse desencanto por meio da aparência, com seu jeito de dândi. Refutava o rótulo de poeta, mas não se incomodava quando o chamavam de excêntrico ou afetado. Não sei qual dos dois atributos o definia melhor. Nenhum, talvez. Mas foi um mestre. E também um atormentado que escrevia, sabendo que não publicaria nada. Seus poemas repousam por aí, em gavetas esquecidas ou na memória de ex-alunos.

A pasta de couro surrada já estava seca, e eu aquecia os papéis de Laval no vapor do ferro com que Domingas passava roupa. Os papéis estavam enrugados, manchados. Só algumas palavras podiam ser lidas. Os poemas, que já eram breves, tornaram-se brevíssimos: palavras quase soltas, como olhar para uma árvore e enxergar só as frutas. Enxerguei as frutas, que logo caíram, sumidas. E, ao olhar para a sala, divisei um vulto alto e esguio, e só pude pensar no poeta, no espectro do poeta Antenor Laval.

Era Yaqub.

Ele me deu um susto ao entrar de mansinho na casa. Tinha acabado de chegar do aeroporto e parecia um paxá. O espadachim da juventude não perdera a pose: estava de pé, as mangas arregaçadas, e fumava, apreciando a chuva, magnetizado pelo ruído das gotas grossas que estalavam no telhado. Domingas largou o ferro e foi acolher o recém-chegado. Abraçou-o, e foi o abraço mais demorado que ela deu num homem da casa. Depois serviu-lhe suco de jambo, armou a rede no alpendre e pôs ali uma mesinha com pupunhas cozidas e um bule de café. Ele deitou na rede e, com um gesto, pediu que minha mãe ficasse junto dele.

Eu me aproximei do alpendre para ouvir a voz de Yaqub: uma voz grave que pronunciou várias vezes o meu nome. Minha mãe apontou os fundos do quintal. Notei que alguma coisa nele havia mudado, pois na outra visita não ficara tão perto de Domingas. Agora os dois pareciam mais íntimos, confabulavam à vontade. Quando a rede se aproximava de minha mãe, Yaqub passava-lhe a mão no cabelo, na nuca. Ele só parou de rir quando Domingas, por distração, roçou-lhe a cicatriz com os dedos. O rosto corado de Yaqub se fechou, ele pôs os pés no chão, interrompeu o balanço da rede e acendeu outro cigarro. Nunca deve ter se conformado com esse traço estranho na face esquerda, que ele logo tratou de cobrir com a palma da mão. O rosto se contraiu e o olhar ficou desnorteado, aflito. Ele se levantou da rede quando Omar entrou na sala, ensopado, descalço, a roupa colada no corpo. Parecia febril, e no rosto dele ainda era visível o luto por Laval. Eu me lembrei da voz de Omar recitando um poema do morto, da época em que os dois, aluno e professor, saíam juntos depois da aula e se embrenhavam no matagal nos arredores da rua Frei José dos Inocentes, onde as putas os esperavam.

O rosto crispado de Yaqub voltou-se para o irmão. Talvez fosse o momento oportuno para se engalfinharem, se esfolarem, os dois em carne viva nas nossas ventas, a minha e a de Domingas. Yaqub balbuciou umas palavras, mas Omar não o encarou: ignorou-o e subiu a escada apoiando-se no corrimão. A tosse e os passos pesados ecoaram na casa, e antes de entrar no quarto ele gritou o nome de Domingas. O tom da voz soava como ordem, mas minha mãe não saiu de perto de Yaqub. Deixou o doente berrar como um louco e eu notei um sorriso demorado no rosto dela.

Fiquei observando Yaqub, o seu semblante agora bem menos exasperado, o corpo ereto, todo ele recomposto. Lembrei-me da última vez que o tinha visto em casa, dos nossos passeios, e senti medo da distância, do longo tempo que havia passado sem vê-lo: o tempo que faz uma pessoa se tornar humilde, cínica ou cética. Pensei que ele fosse se tornar mais arrogante, dono de muitas verdades e certezas, se não de todas. Lembrei-me das palavras de minha mãe: "Logo que ele chegou do Líbano, vinha conversar comigo. Só ele entrava no meu quarto, só ele dizia que queria ouvir minha história... Ele só era calado com os outros".

Não perdera o ar soberbo: o orgulho de alguém que quis provar a si mesmo e aos outros que um ser rude, um pastor, um *ra'í*, como o chamava a mãe, poderia vir a ser um engenheiro famoso, reverenciado no círculo que frequentava em São Paulo. Agora não queria ser chamado de doutor, sentia-se mais à vontade em casa, não vestia mais paletó e gravata. Tampouco se comportou como hóspede. Era um filho que volta à casa dos pais e ao lugar da infância. Ele matutava na rede quando o pai e a mãe chegaram quase ao mesmo tempo. Zana foi a primeira a ver o filho, a primeira a se debruçar sobre ele e a beijá-lo, mas logo se afastou porque ouviu gemidos que vinham do quarto de Omar.

"Vou ver o que está acontecendo com o teu irmão", disse ela, afobada. "Halim, olha só quem chegou de surpresa."

O pai reclamava que a cidade estava inundada, que havia correria e confusão no centro, que a Cidade Flutuante estava cercada por militares.

"Eles estão por toda parte", disse, abraçando o filho. "Até nas árvores dos terrenos baldios a gente vê uma penca de soldados..."

"É que os terrenos do centro pedem para ser ocupados", sorriu Yaqub. "Manaus está pronta para crescer."

Halim enxugou o rosto, olhou nos olhos do filho e disse sem entusiasmo:

"Eu peço outra coisa, Yaqub... Já cresci tudo o que tinha de crescer..."

Yaqub desviou o olhar para a chuva e se levantou, e a voz de Rânia o tirou do embaraço. Ela estava assustada com o movimento de tropas na área portuária, mas a visão de Yaqub a fez esquecer a tempestade política. Halim os deixou a sós. A mãe ocupava-se do filho enfermo: passava horas dentro do quarto, e quando abria a porta, ouvíamos a voz lamentar: "O Omar pegou chuva, adoeceu por causa do Laval, aquele poeta doido". Ela armou uma rede no quarto do filho, interrompeu a conversa de Rânia com Yaqub: "Vou chamar um médico, o pobre do Omar mal consegue engolir saliva". Yaqub apenas seguiu com o rabo do olho os movimentos de Zana. Não foi caloroso com ela; portou-se com um certo distanciamento que não significava neutralidade nem estranheza. Revelou-se um mestre do equilíbrio quando as partes se tensionam. Não reagiu na juventude, quando um caco de vidro cortou-lhe a face esquerda; tampouco conformou-se com a cicatriz no rosto, como alguém que aceita passivamente um traço do destino. Minha mãe via Yaqub cada vez mais decidido, mais enérgico, "pronto para dar bote de cobra-papagaio". Ela pressentia que ele matutava alguma coisa, e eu não sabia se os dois iam se encontrar fora de casa, secretamente. Trocavam olhares rápidos, quase instantâneos, mas eu percebia o sorriso dela.

Naqueles dias o que mais me impressionou foi a obstinação de Yaqub pelo trabalho. E também a coragem. Ele passava uma boa parte da noite trabalhando, a mesa da sala coberta de folhas quadriculadas, cheias de números e desenhos. Levantava-se às cinco, quando só eu e Domingas estávamos acordados. Às seis, me convidava para sentar à mesa do café da manhã. Tomava leite morno com tapioca, comia banana frita, rabanada e compota de manga; comia quase com voracidade, melando as mãos e a boca. Àquela hora, sentíamos com mais intensidade o cheiro da folhagem úmida, dos cachos de frutas das palmeiras, das jacas maduras. Yaqub gostava de esperar o sol nascer, gostava de acompanhar a mudança de cor da vegetação que emergia da noite e se iluminava lentamente. Era um momento do dia em que ele não tinha pressa. Naquela manhã, ele murmurou: "Sinto falta desse amanhecer. O cheiro... o quintal". Depois me contou sobre o seu trabalho; ia duas vezes por mês ao litoral de São Paulo, onde construía edifícios. "Um dia tu vais me visitar, vou te levar para ver o mar."

Era uma promessa, mas eu não via grande coisa no futuro, o mar estava muito longe, meu pensamento estava cravado ali mesmo, nos dias e noites do presente, nas portas fechadas do liceu, na morte de Laval. Yaqub sabia disso? Ele notou minha inquietação, minha tristeza. Disse-lhe isto: que estava com medo, faltava pouco para terminar o curso no liceu. Um professor tinha sido assassinado, o Antenor Laval... Ele ficou pensativo, balançando a cabeça. Olhou para mim: "Eu também tenho um amigo... foi meu professor em São Paulo...". Parou de falar, me olhou como se eu não fosse entender o que ele ia dizer. Na época em que havia estudado no colégio dos padres Yaqub talvez tivesse conhecido Laval.

Ele sabia que Manaus se tornara uma cidade ocupada. As escolas e os cinemas tinham sido fechados, lanchas da Marinha patrulhavam a baía do Negro, e as estações de rádio transmitiam comunicados do Comando Militar da Amazônia. Rânia teve que fechar a loja porque a greve dos portuários terminara num confronto com a polícia do Exército. Halim me aconselhou a não mencionar o nome de Laval fora de casa. Outros nomes foram emudecidos. A tarja preta que cobria uma parte da fachada do liceu fora arrancada e as portas do prédio permaneceram trancadas por várias semanas.

Mesmo assim, Yaqub não se intimidou com os veículos verdes que cercavam as praças e o Manaus Harbour, com os homens de verde que ocupavam as avenidas e o aeroporto. Nem mesmo um diabo verde o teria intimidado. Eu não queria sair de casa, não entendia as razões da quartelada, mas sabia que havia tramas, movimento de tropas, protestos por toda parte. Violência. Tudo me fez medo. Mas ele insistiu em que eu o acompanhasse: "Já fui militar, sou oficial da reserva", me disse orgulhoso.

Na tarde em que saímos para fotografar edifícios e monumentos da área central, nós paramos na praça da Matriz e eu me lembrei da missa em memória de Laval, a missa proibida. Enquanto Yaqub fotografava e fazia anotações eu percorri os caminhos da praça, sentei num banco de pedra enredado pelas raízes grossas de um apuizeiro. O calor da tarde me deu tontura, senti a boca seca, os lábios grudados. Não jorrava água da boca dos anjos de bronze da fonte. Perto da igreja, parei para descansar e admirar os pássaros do aviário. Percebi que estavam assustados, voavam enlouquecidos para todo lado, mas logo um zunido de varejeiras me incomodou, um som grave e monótono que foi aumentando, e quando desviei os olhos para a rua, fiquei gelado ao ver um jipe apinhado de baionetas. Pensei em Laval, seu corpo sendo espancado e pisoteado no coreto, e arrastado até a beira do lago. Esperei o veículo militar desaparecer, mas logo veio outro, e mais outro. Muitos, e sons de trovoada. Os soldados gritavam, davam vivas, uma barulheira de vozes e buzinas alarmou a praça da Matriz. Era um comboio de caminhões que vinha da praça General Osório e ia na direção do roadway. Acompanhei com o rabo do olho a trepidação daquele monstro verde na rua de pedras, senti um mal-estar, uma pontada na cabeça e logo uma ânsia de vômito ao perceber a fila de veículos verdes que parecia não ter fim. O chão trepidava cada vez mais, agora eram sirenes e urros que zuniam na minha cabeça, e baionetas que apontavam para a porta da igreja, onde os meus colegas do liceu erguiam os braços, se atiravam ao chão ou caíam, e depois apontavam para Laval, que se contorcia no aviário cheio de pássaros mortos, a mão direita segurando sua pasta surrada, a esquerda tentando agarrar as folhas de papel que queimavam no ar. Eu quis entrar no aviário, mas estava trancado, e ainda pude ver Laval bem perto de mim, o rosto rasgado de dor, o colarinho cheio de sangue, o olhar triste e a boca aberta, incapaz de falar. Ele desapareceu na noite súbita e eu comecei a gritar por Yaqub, gritei como um louco, e vi minha mãe diante de mim, as mãos no meu rosto quente, os olhos dela arregalados, acesos e tensos. Halim e Yaqub estavam atrás dela e me olhavam assustados. Eu tremia de febre, suava, estava ensopado. Quis saber sobre a missa do mestre, eles desconversaram. Minha mãe não saiu de perto de mim, foi a única vez que a vi noite e dia ao meu lado. Abandonou tudo, toda a labuta diária, nem subiu para ver o Caçula.

Nos últimos dias que ficou em Manaus Yaqub me visitou várias vezes. Sentava num tamborete, passava a mão no meu braço e na minha testa, dizia que eu tinha um pouco de febre. Ainda me lembro do seu rosto preocupado, da voz que queria chamar um médico, ele pagaria tudo. Domingas não aceitou, ela confiava no bálsamo de copaíba, nas ervas medicinais. Passei alguns dias deitado, e me alegrou saber que Halim dera mais atenção ao neto bastardo que ao filho legítimo. Ele sequer pisou na soleira da porta do Caçula. No meu quarto entrou várias vezes, e numa delas me deu uma caneta-tinteiro, toda prateada, presente dos meus dezoito anos. Nem Yaqub se lembrara da data, mas o que ele não gastou com médico, ofereceu a Domingas, e dessa vez ela aceitou. Foi um aniversário inesquecível, com minha mãe, Halim e Yaqub ao lado da minha cama, todos falando de mim, da minha febre e do meu futuro. Lá em cima, o outro enfermo, enciumado, quis roubar a comemoração da minha maioridade. Escutamos gemidos, gritos, pancadas, sons de metal, uma zoada dos diabos. Omar, enfurecido, tinha chutado o penico e a escarradeira, badernando o quarto dele como se renegasse seu próprio canto. Não, ele não deixaria por menos, não ia permitir que eu reinasse um só dia na casa. Ele tossia, esturrava, batia na porta, não se aguentava de pé, emborcava a cama, abria as janelas, sentia-se sufocado. Rânia subia e descia com compressas e pratos de comida. Zana não se despegava dele; ela se ressentiu de Domingas e Halim, que não tinham ido ver o Caçula. Minha mãe não foi visitá-lo. Halim não suportava escutar os cochichos entre Zana e o filho. No meu quarto, ele repetia, cabisbaixo: "Tu entendes isso? Entendes?". Parecia falar com ele mesmo, ou, quem sabe, com um ausente, um desconhecido. Ergueu a cabeça quando Yaqub, pronto para partir, entrou no meu quarto. Eu não sabia se ia vê-lo de novo. Ele não gostava de prolongar a despedida; segurou minhas mãos e disse que ia me escrever e enviar livros. Depois apertou a mão do pai, disse que tinha pressa, mas Halim o abraçou com força e começou a chorar, o corpo encurvado, a cabeça apoiada ao ombro de Yaqub, a voz entrecortada balbuciando: "Esta é a tua casa, filho...".

Poucas vezes eu tinha visto Halim tão triste, os olhos apertados no rosto crispado, as mãos engelhadas agarradas nas costas de Yaqub. Os dois saíram do meu quarto, e eu me levantei para vê-los da janela. Zana e Rânia os esperavam no alpendre. Halim pediu que o filho ficasse mais uns dias, que voltasse com a mulher. Yaqub prometeu que em sua próxima visita traria a esposa. Escutei a voz dele, grave, ecoar: "A senhora pode ficar tranquila, vamos ficar num hotel".

"Como, ficar num hotel? Ouviste essa, Halim? Nosso filho quer se esconder com a mulher... Quer ser um estranho na terra dele..."

Halim se afastou, fazendo um gesto com as mãos: que o deixassem em paz.

"Minha mulher não é obrigada a aturar os surtos de um doente", disse Yaqub, em voz alta.

Zana engoliu a frase. Era capaz de engolir tudo para evitar um confronto entre os gêmeos. Acompanhou Yaqub até a porta, e em seguida eu a vi subir a escada, devagar e hesitante, como se o pensamento lhe travasse os passos. Cochilei o resto da manhã e acordei com um zumbido que se manteve constante por uns segundos, depois foi perdendo força até sumir de vez. Era o avião de Yaqub que acabara de decolar. O voo do meio-dia para o Sul, como se dizia naquela época.

Pressenti que não veria mais Yaqub. Perguntei à minha mãe o que eles tinham conversado quando ele entrou no quarto dela. O que havia entre os dois? Tive coragem de lhe perguntar se Yaqub era o meu pai. Eu não suportava o Caçula, tudo o que via e sentia, tudo o que Halim havia me contado bastava para me fazer detestar o Omar. Não entendia por que minha mãe não o destratava de vez, ou pelo menos não se afastava dele. Por que tinha que aturar tanta humilhação? Ela pediu que eu descansasse: devia aproveitar esses dias para repousar e ler na cama. "Estás magro, amarelo...", disse ela, as mãos no meu rosto. Domingas disfarçou como pôde, quis me consolar com a última frase que pronunciou antes de sair do quarto. A saúde do outro parecia mais precária que a minha. Era um enfermo; eu era um convalescente. A morte de Laval foi, para Omar e para mim, um golpe. Os gemidos e a reação violenta pareciam exagerados, mas ele sentira a morte do mestre.

Antenor Laval, mais que Chico Keller, fora amigo do Caçula. Uma amizade meio clandestina, como acontecera com os dois amores de Omar ou com tudo o que lhe dava prazer, desejo e confiança. Ele foi um prisioneiro desses prazeres proibidos. Não esqueceu Laval e continuou confinado mesmo depois da partida do irmão. Havia sinceridade em sua reclusão. Escreveu um "Manifesto contra os golpistas" e o leu em voz alta. Foi um ato corajoso, e deu pena desperdiçar tanta coragem numa sala quase vazia, porque só eu ouvi as frases ousadas, com tantas palavras duras.

Quando saiu do quarto, parecia o andrajoso que eu tinha visto caminhar no trapiche, vindo em minha direção. O mesmo olhar fixo e espantado de um emparedado: olhos de pesadelo, perdidos na mais escura das noites.

Então ele deu de catar frutas podres no quintal, frutas e folhas que depois varria, amontoava e ensacava. Domingas queria ajudá-lo, mas ele a repelia com gestos bruscos, raivoso. Ciscava a terra, plantava mudas de palmeira e podava ramos rebeldes que se contorciam para fora da copa. Catava as frutas bichadas, mas perdia tempo com uma jaca desventrada, observando as moscas e larvas aninhadas na polpa amarela. Era estranho vê-lo assim, tão perto do nosso canto, descalço e sujo. Ele mal sabia manusear um ancinho, ficava agoniado, as mãos e os pés inchados, vermelhos, o corpo queimado e ferido de tanta mordida das formigas devoradoras.

Essa mania esquisita do Caçula me permitia estudar aos sábados, mas eu temia ser chamado para algum afazer na casa ou na loja. Às vezes interrompia uma leitura para comprar carne no talho do Quim ou levar uma sobremesa à casa de fulano; esperava um tempão na porta dos vizinhos, porque eles não devolviam a travessa e a cumbuca vazias. Essa troca de amabilidades estragava a minha tarde de sábado, e talvez por isso eu detestasse aqueles salamaleques. No caminho de volta, eu separava um pedaço de torta e uma fatia de bolo e os levava para Domingas. Fazia isso também para poupá-la, porque aos sábados ela amanhecia extenuada, com dor nas costas e a voz fraca. Ela começava a semana querendo fazer tudo, atenta a todos os cantos da casa, e só não limpava o galinheiro construído por Galib porque Zana proibia; dizia-lhe, com o tom melindroso dos supersticiosos: "Não, ninguém entra no galinheiro do meu pai... pode dar azar". Mas do resto da casa Domingas cuidava com zelo, e parecia sofrer com a mania do Caçula, que passava horas sob o sol. Do meu quarto eu espiava o desajeitado cortar galhos, capinar, amontoar folhas secas. Havia devaneio demais nessa faina de jardineiro ocasional. De vez em quando ele largava o ancinho e o terçado para apreciar as belezas do nosso quintal: o urumutum do rio Negro, de que Domingas tanto gostava, pousado num galho alto da velha seringueira; um camaleão rastejando no tronco da fruta-pão, até parar perto de um ninho de surucuás-de-barriga-vermelha, protegido pela mãe. No chão, perto da cerca, Omar catava os jambos e as flores vermelhas que caíam do quintal do vizinho. Ele enchia as mãos com os jambinhos rosados, e nos outros, roxos e carnudos, dava dentadas de fome. A meninada do cortiço malinava, vinha mexer com ele. Tamanho homem, engatinhando, cheirando as flores, torcendo os ingás e chupando seus bagos brancos. Ele estacava também para cavar a terra, só por cavar, acho que para sentir o cheiro da umidade, forte, depois da chuva. Divertia-se com essa liberdade, e dava até vontade de imitá-lo.

Na tarde de um sábado, quando eu me distraía com os movimentos de Omar, Rânia me mandou um recado: que eu passasse na loja para ajudá-la a empilhar caixas de mercadorias no depósito.

Havia pouca gente na rua dos Barés, o alto-falante da Voz da Amazônia tocava um bolero famoso, e nós dois, dentro da loja, escutávamos o eco da canção. Ela trancou as portas para que ninguém nos importunasse. Suávamos muito, ela mais do que eu. E quase não falávamos. Carreguei tanta caixa que o andar de cima ficou atulhado. Não cabia mais nada no refúgio de Halim. Rânia acendeu a luz, deu uma olhada naquela bagunça e mudou de ideia: cismou em arrumar toda a loja e quis começar pelo depósito. O rosto, o pescoço e os ombros dela brilhavam de tanto suor. Desci com as caixas, depois ela decidiu jogar fora a lataria velha, malhadeiras apodrecidas, anzóis enferrujados, rolos de tabaco, fitas métricas, porongas. Desvencilhou-se de toda a quinquilharia do pai, jogando no lixo até os objetos de outro século, como o narguilé em miniatura que pertencera ao tio de Halim. Não teve pena de jogar nada fora. Agia com uma determinação feroz, consciente de que estava enterrando um passado. Já era tarde da noite quando começamos a faxina no depósito. Varremos e passamos o escovão no assoalho, retiramos as prateleiras antigas e limpamos as paredes. Ela estava exausta, ensopada, mas ainda quis conferir as mercadorias. Quando se curvou para abrir uma caixa de lençóis, vi os seios dela, morenos e suados, soltos na blusa branca sem mangas. Rânia demorou nessa posição, e eu fiquei paralisado ao vê-la assim, recurvada, os ombros, os seios e os braços nus. Quando ela se ergueu, me olhou por uns segundos. Os lábios se moveram e a voz manhosa sussurrou, lentamente: “Vamos parar?”.

Ela ofegava. E não se esquivou do meu corpo nem evitou meu abraço, meus afagos, os beijos que eu desejava fazia tanto tempo. Pediu que eu apagasse a luz, e passamos horas juntos naquele suadouro. Aquela noite foi uma das mais desejadas da minha vida. Depois ela falou um pouco, sem ânsia, olhando só para mim, com aqueles olhos amendoados e graúdos. O aniversário dos quinze anos, a festança que não aconteceu. Ia ser no casarão dos Benemou, Talib ia tocar alaúde, Estelita ia emprestar taças de cristal. Mas Zana cancelou a festa na última hora. “Ninguém entendeu por quê, só eu e minha mãe sabíamos o motivo”, disse Rânia. “Zana conhecia o meu namorado, o homem que eu amava... Eu queria viver com ele. Minha mãe implicou, se enfezou, dizia que a filha dela não ia conviver com um homem daquela laia... não ia permitir que ele fosse à minha festa. Me ameaçou, ia fazer um escândalo se me visse com ele... ‘Com tantos advogados e médicos interessados em ti, e escolhes um pé-rapado...’ Meu pai ainda tentou me ajudar, fez de tudo, implorou para que Zana cedesse, aceitasse, mas não adiantou. Ela era mais forte, enfeitiçou meu pai até o fim. Desprezei todos aqueles pretendentes... alguns até hoje aparecem aqui, fingem que querem comprar e acabam comprando as porcarias encalhadas... os restos... tudo o que eu não vendo durante o ano. Agora é esse o meu mundo... sou dona de tudo isso", ela disse, olhando as paredes da loja. Permanecemos em silêncio, na penumbra; com a luz fraca do depósito, mal dava para ver o rosto dela. Ela me pediu que fosse embora, queria ficar sozinha, talvez dormisse na loja. Eram mais de duas da madrugada, e eu sabia que não ia pegar no sono. Só pensava em Rânia, na voz dela, na beleza que vi de perto, muito perto, como ninguém talvez tivesse visto. Aquele homem, por quem ela se apaixonou, eu nunca soube quem era. Gostaria de ter passado muitos sábados ajudando-a na loja, mas ela não me pediu mais.

Zana devia achar estranho me ver sentado no quartinho, lendo e estudando, enquanto o filho mourejava. Uma única vez, na hora do almoço, vi o pai observar o filho cavar e remexer a terra, carregar sacos de folhas mortas, extenuar-se. Não sentiu pena dele. Comentou com amargura: "É curioso como ele sua, como se esforça só para não sair de perto da mãe".

Um dia, a mãe se envergonhou de uma cena. É que as duas filhas de Talib, Zahia e Nahda, entraram de supetão na casa e logo começaram a rir. Riam e cobriam o rosto com as mãos, nervosas. Nós ouvimos o riso e o tilintar das pulseiras de ouro que chacoalhavam no braço das moças. A mãe apareceu na sala, e, antes de perguntar a razão do riso, olhou para o quintal: o filho, nu, enlaçava o tronco da seringueira, e, com uma lentidão artística, arranhava-lhe o tronco. Queria extrair leite daquela árvore secular? Ao ver a mãe espiá-lo, ele se afastou da árvore, pôs as mãos entre as pernas, apalpou a virilha. Começou a gemer, fazendo uma careta medonha. Zahia e Nahda pararam de rir, arregalaram os olhos. Recuaram. Ele uivava, berrava como um desgraçado, apertando as coxas com as mãos. Zana gritou por

Domingas, as duas se acercaram do tronco, minha mãe logo percebeu o motivo dos berros. Sofria, o Caçula. Arreganhava-se para mijar, mordia os lábios e tornava a arranhar o tronco da seringueira. "Está com o *ramêmi* ensopado de pus", disse Domingas. Zana se espantou: "O que é isso? Estás louca?". Minha mãe balançou a cabeça: "A senhora não sabe... Não é a primeira vez que ele pega essa doença". Zana não acreditou. À noite, o sonso do jardineiro escapava pela cerca dos fundos... Dessa vez tinha sido forte, uma gonorreia galopante, como se dizia. As duas levaram o Caçula para o banheiro, fizeram um curativo, enrolaram o *ramêmi* de Omar com gaze. Ele teve que ir ao médico, e aguentou umas duas agulhadas na bunda. Voltava da farmácia caminhando de banda, como um papagaio. Em casa, o tratamento não era mais ameno. Zana esperava Halim sair, Domingas fervia água com folhas de crajiru e o Caçula ficava de cócoras ao lado da bacia, recebendo o tratamento da mãe. Ele apertava a virilha, se contorcia, trincava os dentes, derramava a infusão, queria fugir. Zana pegava uma toalha limpa e recomeçava a aplicação. No fim, ele se sentia aliviado. Nós sabíamos quando ele mijava por causa dos urros que soltava durante a noite. Era um escândalo. "Quem fez isso contigo?", quis saber Zana. Ele não falou. Suplicou silêncio da mãe com um olhar de sofrimento. O querubim. Não ia denunciar as putas. Permaneceu ali, capinando, juntando folhas secas. Quando ele acordava todo mundo com os gritos, Halim se assustava: "O que aconteceu dessa vez?". Zana o acalmava, mentia: "Nosso filho está com enxaqueca, deixa ele sossegado, a dor vai passar".

"Enxaqueca? Rosnando que nem cão raivoso?"

Ele não suportava ouvir os urros do filho, muito menos as mentiras da mulher. Saía em plena noite, sabia onde encontrar amigos notívagos nos bares dos Educandos. De dia, escapulia com mais frequência, nem esperava a sesta para pôr os pés na rua. Zana não me deixava em paz, batia na porta do meu quarto, ralhava: que eu tinha a vida toda para estudar, que eu fosse agorinha atrás do Halim.

Sozinho, ele se mandava por aí, capengando com a bengala

sob o sol quente. Não perdera o senso de direção, era capaz de apontar um barraco e nomear o compadre que ali morava, de caminhar às cegas por áreas mais distantes: o Boulevard Amazonas, a praça Chile, o cemitério, o reservatório dos Ingleses. Quando não o encontrava sentado na cadeira de palha da sobreloja, eu seguia seus rastros de bar em bar, contornando toda a orla do rio. Minha busca tardava horas; na verdade, ele não se escondia, apenas caminhava, solto, errante, desencantado, um balão que murcha antes de tocar as nuvens. Às vezes, ao chegar em casa, Halim sentava no sofá cinzento e murmurava: "Morreu o Issa Azmar... morreu aquele vizinho da loja, o português da Barão de São Domingos... como se chamava? Balma, isso mesmo... Nem esperaram a missa... já vão demolir o casarão... Jogávamos bilhar na casa do Balma... Tu te lembras?".

Falava sozinho, batendo a bengala no assoalho, afirmando com a cabeça. Zana tentava corrigi-lo: "O Issa morreu há muito tempo e o Balma vendeu a loja e foi morar no Rio". Ele continuava: "O Tannus era doido pela cunhantã do Balma... Deixava a gente jogando bilhar e ia se enroscar com ela nos sacos de açúcar no porão... Linda, a mocinha... olhos cheios, rostinho redondo... Linda mesmo! A casa do Balma... agora só tem um buraco na rua... um buracão sem sombra".

Zana o vigiava, mas ele escapulia, mentindo: "Vou passar na loja, a Rânia precisa de mim". Saía sem rumo, às vezes ia beber num dos flutuantes no meio do rio. Quando chovia, chegava encharcado, tossindo, escarrando, sujando a casa toda. Evitava ver o filho no quintal. Queria a presença do outro. "Onde está Yaqub? Por que não vem logo com a mulher dele?" Gostava da Lívia, o velho. Desafiava a mulher, comia as guloseimas que Lívia lhe mandava de São Paulo, desprezava a comida de casa. Era um insulto para Zana, mas ele não se importava mais. Empanturrava-se com as amêndoas e as tâmaras da nora. Já não se empanzinava com a voracidade do prazer, comia de birra, a expressão triste, mastigando com enfado, o olhar já bem longe.

Numa tarde que ele escapara logo depois da sesta eu o encontrei na beira do rio Negro. Estava ao lado do compadre

Pocu, cercado de pescadores, peixeiros, barqueiros e mascates. Assistiam, atônitos, à demolição da Cidade Flutuante. Os moradores xingavam os demolidores, não queriam morar longe do pequeno porto, longe do rio. Halim balançava a cabeça, revoltado, vendo todas aquelas casinhas serem derrubadas. Erguia a bengala e soltava uns palavrões, gritava "Por que estão fazendo isso? Não vamos deixar, não vamos", mas os policiais impediam a entrada no bairro. Ele ficou engasgado, e começou a chorar quando viu as tabernas e o seu bar predileto, A Sereia do Rio, serem desmantelados a golpes de machado. Chorou muito enquanto arrancavam os tabiques, cortavam as amarras dos troncos flutuantes, golpeavam brutalmente os finos pilares de madeira. Os telhados desabavam, caibros e ripas caíam na água e se distanciavam da margem do Negro. Tudo se desfez num só dia, o bairro todo desapareceu. Os troncos ficaram flutuando, até serem engolidos pela noite.

Só uma vez minha busca foi inútil. Na manhã da véspera do Natal de 1968 ele saiu de casa e todos esperávamos que de noitinha estivesse de volta, carregando caixas de presentes, pronto para comer arroz com lentilha, pernil de carneiro assado e outras iguarias que Zana e Domingas preparavam. No fim da tarde, quando os vizinhos passavam em casa e perguntavam por ele, Zana dizia: "Vocês não conhecem o Halim? Ele finge que some e de repente aparece...". Antes do anoitecer, Talib telefonou para avisar que o amigo não aparecera para o gamão do Natal e que ia sair atrás dele. Eu e Talib o procuramos por muitos lugares, dos barrancos dos Educandos às tabernas de São Raimundo, até que Talib, cansado, intuiu que Halim não chegaria tão cedo. "Quando uma pessoa quer se esconder, a noite dá abrigo", ele disse.

Zana quis evitar um escândalo e não avisou a polícia. Dizia que cedo ou tarde ele voltaria para casa. "O lugar dele é aqui, perto de mim, sempre foi", ela repetia. Nas outras vezes, não se abalara com as errâncias de Halim, que preferia aliviar o desconsolo longe de casa. Mas agora a ceia de Natal se aproximava, e à meia-noite nós comemos calados. A ceia triste, com poucas palavras, sem a voz de Halim e a algazarra dos amigos que ele convidava. Zana não tocou na comida, ia esperar mais um pouco. "Ele sabe que esta noite é importante para mim... Nunca deixou de vir, nunca..." Ela ficou sozinha na mesa, olhando a cadeira na cabeceira, o lugar dele.

Nós o esperamos até tarde da noite. Minha mãe e eu no nosso quarto dos fundos. Rânia e Zana no andar de cima, deitadas, com a porta aberta, atentas a qualquer ruído. Deram duas horas e nada do Halim chegar. Por volta das três, escutei o ronco de minha mãe, quase um assobio grave, um sopro. Um nambuaçu piou por ali; olhei para o chão do quintal, nem sombra da ave. Depois reconheci o canto de um anum, me senti melancólico, mareado. As copas escuras cobriam os fundos da casa. Um barulhinho esquisito riscava a noite, podia ser mucura faminta no faro de um poleiro ou morcegos mordendo jambo doce. Lembro que as palavras do livro que eu lia foram se apagando e sumiram. O livro também foi engolido pela escuridão. Cochilei, debruçado na mesinha. Lá pelas cinco da manhã (ou um pouco depois, porque o cortiço dos fundos já emitia sinais de despertar e a noite começava a perder sua treva), um ruído me despertou. Vi uma claridade na cozinha e logo depois um vulto. Era uma mulher. A mão direita de Zana surgiu, aclarada por uma luz de vela. Ela saiu devagarinho, segurando um alguidar, a vela acesa na outra mão. Atravessou a sala, e, antes de subir, parou perto da escada. Parou, virou a cabeça e deu um grito medonho. O alguidar estilhaçou no assoalho, a vela tremia-lhe na mão. Domingas saiu do sonho e pareceu mergulhar num pesadelo: seu rosto sonolento virou uma máscara assustada. Nós dois nos aproximamos da sala: Halim estava ali, de braços cruzados, sentado no sofá cinzento. Zana deu um passo na direção dele, perguntou-lhe por que dormira no sofá. Depois, menos trêmula, conseguiu iluminar seu corpo e ainda teve coragem de fazer mais uma pergunta: por que tinha chegado tão tarde? Então com o sotaque árabe, ajoelhada, gritou o nome dele, já lhe tocando o rosto com as duas mãos. Halim não respondeu.

Estava quieto como nunca.

Calado, para sempre.

8

Numa tarde de outubro, uns dois meses antes da morte de Halim, Omar desapareceu. Fazia um calorão danado, o sol de outubro nos entorpece, uma sonolência mórbida nos imobiliza como uma anestesia poderosa.

Omar trabalhava nesse calorão, logo ele, que não tinha fibra para suportar tanto sol. Trocou de pele várias vezes, virou bicho-homem, meio cascudo, avermelhou, amarelou e ficou acobreado de vez. Quanto tempo ele ia brincar de jardineiro, de faxineiro? Até quando ia durar o autoflagelo daquele fraco? Já estava passando da conta, e eu torcia para que mergulhasse em suas noitadas sem fim, oxalá se embriagasse de uma vez por todas e nunca mais se erguesse da rede vermelha. Mas não. Ele continuou fiel à labuta. Nem nos dias mais quentes do ano procurava sombra para mourejar. Mortificava-se. O corpo dele ficou empolado, a pele e os dedos dos pés com crostas de impingem. Só faltou trocar os braços por asas. O querubim. O santinho da casa.

Quando Domingas sentiu a falta de Omar no meio daquela tarde de outubro, Zana não se apoquentou. No quintal, ergueu a cabeça e gritou o nome do filho. Lá de cima, onde se encafuara, ele deu sinal de vida: abriu os braços, balançou o corpo apoiado num galho grosso, soltou um alarido de pássaro.

"Ele sempre gostou dessas leseiras", lembrou Zana. "Quando era moleque, desafiava todo mundo e subia no galho mais alto. O Yaqub se pelava de medo, coitado..."

Diz que trepou na seringueira para descansar e meditar, ou, quem sabe, contemplar o mundo lá do alto, como fazem as divindades, as aves e os símios. Aqui no chão, o mundo era menos ameno, infestado de formigueiros, pragas e vassouras-de-bruxa;

os cupinzeiros cresciam do dia para a noite, esculpindo murundus escuros na cerca de madeira e no tronco das árvores. Omar sempre se esquecia de destruir os cupinzeiros, e eu sabia que essa tarefa ia sobrar para mim. Cedo ou tarde, eu teria que jogar querosene nos enormes volumes marrons e atear-lhes fogo. Não me desagradava ver toda uma comunidade de insetos contorcer-se e perecer tostada, devorada por labaredas. A devastação não parava por aí. Eu cortava os arbustos e as plantas mortas e depois arrancava tudo, o caule, as raízes, tudinho. Os buracos na terra viravam fogueiras subterrâneas, e os gafanhotos, as saúvas com sua rainha, também estorricavam. Era um espetáculo ver em chamas essas famílias organizadas, como exércitos ordeiros e disciplinados. E que prazer presenciar toda uma hierarquia de insetos virar cinzas. Por algum tempo, a terra se livrava dessa praga. Dava um alívio ver o nosso quadrado no quintal fumegar aqui e ali. Omar evitava o contato com o fogo; tinha medo. Não suportava a presença das cinzas, da matéria carbonizada, que nutria a vegetação sobrevivente do quintal.

Não suportou ver o pai morto em casa, sentado no sofá cinzento, de onde costumava ver o filho embriagado ou grogue de sono na rede vermelha. O mesmo sofá em que Halim se sentara por uns minutos, ofegante, exausto, depois de ter esbofeteado e acorrentado o filho. Ele deve ter se lembrado disso, o Caçula, na noite em que despertou com o choro convulsivo das mulheres da casa. Logo que desceu a escada, Omar não entendeu, não queria entender o que acabara de acontecer. Viu no sofá cinzento o único homem que o desonrou com um bofete. Começou a gritar, criança incendiada de ódio ou de algum sentimento parecido com o ódio. Gritava, fora de si: "Ele não vai acorrentar o filho dele? Não vai passar a mão no rosto suado? Por que ele não se mexe e fala comigo? Vai ficar aí, com esse olhar de peixe morto?".

Gritos na madrugada. Os gritos do Caçula. O choro de Rânia, de Domingas. Zana cobria o rosto com as mãos; ela estava sentada no chão, no meio de cacos do alguidar, perto de Halim, talvez sem entender como tinha acontecido. Ninguém, naquela noite, viu o velho entrar na sala. Ele devia ter chegado no meio da madrugada, avançando com passos imperceptíveis de velho ferido que foge de tudo e de todos para morrer. Omar nos surpreendeu com seu gesto irado, o dedo em riste apontado para o rosto de Halim, para os olhos quase fechados, sem vida, do pai cabisbaixo. Rânia ficou paralisada: não sabia o que fazer, não pôde impedir o irmão de gritar, de pegar no queixo do pai e erguer-lhe a cabeça. O viúvo Talib chegou a tempo de evitar um confronto entre o filho vivo e o pai morto. Já amanhecia quando Talib e as duas filhas irromperam na sala e apartaram Omar do pai. O Caçula reagiu, esperneando, gritando, e eu não suportei vê-lo tão corajoso diante do finado Halim. Fiz um gesto para Talib e suas filhas, expulsei o Caçula da sala e arrastei-o até o quintal. Ele se enfureceu, pegou um terçado, me ameaçou. Gritei mais alto do que ele: que me enfrentasse de uma vez, que me esquartejasse, o covarde. O terçado tremia-lhe na mão direita, enquanto eu repetia várias vezes: "Covarde...". Ele calou, empunhando o facão que usava para brincar de jardineiro. Tinha coragem de olhar para mim, e o olhar dele só aumentava a minha raiva. Ele recuou, ficou acocorado debaixo da velha seringueira, o rosto espantado voltado para a porta da sala, de onde Domingas nos observava. Ela me chamou, me abraçou e pediu que eu voltasse para a sala.

As filhas de Talib abriam um lençol para cobrir o sofá cinzento onde estava estendido o finado Halim.

"Não toquem no corpo dele, nem chorem perto daqui", repetiu Talib, três vezes.

Assim, deitado, enrolado num lençol branco, o pai dos gêmeos estava pronto para deixar a casa. Zahia e Nahda levantavam a ponta do lençol e contemplavam o finado, que tanto aplaudira as vizinhas nas noites de festa. Elas, as dançarinas, também sabiam: Halim teria preferido morrer na alcova ou dançando com Zana, como ele mesmo dizia durante o arrasta-pé nos aniversários dela.

Talib murmurou uma oração em árabe, minha mãe se ajoelhou diante do pequeno altar. Não conseguiu rezar. Foi para o quarto, queria ficar sozinha. Quando Talib e as filhas saíram, Zana trancou a porta da casa, se debruçou sobre Halim, chorando, depois tirou o lençol que lhe cobria o corpo e pôs as mãos dele no rosto, nas costas, como se o estivesse abraçando. "Não podes sair desta casa... nem de perto de mim", murmurou. Rânia tentou consolá-la, mas ela não saiu de perto do finado, e durante o velório continuou a falar de Halim, lembrando-se dos versos de amor, do olhar extasiado, do corpo dele exalando vinho, das pausas sofridas para recuperar o timbre adequado da voz. Rodeada de amigas, a viúva falava com dor, soluçando, abafando o zunzum de velório, a voz desenhando o jovem Halim em algum quarto de pensão barata frequentada por imigrantes e marreteiros. "Ali, em mil, novecentos e vinte e pouco, morava aquele magricela, um varapau que foi encorpando até ficar espadaúdo", disse Zana. De tanto vender badulaques, acabou conhecendo meio mundo. Ele e o amigo, o Toninho, o Cid Tannus, pobretão metido a rico: usava um colete colorido e uma gravata de seda, fumava charutos e cigarrilhas doados por barões da borracha. Os dois, com a cara mais santa, apareceram no restaurante do Galib. Bem sonso, esse Tannus! Como se ninguém soubesse que ele se empoleirava na casinha das estrangeiras, ali pertinho do Palácio da Justiça. Arrastava o Halim para o sobradinho das polacas. Todos sabiam disso, todas as amigas conheciam os passos do galanteador de Zana. "Um cristão, tens de casar com um cristão rico", elas aconselhavam. Então, Halim desistiu de acompanhar Cid Tannus. Nunca parou de farrear, o Tannus. Fantasiava-se, puxava brigues e cordões no Carnaval de rua, por um triz não levou o Halim para a vida de solteirão.

Os olhos dele seguiam a moça que ia de mesa em mesa, até que um dia ela viu o envelope debaixo de um prato. Zana jamais contou a Halim que tinha lido os gazais, nem Galib soube disso. Ela leu os versos e entregou o envelope ao pai, dizendo-lhe: "Aquele mascate esqueceu esse papel na mesa dele". Então ela riu e chorou no velório. Riu soluçando, engasgada, dizendo que tinha pensado em jogar fora aquela folha de papel, mas a curiosidade foi maior que a apatia, maior que o desdém e a indiferença. Ainda bem que leu: como teria sido a vida dela sem aquelas palavras? Os sons, o ritmo, as rimas dos gazais. E tudo o que nasce dessa mistura: as imagens, as visões, o encantamento. Jade e eternidade, alcova e amorosa, aroma e esperança. Ela espremia os lábios, recitava, curvando-se sobre o marido morto. Não, não conseguiu deixar de ler os versos, sozinha no quarto, depois das refeições. E um dia, na sala do restaurante, ela estremeceu ao ver o jovem pronto para recitar todos os dísticos de cor, com enlevo e segurança, como faz um ator dotado de boa memória. Repetia, dizia isso no velório e no enterro do marido, e continuou dizendo em casa, falando sozinha enquanto colhia as vagens do jatobá espalhadas no quintal.

Depois da morte de Halim, a casa começou a desmoronar. Omar foi ao enterro, mas permaneceu distante, tão distante que o irmão, mesmo ausente, parecia mais próximo da despedida ao pai. Yaqub mandara entregar no cemitério uma coroa de flores e um epitáfio, que Talib traduziu e leu em voz alta: *Saudades do meu pai, que mesmo à distância sempre esteve presente.*

Os amigos de Halim se emocionaram. Omar, ao ver o choro da mãe, se afastou do túmulo do pai.

Poucas semanas depois do enterro ela repreendeu o filho à queima-roupa. Ele foi pego de surpresa, e escutou palavras que assustam, intimidam. Ele tinha exagerado no trato com o pai morto, a quem dissera coisas de arrepiar. Humilhar o esposo morto, isso Zana não admitia. Na madrugada em que Halim morreu, ela escutara calada o monólogo absurdo do Caçula e não se esquecera do dedo em riste na cara do finado, nem da voz insolente, das palavras infames contra alguém que não podia responder nem com um gesto, nem com um olhar.

Encontrou-o de cócoras, meio escondido, empunhando um terçado, pronto para cortar tajás e aningas queimados pelo sol; colinas de folhas, aqui e ali, deviam ser ensacadas no fim da tarde. Nas frestas da cerca dos fundos, a meninada do cortiço espiava os movimentos de Omar. Estava só de cueca, feridento, fantasiado de escravo. As crianças começaram a assobiar; depois atiraram-lhe caroços de manga, que estalavam no corpo dele.

Omar correu até a cerca, saltando sobre montes de folhas e galhos. "Filhos duma égua", ele esbravejou, dando um cotoco para a curuminzada. Parou de xingar quando a sombra do corpo da mãe escureceu a cerca.

"Chega de bancar o coitadinho, chega de esfolar as mãos e os braços com esse trabalho de péssimo jardineiro", ela increpou com uma voz ríspida. "Agora tu não tens pai... deves procurar um emprego e parar com essa mania de desocupado."

Ele se voltou para a mãe, os olhos incrédulos. Zana tirou o terçado da mão dele e cravou-o na terra: "Vai te olhar no espelho... Teu pai não suportava te ver assim... Não aguentava ver uma vida desperdiçada... Não merecia ouvir aquelas torpezas... Um homem morto...". Parou de ralhar e entrou na sala, soluçando. Não quis falar com o filho quando ele se aproximou e tentou afagá-la. Desviou a cabeça, deixou-o com as mãos no ar. Ele se afastou, e diante do espelho viu o corpo cheio de pústulas e arranhões. Depois subiu a escada olhando para a mãe, tentando cativá-la nessa tarde em que ela o surpreendera com palavras ríspidas e evitara seu afago.

O Caçula não voltou mais ao quintal. Abandonou as folhas secas, as frutas bichadas e os galhos podres. Parou de perseguir as mucuras, de matá-las a pauladas, como uma criança possuída por alguma maldade. Eu já não o via mais sentado no meio do quintal, sozinho, admirando os saltos dos saís-azuis nas palmas dos açaizeiros, ou encantado com o brilho encarnado dos saurás triscando as frutinhas doces. Antes de começar a labuta de jardineiro, ele costumava apreciar essas coisas. E passava um bom tempo assim. Às vezes sorria, quase alegre, quando o brilho intenso do sol do equador cobria o quintal. Não quis usar a roupa nova que Zana lhe dera. Rânia o convidou para trabalhar na loja, insistiu muitas vezes, até que ele abriu a boca, mostrando dentes amarelos e afiados, e soltou uma gargalhada, agravada por trovões de uma bronquite crônica.

"Trabalhar contigo? Não sabes dar um passo sem consultar o teu irmão", ele disse.

Rânia sabia que a aversão de Omar à rotina e aos horários

de trabalho era radical e sincera; sabia que ele tinha a astúcia de abocanhar com a maior naturalidade os frutos colhidos pela labuta dos outros. Não se esforçava para ser astucioso, nem sentia um pingo de culpa ao sugar o suor das três mulheres da casa. E assim, sem culpa, ele regressou à noite manauara. Quando chegava de manhãzinha, não encontrava a mãe à sua espera. Via Zana de luto, melancólica, sentada no sofá cinzento, onde Halim tantas vezes a enlaçara com desejo. Ele não suportava a quietude da mãe, o luto fechado desde a morte de Halim, as tardes que ela começou a passar no quarto, esquivando-se das visitas, remoendo alguma coisa. Eu a via perto do tronco do jatobá, sentada num tamborete, o sol iluminando a metade do corpo. Saía pouco, aos domingos levava flores ao finado Halim e voltava se lastimando, ninguém lhe tirava um sorriso. Mas perguntava por Omar, nunca deixou de saber a que horas o filho entrara em casa, se ele estava bem. Pedia que Rânia lhe desse dinheiro, e ao meio-dia, quando o Caçula acordava, ela ouvia as histórias dele. O Café Mocambo fechara, a praça das Acácias estava virando um bazar. Sozinho à mesa, ele ia contando suas andanças pela cidade. A novidade mais triste de todas: o Verônica, lupanar lilás, também fora fechado. “Manaus está cheia de estrangeiros, mama. Indianos, coreanos, chineses... O centro virou um formigueiro de gente do interior... Tudo está mudando em Manaus.”

“É verdade... só tu não mudas, Omar. Continuas um trapo, olha a tua roupa, o teu cabelo... A hora que tu chegas em casa...”

Falava com calma, meio reticente, e depois encarava o filho com um olhar demorado, de tristeza calada. Ele bem que tentou cativá-la. Deixava na rede dela umas lembranças miúdas, catadas aqui e ali ou compradas nos quiosques da praça dos Remédios: uma cuia com o desenho de um coraçãozinho encarnado, um colar de sementes pretas e vermelhas. Ninharia. Gravou o nome da mãe na pá do remo que ele guardava. Letras grandes, que cobriam nomes de mulher. Deu um buquê de helicônias na noite do aniversário de Zana.

“Vamos sair para comer uma peixada, só nós dois, num restaurante no meio do rio.”

“O que eu mais quero é paz entre os meus filhos. Quero ver vocês juntos, aqui em casa, perto de mim... Nem que seja por um dia.”

Não saíram para jantar. Ela deixou o buquê na mesa, subiu e se trancou, não quis ver ninguém. Dias assim, falando apenas com o olhar, deixando o Caçula acuado pelo silêncio. Ele não queria ouvir falar de Yaqub, o nome do irmão o estorvava. Ainda cedo, clareando, antes de eu abrir a janela do quarto, Omar resmungava apoiado ao tronco da seringueira: “O que ela quer? Paz entre os filhos? Nunca! Não existe paz nesse mundo...”. Falava sozinho, e não sei em quem pensava quando disse: “Devias ter fugido... o orgulho, a honra, a esperança, o país... tudo enterrado...”. Não me olhou nem se mexeu quando eu saí do quarto. Continuou ali, como se tivesse caído no chão, o olhar nos lugares onde a mãe o havia esperado desde sempre. Pensei que Omar ia esmorecer de vez, passar o resto da vida ali, encostado no tronco da árvore velha. Ele começou a chegar mais cedo, não fazia brincadeira com Rânia, nem chamava Domingas com aquele tom de voz pachorrento, meio cínico, que nós sempre ouvíamos no meio do dia.

Então, num sábado, pouco depois do anoitecer, o Caçula entrou em casa acompanhado por um homem. Todo mundo escutou a voz de Omar. Zana foi atraída por um sotaque estranho. O filho, tão cedo em casa, e com um desconhecido! A conversa entre os dois foi se prolongando, até que Zana desceu, cumprimentou a visita e foi ao quintal: queria que minha mãe a ajudasse a preparar um lanche. Domingas sentia-se indisposta e implicou com o visitante desde que o viu sentado no sofá cinzento, o olhar ávido no rosto plácido. Ela não gostou de ver um intruso sentar-se no lugar de Halim. E a birra de Domingas me pareceu uma premonição.

Rochiram, o visitante, era um indiano que falava devagar, sussurrando em inglês e espanhol as frases que pensava dizer em português. Quando abria a boca, dava a impressão de que ia contar um grande segredo. O Caçula se encontrara com ele no bar do Hotel Amazonas, onde os músicos do Trio Uirapuru tocavam boleros e mambos aos sábados. Reparei com curiosidade no homenzinho moreno, nariz de filhote de tucano, calça, camisa e sapatos ordinários. Mas o anel de ouro e rubi na mão direita valia mais que uma década de labuta de um homem comum. No rosto surgia um sorriso pensado, maquinal, e quase tudo no seu corpo contrariava a espontaneidade. Esse homem de gestos ensaiados observou a casa e seus recantos; notou que estava cativando Zana, e que uma confiança mútua era possível. Então passou a frequentar a casa, sempre acompanhado por Omar. Trazia presentes para Zana: vasos chineses, bandejas de prata, estatuetas indianas. Minha mãe, mal-humorada, servia guaraná e logo se afastava do intruso. Aos poucos, Zana saiu da clausura, destravou a língua, se interessou pelo amigo do filho. Quando o Caçula não estava por perto, ela mencionava o nome do outro, mostrava as fotografias de Yaqub: "É um grande engenheiro, um dos maiores calculistas do Brasil". Sempre disfarçava ao escutar os passos de Omar na escada: "Meu filho está menos desleixado... Olha só o que uma amizade pode fazer". Depois pedia que Rochiram contasse um pouco de sua vida. O indiano falava pouco, mas saciou a curiosidade de Zana. Ele vivia em trânsito, construindo hotéis em vários continentes. Era como se morasse em pátrias provisórias, falasse línguas provisórias e fizesse amizades provisórias. O que se enraizava em cada lugar eram os negócios. Ouvira dizer que Manaus crescia muito, com suas indústrias e seu comércio. Viu a cidade agitada, os painéis luminosos com letreiros em inglês, chinês e japonês. Percebeu que sua intuição não falhara. Quando Zana não compreendia a algaravia de Rochiram, ela perguntava ao filho: "O que esse estrangeiro está querendo dizer?". O Caçula traduzia para o português, encerrava a conversa, tinha pressa de ir embora com Rochiram. Zana insistia para que ficassem mais um pouco, Omar recusava, ele e o indiano tinham que ir a vários lugares. Quais? Ele não revelava. Ficou pálido na manhã em que Rânia convidou Rochiram a almoçar em casa. Durante o almoço, ele esfregava as mãos, nervoso, temendo que a mãe mencionasse o nome de Yaqub. Rânia tentava distraí-lo, e ele chegou a ser áspero com a irmã e reticente com Rochiram. Só falou, sem disfarçar o mau humor, no fim da refeição, quando o visitante comentou que queria construir um hotel em Manaus. "Estou ajudando o seu Rochiram a encontrar um terreno perto do rio", Omar disse antes de sair da mesa, seco.

Domingas não se sentia à vontade com aquele estrangeiro, mais estranho do que todos nós juntos. Ela me dizia: "O Caçula nem parece ser ele mesmo. Está enroscado, não sabe para onde ir...".

Eu estranhei o olhar dele, estranhei que tivesse notado a ausência de Domingas durante o almoço. Perguntou-lhe se ela estava desconfiando de alguma coisa. Minha mãe não lhe revelou nada. Disse: "Não gosto do teu amigo. Na primeira noite que ele veio aqui, eu sonhei com Halim".

Omar não quis ouvir, fugia da sombra do pai, evitava o encontro até nos sonhos dos outros. Não trouxe mais Rochiram para dentro de casa: esperava-o na calçada e saía às pressas. Escondia-se com o indiano, vivia desconfiado, olhando de esguelha para a mãe, seguindo-lhe os passos, amoitando-se para escutar algum segredo.

Mais tarde, eu soube do que Omar desconfiava. Zana me pediu que datilografasse uma carta para Yaqub. Trouxe uma máquina de escrever para o meu quarto e começou a ditar o que tinha em mente. Falou do amigo de Omar, um magnata indiano que pretendia construir um hotel em Manaus. Os dois filhos podiam trabalhar juntos: Yaqub faria os cálculos do edifício, Omar poderia ajudar o indiano em Manaus. Ela mesma já havia conversado com Rochiram, pedira-lhe segredo sobre o assunto. O seu grande sonho era ver os filhos reconciliados. Ela só pensava nisso, e desde a morte de Halim acordava no meio da noite, assustada. Quem ia entender a falta que Halim lhe fazia? A dor que ele deixou. Não queria morrer vendo os gêmeos se odiarem como dois inimigos. Não era mãe de Caim e Abel. Ninguém havia conseguido apaziguá-los, nem Halim, nem as orações, nem mesmo Deus. Então que Yaqub refletisse, ele que era instruído, cheio de sabedoria. Ele que tinha realizado grandes feitos na vida. Que a perdoasse por tê-lo deixado viajar sozinho para o Líbano. Ela não deixou Omar ir embora, pensava que longe dela ele morreria.

Zana insistiu no assunto, recorrendo a circunlóquios e reticências. Eu ouvia a voz de mãe culpada, cheia de remorso, e escrevia. Às vezes ela me perguntava se as palavras não a estavam traindo. Em êxtase de mea-culpa, me olhava como se estivesse na presença de Yaqub. E durante uma pausa, parecia esperar uma resposta, temendo que o filho silenciasse.

Assinou o nome em árabe, enviou a carta e passou os dias seguintes remoendo cada linha que havia ditado. Duvidava das próprias palavras, não sabia se havia descaso ou exagero no teor da carta, se o filho ia entender o que ela mais havia lhe pedido: perdão. Dei-lhe o esboço do manuscrito, que ela lia em voz baixa. Numa tarde, sozinha na sala, eu a vi lendo a carta para um Halim imaginário. Depois da leitura, perguntou: Yaqub vai entender? Vai perdoar a mãe dele?

Então, quase um mês depois, Rânia entregou à mãe um envelope que Yaqub enviara à loja. Era uma carta com poucas linhas. Ele não aceitou nem recusou qualquer perdão. Escreveu que o atrito entre ele e Omar era um assunto dos dois, e acrescentou: "Oxalá seja resolvido com civilidade; se houver violência, será uma cena bíblica". Mas ele se interessou pela construção do hotel, ignorando a participação do irmão. Terminou a carta com um abraço, sem adjetivo ou aumentativo. A mãe leu em voz alta essa palavra e murmurou: "Eu peço perdão e ele se despede com um abraço".

No entanto, a menção da Bíblia deixou-a mais preocupada. Ela percebeu que Omar havia afastado Rochiram da casa, percebeu a suspeita do filho, sempre à espreita, rondando mãe e filha. Pediu a Rânia que contasse tudo ao Caçula. A irmã mostrou-lhe a carta de Yaqub: não era uma trama da mãe, mas uma tentativa de unir os filhos. Omar leu a carta e começou a rir como se estivesse caçoando de todos. Mas o tom de zombaria se desfez: "O que o sabichão quer dizer com *cena bíblica*, hein, Rânia? O que o teu irmão entende de civilidade?".

Rânia não se intimidou, tampouco se alterou. "Não sei", disse ela. "Sei que vocês podem trabalhar numa construtora..."

"Construtora?", Omar interrompeu, enfezado, dizendo, aos berros, que *ele* conhecera Rochiram, *ele* trouxera o indiano para casa e fora atrás de um terreno para o hotel. Parecia irritado com a insistência da irmã, aferrada à ideia de que podia apaziguar os gêmeos. Rânia queria os irmãos perto dela, desejava a intimidade de ambos. A intimidade e a compulsão pelo trabalho dariam muito mais sentido à sua vida. Todo o seu empenho para acalmar Omar foi em vão. Ela pensava que cedo ou tarde ele ia cair de beiço nos braços morenos e roliços; que os dois iam se aninhar na rede como amantes depois de uma discussão. Ele não cedeu ao feitiço. Nós o víamos esbanjar o dinheiro que ganhara com a comissão de venda do terreno do hotel. As garrafas de bebida cara que ele entornava e depois jogava no quintal e no piso do alpendre! Os presentes que comprava para namoradas e deixava em qualquer lugar, esquecidos, como se fossem inúteis ou como se nada disso tivesse mais importância. O vestido de linho e as duas blusas de seda chinesa que deu a Domingas, dizendo-lhe: "Agora podes jogar no lixo os trapos que te mandaram de São Paulo". Não se dirigia às outras mulheres, e, sem mais nem menos, na presença da mãe, explodia, colérico: "Uma cena bíblica, não é? Então vamos ver se o sabichão conhece mesmo a Bíblia".

Ninguém respondia às pontadas que ele dava no irmão. Mãe e filha se entreolhavam, caladas, e esse silêncio poderoso e cúmplice prevalecia contra a cólera do Caçula. Elas o deixavam desabafar, fingiam-se indiferentes a Yaqub, e era estranho vê-las tão passivas quando Omar exigia que nenhuma fotografia do irmão fosse vista na sala.

Durante algum tempo ele se esquivou de todos, alternando desperdício e ódio.

Eu estava alheio ao que vinha acontecendo nas últimas semanas, não conseguia escutar os cochichos entre Zana e Rânia, nem decifrar os gestos e olhares que trocavam, mas escutei o nome de Yaqub e do hotel em que ele estava. Estranhei que se hospedasse num lugar tão modesto, na verdade uma casa malconservada numa das áreas mais antigas de Manaus. A mesma casa que eu conhecera com Domingas, quando ela me levava para passear na praça Pedro II, onde marinheiros estrangeiros seguiam as putas que rodeavam a ilha de São Vicente. O hotel, escondido no fim de uma rua estreita, parecia longe da multidão e da zoada do centro, agora cheio de lojas que abriam da noite para o dia. Yaqub estava ali, naquela rua pacata e sinuosa, tão anônimo quanto seus moradores assustados com a azáfama da cidade. Contei a Domingas e perguntei-lhe se ele ia embora sem nos visitar. Minha mãe, com voz nervosa, logo contestou: que não, que duvidava, ele viria vê-la, eu podia esperar que ele viria.

Todos na casa pareciam tomados por um mal-estar. Zana e Rânia só discutiam a portas fechadas; perto de mim, trocavam palavras com sussurros suaves, de voo de borboleta. Foram cinco ou seis dias assim, e me lembro que numa quinta-feira choveu a noite toda, e a casa amanheceu com goteiras. Do teto da sala escorriam fios grossos de água suja, e o quintal transformou-se num aguaceiro. No cortiço dos fundos, só tumulto e aflição: as casinhas estavam inundadas e desde cedo eu e Domingas ajudamos a escoar a água dos corredores, a retirar a mobília dos quartinhos enlameados. Saímos do cortiço com o choro das crianças na memória e a impressão de que nossos vizinhos haviam perdido tudo. No meio da manhã um sol fraco aclarou a cidade, a folhagem esverdeou com mais brilho e uma aragem morna movia as folhas graúdas da fruta-pão. Na casa, silêncio: Zana tinha ido confidenciar com a filha na loja. Domingas foi mudar de roupa. Ao sair do quarto, usava um vestido novo, estava perfumada, os lábios pintados de batom vermelho. O olhar não escondia sua apreensão. Vi seu rosto crispado voltado para a sala: Omar acabara de descer e tomava um copo de café. Era raro vê-lo de pé tão cedo. Não tocou no manjar preparado todas as manhãs para ele. Rondou a sala, subiu estabanado e bateu com força na porta do quarto de Zana. Quando desceu, nem olhou para Domingas: avisou que não voltaria para o almoço. Saiu despenteado, malvestido, carrancudo. Minha mãe seguiu com o olhar aquele corpo cambaleante que pisava o assoalho como se desse patadas. Ela ficou entre o quarto e a cozinha, indecisa, até erguer a cabeça e dizer: "Esse tempo ainda está feio".

Comecei a cavar valetas para drenar as poças do quintal e assim evitar viveiros de insetos. O chão estava coberto de calangos e gafanhotos mortos, frutas e folhas; da fossa, ao lado do galinheiro inundado, vinha um cheiro de podridão. Aos poucos, o mormaço foi aquecendo o quintal, e o sol, ainda ralo entre nuvens pesadas, não podia ainda apagar os traços da noite de chuva.

Antes das onze Yaqub apareceu: não ia demorar, só uma visitinha para matar a saudade e rever a casa antes de voltar para São Paulo. Vestia uma roupa comum. O cabelo preto penteado para trás, o corpo ereto e a expressão saudável o faziam bem menos envelhecido que o Caçula. Trouxera livros de matemática para mim e roupa para Domingas. Não perguntou por Zana. Disse: "Passei no cemitério, fui ver o túmulo...". Não terminou a frase. Disfarçou, olhou para a mesa cheia de frutas e quitutes do café da manhã e perguntou com uma ponta de ironia: "Tudo isso só para mim?". Sentou-se, comeu o que o irmão deixara intocado; depois me chamou, abriu uma pasta e estendeu sobre a mesa folhas de papel com desenhos de vigas, colunas e malhas de ferro. Observou meu corpo sujo de terra e demorou o olhar em minhas mãos. O olhar dele não me intimidou, mas não sei se eram olhos de um pai. Ele nunca respondeu ao meu olhar. Talvez sua ambição reiterasse a minha dúvida, ou a ambição, enorme, desmedida, não lhe permitisse olhar para mim com franqueza. Disse que havia esboçado os cálculos da estrutura de um grande edifício que seria construído em Manaus: "Não podes passar a vida limpando quintal e escrevendo cartas comerciais para Rânia".

Minha mãe escutou a frase e me olhou com uma expressão

de orgulho, que durou poucos segundos. Quando desviou os olhos de mim, seu rosto recobrou o ar antigo, meio desconfiado, meio temeroso. Os dois foram para o quintal e enquanto conversavam ele acariciava uma fruta-pão. A mão ia da fruta esférica ao queixo de Domingas, ele ria com vontade, com ar de triunfo, e naquele momento eu o vi mais íntimo de minha mãe. Quando a enlaçou, Domingas não disfarçou a apreensão: disse que ele devia ir embora. Yaqub franziu a testa: "Estou na minha casa, não vou fugir...". Minha mãe implorou: que saíssem juntos, dessem uma volta. Ele sentou na rede, chamou-a para junto dele, ela não quis. Agora parecia aflita, não tirava os olhos da sala, do corredor. Não falaram mais nada. As vozes e os lamentos do cortiço cortavam o silêncio no fim da manhã abafada.

Então eu o avistei: mais alto que a cerca, o corpo crescendo, se agigantando, a mão direita fechada que nem martelo, o olhar alucinado no rosto irado. Arfava, apressando o passo. Quando gritei, Omar deu um salto, ergueu a rede e começou a socar Yaqub no rosto, nas costas, no corpo todo. Corri para cima do Caçula, tentando segurá-lo. Ele chutava e esmurrava o irmão, xingando-o de traidor, de covarde. Alguns moradores do cortiço encheram o quintal e se aproximaram do alpendre. Com um gesto brusco eu agarrei a mão de Omar. Ele conseguiu se livrar de mim. Percebeu que estava cercado por vários homens e foi se afastando devagar, de olho na rede vermelha. Ainda o vi correr até a sala e rasgar com fúria as folhas do projeto; rasgou todos os desenhos, jogou a louça no assoalho e desabalou pelo corredor.

Yaqub se contorcia na rede, não conseguia levantar. O rosto dele inchou, a boca não parava de sangrar, os lábios cheios de estrias e caroços. Ele gemia, apalpando com a mão direita a testa, as costas e os ombros. Eu e dois moradores do cortiço ajudamos a tirá-lo da rede, ele mal conseguia andar. Dois dedos de sua mão esquerda pareciam ganchos, e o corpo, curvado, tremia. Domingas acompanhou-o a um hospital, e antes de sair me pediu para limpar a mesa, jogar no lixo a louça quebrada e pôr a rede de molho no tanque. Escondi no meu quarto as folhas rasgadas do projeto de Yaqub.

Quando minha mãe voltou, se apressou para enxaguar a rede e estendê-la no quarto dela. Abandonou a cozinha, não quis preparar o almoço. Disse que o estado de Yaqub não era grave: a mão esquerda, sim, em frangalhos, dois dedos fraturados. Ia perder uns três dentes, o rosto estava irreconhecível, ele sentia dores terríveis nas costas e nos ombros. Pedira a Domingas que calasse o bico, que inventasse, dissesse a Zana: "O teu filho teve de viajar às pressas para São Paulo".

Zana não engoliu as palavras de Domingas. Entrou no quarto do filho, remexeu aqui e ali, encontrou o passaporte de Yaqub que ele havia roubado. Ficou olhando, pensativa, a fotografia do engenheiro: o semblante sério, as sobrancelhas espessas, as ombreiras estreladas do uniforme de oficial de reserva. Percebi a vaidade da mãe, e uma pontada de remorso em seu olhar. A culpa que lhe dilacerava a consciência, eu pensava. Não sabia o que fazer com o passaporte, andava a esmo, como se o documento pudesse conduzi-la a algum lugar. Sentou-se no sofá cinzento, enfiou o documento na blusa, e quando ergueu a cabeça, chorava, as mãos cruzadas no peito. Os olhos avermelhados miraram o pequeno altar e se desviaram para o alpendre, agora vazio.

Teve que viajar às pressas? Por quê? Zana repetia a pergunta, como se da repetição fosse surgir uma resposta. Ela perguntava por Yaqub, mas buscava Omar. Mal falava com Rânia, dava coices por nada e ficava horas a meditar sobre o destino do Caçula. Agora não havia o demônio feminino, teria sido mais fácil dizer às vizinhas: "Essas loucas tiram da gente os nossos meninos, a nossa riqueza". Palavras que ela pronunciou em outras ocasiões, quando Dália, a Mulher Prateada, dançou para todos nós; quando a outra, a Pau-Mulato, morou com Omar num barco velho, pensando que ia passar a vida navegando ao deus-dará, lendo a mão de ribeirinhos, prevendo destinos promissores em vidas arruinadas. Ambos, Omar e a Pau-Mulato, farreando a bordo do barco ou em praias desertas, mas vigiados por uma sombra espessa, poderosa.

O sonho de Zana, desfeito: ver os filhos juntos, numa harmonia impossível. Ela relembrava o seu plano, minucioso e sagaz. "Meus filhos iam abrir uma construtora, o Caçula ia ter uma ocupação, um trabalho, eu tinha certeza..." Chamava minha mãe para perto dela, dizia: "O Omar perdeu a cabeça, foi traído pelo irmão. Sei de tudo, Domingas... Yaqub se reuniu com aquele indiano, fez tudo escondido, ignorou o meu Caçula, estragou tudo...". Domingas ouvia e se afastava, deixava a outra sozinha, maldizendo a trama de Yaqub.

Poucos dias depois da briga, Rochiram foi à loja conversar com Rânia. Parecia um estranho, contou Rânia depois do encontro. Foi breve, seco, sequer mencionou o nome dos gêmeos. Disse em espanhol: "Trouxe uma proposta para encerrar o assunto". Entregou um envelope lacrado e se despediu. Ela intuiu o teor do documento; mesmo assim, quando leu a carta diante de mim, empalideceu. Rochiram exigia uma fortuna em troca do que havia pagado a Yaqub pela execução dos projetos de engenharia e, a Omar, pela comissão do terreno. Além disso, perdera muito tempo com esse negócio. Ameaçou-a com um processo, escreveu que já conhecia pessoas influentes, "as mais poderosas da cidade". Rânia pediu um prazo: "Alguns meses para arrumarmos a nossa vida".

Contou à mãe a exigência de Rochiram. Disse que faria tudo para evitar um processo de Yaqub contra Omar.

"Esse indiano é um aventureiro", disse Zana. "Um sanguessuga! A comida que eu preparei para esse ingrato... Só faltei dar na boca desse parasita amarelão! Acabou com o futuro do meu filho!"

Não tingia mais o cabelo, as mechas brancas davam-lhe um ar de velhice que o rosto com poucas rugas negava. Minha mãe não quis rezar com ela, nem contar a cena da agressão de Omar. "O Yaqub não pôde reagir, não teve tempo", ela disse. Zana olhou-a de esguelha: uns olhos bem estranhos. Mas Domingas não se intimidou. Sorriu, como se estivesse nas alturas e deixou a patroa perplexa perto do oratório.

Domingas andava preocupada com Yaqub, esperava notícias dele, mas ele só apareceu numa noite de pesadelo, em que minha mãe escutava os passos do Caçula e via o corpo alto surgir da cerca e golpear brutalmente o irmão. A imagem do rosto desfigurado a transtornava. Mas ela parecia sofrer com o desamparo de Omar. Encostada no tronco da seringueira em que o Caçula havia trepado, dizia: "Os dois nasceram perdidos".

9

EU VIA DOMINGAS ESMORECER, CADA VEZ MAIS apática ao ritmo da casa, indiferente às orquídeas que antes borrifava com delicadeza, aos pássaros que contemplava nas copas e palmas e depois esculpia. As mãos mal conseguiam tirar lascas da madeira dura, e ela nem se animava a fazer trançados com fios de palmeira. Os últimos animais que havia esculpido lembravam pequenos seres inacabados, fósseis de outras eras. Não parecia tão velha como tantas empregadas, que aos cinquenta e poucos já estão acabadas. Eu lhe pedia que repousasse, mas ela só se deitava à noite; tombava na rede, queria apenas a minha presença. Não abria mais o livro muito antigo que Halim lhe dera, um livro grosso e encapado, com gravuras de animais e plantas cujos nomes ela sabia de cor: palavras em tupi que repetira para Yaqub nas noites em que os dois ficavam sozinhos na umidade do quarto dela.

Nossas conversas rarearam, e, quando ela folgava, sentava no chão ou deitava na rede, inerte. Só uma vez, ao anoitecer, começou a cantarolar uma das canções que escutara na infância, lá no rio Jurubaxi, antes de morar no orfanato de Manaus. Eu pensava que ela havia travado a boca, mas não: soltou a língua e cantou, em nheengatu, os breves refrões de uma melodia monótona. Quando criança, eu adormecia ao som dessa voz, um acalanto que ondulava nas minhas noites.

Uma tarde de domingo, minha mãe me convidou para passear na praça da Matriz. Perto dali, atracados no Manaus Harbour, os grandes cargueiros achatavam barcos e canoas, ocultando o horizonte da floresta. No centro da praça não havia mais a multidão de pássaros que encantava as crianças. Agora o aviário que tanto me fascinara estava silencioso. Sentados na escadaria da igreja, índios e migrantes do interior do Amazonas esmolavam. Domingas trocou palavras com uma índia e não entendi a conversa; as duas se benzeram quando os sinos deram seis badaladas. Minha mãe se despediu da mulher, entrou sozinha na igreja, rezou. Depois nós entramos no Manaus Harbour, fomos até a extremidade do trapiche. O porto flutuante estava movimentado, com seus estivadores, guindastes e empilhadeiras. Um homem que andava por ali nos reconheceu e acenou. Era o Calisto, um dos vizinhos do cortiço. Descalço, só de calção, ele esperava uma ordem para descarregar caixas de produtos eletrônicos. Eu não sabia que ele trabalhava aos domingos no porto. Calisto se livrara das garras de Estelita Reinoso, mas agora tinha de aguentar outro peso.

Domingas não quis ficar ali. "É muito agitado, muito barulhento", ela reclamou, dando as costas para o nosso vizinho. A área que contorna o porto estava silenciosa. Na calçada da rua dos Barés dormiam famílias do interior. Vi a loja fechada e apontei o depósito, onde Halim, encostado à janelinha, contara trechos de sua vida. Minha mãe quis sentar na mureta que dá para o rio escuro. Ficou calada por uns minutos, até a claridade sumir de vez. "Quando tu nasceste", ela disse, "seu Halim me ajudou, não quis me tirar da casa... Me prometeu que ias estudar. Tu eras neto dele, não ia te deixar na rua. Ele foi ao teu batismo, só ele me acompanhou. E ainda me pediu para escolher teu nome. Nael, ele me disse, o nome do pai dele. Eu achava um nome estranho, mas ele queria muito, eu deixei... Seu Halim. Parece que a vida se entortou também para ele... Eu sentia que o velho gostava muito de ti. Acho que gostava até dos filhos. Mas reclamava do Omar, dizia que o filho tinha sufocado a Zana." Senti suas mãos no meu braço; estavam suadas, frias. Ela me enlaçou, beijou meu rosto e abaixou a cabeça. Murmurou que gostava tanto de Yaqub... Desde o tempo em que brincavam, passeavam. Omar ficava enciumado quando via os dois juntos, no quarto, logo que o irmão voltou do Líbano. "Com o Omar eu não queria... Uma noite ele entrou no meu quarto, fazendo aquela algazarra, bêbado, abrutalhado... Ele me agarrou com força de homem. Nunca me pediu perdão."

Ela soluçava, não podia falar mais nada.

Passei a rondar a rede em que minha mãe dormia, preocupado com ela. Não se deixou contaminar pela agitação de Zana, que alternava promessas de vingança com momentos de melancolia, combinando sentimentos irreconciliáveis. Durante semanas, Zana misturou o passado com o presente, as lembranças do pai e de Halim com a ausência do Caçula. "Meu pai...", ela dizia, pondo as mãos na fotografia de Galib, lamentando a distância entre o Amazonas e o Líbano. Os gazais de Abbas, que costumava ler no quarto, agora ela recitava em voz alta, e essas palavras formavam um remanso em sua loucura. Mas a imagem do Caçula desaparecido a perseguia. Culpava-se por ter escrito a carta a Yaqub. Chamou-o de intratável, e o filho espancado passou a ser o agressor. Rânia lhe dizia que os irmãos nunca iam conviver em casa, mas o tempo podia acalmá-los. O tempo e a separação.

"Nada nesse mundo pode acalmar um homem traído", disse Zana.

"O Yaqub pode se arrepender", disse Rânia. "Não vai perseguir ninguém."

A mãe olhou-a com tristeza e disse com uma voz rouca, mas firme:

"Tu nunca conviveste com um homem, muito menos com um filho."

Rânia silenciou.

Agora Zana não tinha o marido para ajudá-la, e a reclusão de Domingas a deixava mais desamparada. As filhas de Talib vinham visitá-la; Nahda pegava nas mãos de Zana e Zahia puxava conversa, tentando distraí-la. O olhar perdido de Zana desconcertava as visitantes. Na manhã em que Cid Tannus e Talib apareceram, ela disse, sem preâmbulo, que não era justo, não era justo um irmão fugir de um irmão. "Vocês têm de encontrar o meu filho, têm de trazer o Caçula para minha casa. Façam isso pelo Halim."

Talib, mais íntimo da família, demorou o olhar no único prato na mesa arrumada para o almoço. O prato, os talheres e o copo do Caçula não haviam sido retirados da cabeceira. O viúvo, antes de sair, murmurou: "Deus fecha uma porta e abre outra".

Num dia em que amanheceu chorosa, Zana ordenou a Rânia que tirasse tudo do cofre, tudo, toda a papelada velha que Halim guardara. Chamou um carroceiro e quatro carregadores: que levassem essa caixa de ferro dali, que jogassem esse cofre maldito no mato. A lembrança do filho acorrentado.

Acompanhei o carroceiro e os carregadores até a loja, onde Rânia nos esperava. Quando voltei para casa, Zana, imersa em más lembranças, se fechara no quarto. Era quase meio-dia, e minha mãe não estava na cozinha. Eu a encontrei enrolada na rede de Omar, que ela armara em seu quartinho. A rede perdera a cor original e o vermelho, sem vibração, tornara-se apenas um hábito antigo do olhar. Vi os lábios dela ressequidos, o olho direito fechado, o outro coberto por uma mecha grisalha. Afastei a mecha, vi o outro olho fechado. Balancei a rede, minha mãe não se mexeu. Ela não dormia. Vi o corpo que oscilava lentamente, comecei a chorar. Sentei no chão ao lado dela e fiquei ali, aturdido, sufocado. Durante o tempo que a contemplei, no vaivém da rede, rememorei as noites que dormimos abraçados no mesmo quartinho que fedia a barata. Agora, outro cheiro, de madeira e resina de jatobá, era mais forte. Os bichinhos esculpidos em muirapiranga estavam arrumados na prateleira. Lustrados, luziam ali os pássaros e as serpentes. O bestiário de minha mãe: miniaturas que as mãos dela haviam forjado durante noites e noites à luz de um aladim. As asas finas de um saracuá, o pássaro mais belo, empoleirado num galho de verdade, enterrado numa bacia de latão. Asas bem abertas, peito esguio, bico para o alto, ave que deseja voar. Toda a fibra e o ímpeto da minha mãe tinham servido os outros. Guardou até o fim aquelas palavras, mas não morreu com o segredo que tanto me exasperava. Eu olhava o rosto de minha mãe e me lembrava da brutalidade do Caçula.

Lá fora piavam pássaros e pelo vão da janela eu via galhos envergados e frutas maduras espalhadas no chão sujo do quintal. Parei de balançar a rede e acariciei as mãos calosas de minha mãe. Depois, a voz de Zana chamando Domingas, três, quatro gritos que vinham do alto da casa, e em seguida um barulho na escada, os passos cada vez mais próximos, na sala, na cozinha, o ruído de folhas no quintal, os olhos assustados de Zana no rosto de olhos fechados. Ela chacoalhou a rede, e, de joelhos, abraçou Domingas.

Eu não conseguia sair de perto de Domingas. Um curumim do cortiço foi entregar um bilhete a Rânia. Escrevi: "Minha mãe acabou de morrer".

Naquela época, tentei, em vão, escrever outras linhas. Mas as palavras parecem esperar a morte e o esquecimento; permanecem soterradas, petrificadas, em estado latente, para depois, em lenta combustão, acenderem em nós o desejo de contar passagens que o tempo dissipou. E o tempo, que nos faz esquecer, também é cúmplice delas. Só o tempo transforma nossos sentimentos em palavras mais verdadeiras, disse Halim durante uma conversa, quando usou muito o lenço para enxugar o suor do calor e da raiva ao ver a esposa enredada ao filho caçula.

Pedi a Rânia para que minha mãe fosse enterrada no jazigo da família, ao lado de Halim. Ela concordou, pagou tudo sem reclamar, e eu nunca soube quanta cumplicidade havia num ato tão generoso. Minha mãe e meu avô, lado a lado, debaixo da terra, haviam encontrado um destino comum. Eles que vieram de tão longe para morrer aqui. Hoje, tanto tempo depois, ainda visito o túmulo dos dois. Num domingo, cheguei a ver Adamor, o Perna de Sapo, no cemitério. Nós nos olhamos de relance; só pude ver o rosto dele, o resto do corpo escondido num buraco. Mas logo ele ergueu os braços e continuou a trabalhar. Era um dos coveiros.

10

A CASA FOI SE ESVAZIANDO e em pouco tempo envelheceu. Rânia comprara um bangalô num dos bairros construídos nas áreas desmatadas ao norte de Manaus. Disse à mãe que a mudança era inevitável. Não revelou por quê, mas Zana increpou: nunca sairia da casa dela, nem morta deixaria as plantas, a sala com o altar da santa, o passeio matutino pelo quintal. Não queria abandonar o bairro, a rua, a paisagem que contemplava do balcão do quarto. Como ia deixar de ouvir a voz dos peixeiros, carvoeiros, cascalheiros e vendedores de frutas? A voz das pessoas que contavam histórias logo ao amanhecer: fulano estava acamado, tal político, ainda ontem um pé-rapado qualquer, enriquecera do dia para a noite, um grã-fino surrupiara estátuas de bronze da praça da Saudade, o filho daquele figurão da Justiça estuprara uma cunhantã, notícias que não saíam nos jornais e que as vozes da manhã iam contando de porta em porta, até que a cidade toda soubesse. Quando Rânia chegava da loja, a mãe se precipitava em dizer: "Podes ir para o teu bangalô, eu não arredo pé daqui".

Foi nessa época que Zana levou a primeira queda e teve que engessar o braço e a clavícula esquerda. Mesmo engessada, ela estendia a roupa de Halim no varal, punha os sapatos dele no piso do alpendre, o suspensório e a bengala no sofá cinzento. Fazia isso nos dias ensolarados, ao entardecer recolhia tudo e sentava à mesa, no lado direito da cabeceira onde o filho almoçava. À noite, ela chamava Domingas, eu me assustava, ia correndo até a sala e a encontrava de pé, perto do oratório, o terço pendurado na mão direita.

Rânia não suportava mais ver a mãe conviver com fantasmas. Ficava entalada só de pensar na ameaça de Rochiram e desconfiava que cedo ou tarde teria de vender a casa para pagar a dívida. Queria morar longe dali, longe também do bulício no centro de Manaus. Durante um aguaceiro, era um deus nos acuda no porto da Escadaria e na rua dos Barés. Enquanto eu subia ao telhado para cobri-lo com lona, Rânia tentava salvar a mercadoria do depósito. Na calçada os recém-chegados dos beiradões comiam as sobras do Mercado Adolpho Lisboa. Ela lhes dava moedas para afastá-los da loja, mas outros voltavam, e dormiam por ali. Às vezes, no meio de uma chuvarada, um dos antigos pretendentes entrava, sujava o assoalho e saía humilhado pelo desdém de Rânia. E à noite ainda batia na porta da casa, pedia que ela descesse, ensaiava uma serenata com voz de bêbado e voltava à loja na manhã seguinte, sóbrio, disfarçando, querendo comprar o tecido mais caro, enfeitiçado pelos olhos graúdos de Rânia. Outros homens a viam trabalhar sozinha e pensavam ser fácil seduzi-la. Ela os deixava comprar, gastar, e depois sorria para o próximo freguês. Quando eu estava na loja esses indesejáveis sumiam.

Então ela partiu, deixou a casa e seu quarto. Toda manhã, a caminho da rua dos Barés, visitava a mãe. Dizia-lhe: "O bangalô está um brinco, mama. O teu quarto é o mais espaçoso, tem um quintalzinho para os animais, as plantas, e uma varandinha para estender a rede...".

Agora eu e Zana estávamos sozinhos, eu no quarto dos fundos, ela na alcova do andar superior. Eu podia ler e estudar com mais folga, porque ela desistira de manter a casa em ordem. As visitas rareavam e não demoravam, afugentadas pelos gestos intempestivos ou pela mudez. Quando Estelita Reinoso entrou na sala para contar vantagem, Zana não esperou a vizinha sentar-se, foi logo dizendo: "Aquela tua sobrinha assanhada sempre rondou minha casa atrás dos meus filhos".

Estelita recuou, assustada.

"Ela mesma, a Lívia, filha da tua irmã... Sabes muito bem com quem se casou... Pescou meu filho num daqueles cineminhas do teu porão. Yaqub se casou como um cardeal, sem conhecer mulher. Casou escondido em São Paulo, longe da família, que nem um bicho... Olha o que os dois fizeram com o Omar."

A voz mandona de Estelita. Eu abri a porta para ela ir embora, e ri na cara dela, um riso esperado, e dos mais impertinentes, porque eu sabia que os Reinoso estavam sendo banidos da alta-roda dos novos tempos.

"Não quero ver mais ninguém", dizia Zana quando batiam na porta. Só com uma visita ela foi paciente: a velha matriarca Emilie, que raramente passava em casa. Quando aparecia, Emilie ouvia tudo, todos os lamentos, e depois falava em árabe, a voz alta, mas tranquila, sem alarde. Ouvi aquela voz: os sons atraentes e estranhos de sua melodia; e vi aquela mulher, ainda tão forte no fim da vida: a atenção concentrada, as palavras cheias de sentimento, os provérbios que vinham de um tempo remoto. Lembrei-me de Halim, de suas palavras pensadas que até o fim tentaram reconquistar Zana, livrá-la do filho caçula.

Aos poucos, Zana me contou coisas que talvez poucos soubessem: o nome dela de batismo em Biblos era Zeina. No Brasil, ainda criança, ela aprendeu português e mudou de nome. Eu soube mais de Galib e Halim, e também de minha mãe. Domingas mudou muito depois que engravidou. Passava horas compenetrada. "Só vendo... bastante com ela mesma, até que Halim, de mansinho, abria a porta do quarto e perguntava: 'em que estás pensando?', 'Hã? Eu?'. Tua mãe respondia assim, assustada... Ela amolava uma faquinha e pegava um pedaço de pau para fazer aqueles bichinhos. Halim me dizia: 'Essa cunhantã... Por Deus, alguma coisa aconteceu com ela...'. Como a tua mãe deu trabalho no orfanato! Era rebelde, queria voltar para aquela aldeia, no rio dela... Ia crescer sozinha, lá no fim do mundo? Então a irmã Damasceno me ofereceu a pequena, eu aceitei. Coitado do Halim! Não queria ninguém aqui, nem sombras na casa. Vivia dizendo: 'Deve ser penoso criar o filho dos outros, um filho de ninguém'. Quando tu nasceste, eu perguntei: E agora, nós vamos aturar mais um filho de ninguém? Halim se aborreceu, disse que tu eras alguém, filho da casa..."

Ela falava aos pedaços, e ela mesma fazia as perguntas: "No

tapete? Se namoramos no tapete onde ele rezava? Ora, mil vezes... Tu não espiavas a gente, rapaz?".

Eu me arrepiava quando ela dizia isso. Eles me vigiavam, percebiam a minha presença? Talvez não se incomodassem, nem tivessem vergonha. Deviam rir de mim. Filho de ninguém! Zana esqueceu a Domingas rebelde e evocou a outra, a empregada e cozinheira de muitos anos, a cúmplice no momento das orações, a mulher minha mãe.

Quando silenciou, notei que a vontade de sobreviver na velhice sem o filho querido parecia dissipar-se. "Omar, ele não vai voltar?", ela perguntava com ar de súplica, como se eu fosse capaz de dar vida ao seu sonho, antes do fim. As tardes inteiras que passou deitada na rede do filho. Ela assava peixe no fogareiro, beijava a fotografia de Omar, dizia: "Por que essa demora, querido? Por quê? Os outros já foram embora, agora só estamos nós em casa, nós dois...". Levava a rede para o quarto dele, e durante a noite uma voz abafada enchia a casa de dor. Ela chorava tanto, as mãos na cabeça, o rosto todo molhado, que eu prendia a respiração, pensava que ela ia morrer a qualquer momento. Não abria mais as janelas dos quartos, nem me mandava limpar o quintal nem o piso do alpendre. Osgas e besouros mortos cobriam o pequeno altar empoeirado, os azulejos da fachada estavam encardidos, a imagem da santa padroeira, amarelada. Cinco semanas assim, o tempo que bastou para ofuscar a casa, para dar um ar de abandono.

Então, numa tarde de março (havia chovido muito e Rânia me chamara para desentupir uma boca de lobo), um homem encapotado parou diante da vitrine, observou o interior da loja iluminada e entrou lentamente, deixando um rastro de lama no chão. Era Rochiram. O cabelo empastado e penteado para trás dava um ar mais sério ao rosto, agora ornado por óculos de armação dourada. As lentes esverdeadas escondiam os olhos, e esta era a grande novidade no rosto dele. Rânia ouviu as palavras que esperava: a dívida dos dois irmãos em troca da casa de Zana. No entanto, surpreendeu-se quando ele acrescentou: "Seu irmão, o engenheiro, está plenamente de acordo".

Poucos dias depois, um caminhão estacionou em frente da casa e os carregadores fizeram a mudança para o bangalô de Rânia. Zana passou a chave na porta do quarto, e do balcão ela viu a lona verde que cobria os móveis de sua intimidade. Viu o altar e a santa de suas noites devotas, e viu todos os objetos de sua vida, antes e depois do casamento com Halim. Nada restou na cozinha nem na sala. Quando ela desceu, a casa parecia um abismo. Caminhou pela sala vazia e pendurou a fotografia de Galib na parede marcada pela forma do altar. Nas paredes nuas, manchas claras assinalavam as coisas ausentes.

Eu fazia as compras e Zana cozinhava no fogareiro, como na época do restaurante do pai. Ela caminhava às tontas e hesitava em frente da porta do quarto de Domingas. Passava uns minutos assim, às vezes entrava, deitava-se na rede encardida em que Omar se esparramava no fim das noites de esbórnia. Esperava a visita que nunca veio.

Zana partiu sem conhecer o desfecho. Levou para o bangalô da filha a rede e todos os objetos de Omar, a fotografia do pai e a mobília do aposento. Deixou apenas a roupa de Halim pendurada numa arara de metal enferrujado.

Fiquei sozinho na casa, eu e as sombras dos que aqui moraram. Ironia, ser o senhor absoluto, mesmo por pouco tempo, de um belo sobrado nas redondezas do Manaus Harbour. O dono das paredes, do teto, do quintal e até dos banheiros. Pensei em Yaqub, me lembrei do retrato do jovem oficial, cujo rosto altivo projetava um sorriso no futuro.

Ela se ausentou por mais de uma semana; reapareceu bem cedinho num domingo, o braço esquerdo outra vez engessado. Rânia me pediu que cuidasse da mãe enquanto ia ao mercado. "Chama uma dessas meninas do cortiço para fazer a faxina e não deixa a Zana ficar sozinha", ela disse.

Não chamei ninguém, Zana não queria estranhos na casa. Subiu, arejou o quarto dela, pegou as calças do finado Halim e as pendurou na tipoia. Eu a vi ajoelhada, no meio do quarto de

Omar, suplicando a Deus que o filho voltasse. Orando, em êxtase de fervor, para que Omar não morresse. Vi o contorno escuro nos olhos embaciados, alongados pelas sobrancelhas. O sofrimento de tanta saudade de Halim e do Caçula diluía a beleza do rosto dela. Não a ouvi pronunciar o nome de Yaqub. O filho distante, que abraçara um destino glorioso, fora banido de sua fala. Depois recusou minha ajuda para descer, disse que queria ficar sozinha no alpendre, que eu não me preocupasse com ela. Entrei no meu quarto, a leitura de um livro me distraiu. Quando vi o rosto de Rânia na janela, percebi que Zana havia sumido. Vasculhei a casa toda, arrombei a porta do quarto e só fui encontrá-la num lugar esquecido do quintal: o antigo galinheiro, onde Galib engordara as aves do cardápio do Biblos. Zana estava deitada sobre folhas secas, o corpo coberto com a roupa de Halim, a mão do braço engessado já arroxeada. Pedi ajuda aos vizinhos para carregá-la na minha rede. Ela esperneava, gritava: "Não quero sair daqui, Rânia... Não adianta, não vou vender minha casa, sua ingrata... Meu filho vai voltar". Não parou de esgoelar, irritada com a mudez da filha, furiosa com a única frase que Rânia disse com calma: "A senhora vai se acostumar com a minha casa, mãe".

Ah, foi pior. Tentou se soltar de mim, por pouco não caiu da rede, e foi um deus nos acuda até conseguirmos colocá-la dentro do carro. Ela chorou, como se sentisse uma dor terrível. Nunca mais voltou. Deitou-se em outro quarto, longe do porto, no lar que não era para ela.

Depois eu soube da hemorragia interna, e ainda a visitei numa clínica no bairro de Rânia. Ela me reconheceu, ficou me olhando. Então soprou nomes e palavras em árabe que eu conhecia: a vida, Halim, meus filhos, Omar. Notei no seu rosto o esforço, a força para murmurar uma frase em português, como se a partir daquele momento apenas a língua materna fosse sobreviver. Mas quando Zana procurou minhas mãos, conseguiu balbuciar: Nael... querido...

11

Ela morreu quando o filho caçula estava foragido. Não chegou a ver a reforma da casa, a morte a livrou desse e de outros assombros. Os azulejos portugueses com a imagem da santa padroeira foram arrancados. E o desenho sóbrio da fachada, harmonia de retas e curvas, foi tapado por um ecletismo delirante. A fachada, que era razoável, tornou-se uma máscara de horror, e a ideia que se faz de uma casa desfez-se em pouco tempo.

Na noite da inauguração da Casa Rochiram, um carnaval de quinquilharias importadas de Miami e do Panamá encheu as vitrines. Foi uma festa de estrondo, e na rua uma fila de carros pretos despejava políticos e militares de alta patente. Diz que veio gente importante de Brasília e de outras cidades, íntimos de Rochiram. Só não vi gente da nossa rua, nem os Reinoso. Do lado de fora, a multidão boquiaberta admirava as silhuetas brindando nas salas fosforescentes. Muitos permaneceram no sereno, esperaram o amanhecer e abocanharam as sobras da festança. Manaus crescia muito e aquela noite foi um dos marcos do fausto que se anunciava.

No projeto da reforma, o arquiteto deixou uma passagem lateral, um corredorzinho que conduz aos fundos da casa. A área que me coube, pequena, colada ao cortiço, é este quadrado no quintal.

"Tua herança", murmurou Rânia.

A bondade tarda mas não falha? Soube depois que Yaqub quis assim; quis facilitar minha vida, como quis arruinar a do irmão. Ele havia escrito uma carta para Zana, revelando que sentira muito a morte de Domingas, a única pessoa a quem confiara certos segredos, a única que não se separara dele durante a infância. Na vida dos dois havia coisas em comum que Zana teimou em ignorar. Ele não explicou por que falhara a construção do hotel, apenas escreveu que agora seria mais sensato vender por uma bagatela a casa e uma boa parte do terreno a Rochiram. Se isso não fosse feito, Omar sofreria as consequências.

Rânia não mostrou a carta à mãe. Ela não sabia, nunca soube se havia um acordo entre Yaqub e Rochiram. Entendeu que a venda da casa pouparia Omar. Vi Rânia insistir para que a mãe assinasse a escritura de venda.

"Estás louca? A minha casa... para um aventureiro? Olha o que ele fez com o Omar."

"Assina, mama, para o bem dos teus filhos... para evitar o pior. E o pior a gente nunca sabe..."

Mas Zana só assinou na clínica, e deve ter sido a última tentativa para reconciliar os filhos.

Depois Rânia soube que Yaqub, no dia em que havia sido espancado, ia passar uma noite no hospital em Manaus. Esteve lá, mas foi obrigado a antecipar a viagem de volta a São Paulo. Saiu para o aeroporto na boca da noite, escondido, acompanhado por um médico. É que no meio da tarde daquele mesmo dia, o Caçula irrompeu no hospital e por pouco não agrediu outra vez o irmão. Yaqub gritou ao ver Omar na enfermaria. O Caçula foi expulso do hospital, arrastaram-no na marra até a rua, e ele saiu cambaleando no mormaço. Ainda o viram entrar na Cabacense para tomar um trago. Contou numa roda de homens a recente façanha, contou com uma voz de escárnio, embrutecida. Depois desapareceu. Diz que ainda procurou a Pau-Mulato no porto da Escadaria, e só não o agarraram porque Rânia agiu. Subornou policiais e delegados, ofereceu-lhes cédulas em envelopes lacrados, dizendo: que deixassem Omar em paz, livre. Que o deixassem escapar. Cid Tannus e Talib enviaram cartas a Yaqub, pediram-lhe que perdoasse Omar, ou pelo menos esquecesse tudo. Yaqub não respondeu a ninguém. Rânia logo percebeu que o irmão, em São Paulo, contratara advogados e coordenava a perseguição ao Caçula. Havia testemunhas de sobra: médicos e enfermeiras que evitaram a agressão no hospital. E também o exame de corpo de delito a que Yaqub foi submetido antes de viajar para São Paulo.

Aos poucos, ela foi descobrindo que o irmão distante havia calculado o momento adequado para agir. Yaqub esperou a mãe morrer. Então, com truz de pantera, atacou. A fuga foi pior para Omar. Agora ele não tentava escapar às garras da mãe, mas ao cerco de um oficial de justiça. Pulava de jirau em jirau, pernoitando em diferentes abrigos, tetos de amigos de farra. Sabia que ia chover fogo, sabia-se emparedado. O que lhe dera na telha? Sem mais nem menos ele abandonava o esconderijo e se aventurava por aí. Cid Tannus o viu num bar no alto da Colina, aonde costumava ir com a Pau-Mulato. Depois soube que ele se hospedara na Pensão dos Navegantes, dando festinhas para meninas do interior. Rânia começou a receber visitas de donos de pousadas e pensões. Visitas e ameaças. As dívidas de Omar, a algazarra que fez, diziam. Ele chegava de madrugada, entrava com uma menina no colo, os dois zurravam até o amanhecer, tiravam o sono dos hóspedes. Da próxima vez, chamariam a polícia. Sumiu da Pensão dos Navegantes, sumiu de todos os tugúrios. Rânia perdeu a pista do irmão, pensou que ele podia estar em alguma praia ou lago, aquietado, esperando que ela limpasse seu nome. Agora era procurado por vários delitos, choviam queixas contra ele, porque Rânia não podia quitar todas as dívidas do irmão. Ela sabia: tinha que poupar dinheiro para o que viria depois.

12

CEDO OU TARDE, O TEMPO E O ACASO acabam por alcançar a todos. O tempo não apagara um verso de Laval pintado no piso do coreto da praça das Acácias. Alguns anos depois, num dos primeiros dias de abril, um lance do acaso uniu o destino de Laval ao de Omar.

Eu havia prometido entregar a Rânia um trabalho maçante que ela havia me encomendado. Encontrei a loja fechada, ninguém soube me dizer por onde ela andava. Nos últimos dias, fechava a loja na hora do almoço e saía em busca do irmão. Naquela tarde de abril já chuviscava quando Rânia o avistou na praça das Acácias. Ficou paralisada. Estava magro, meio amarelão, barba de uma semana, o cabelo crespo com jeito de juba. Os braços cheios de arranhões, a testa avolumada por calombos. Os olhos fundos e acesos davam a impressão de um ser à deriva, mesmo sem ter perdido totalmente a vontade ou a força de recuperar uma coisa perdida. Rânia não teve tempo de se aproximar dele. Ouviu estampidos, viu pessoas correrem, largando guarda-chuvas que quicavam nos caminhos da praça. Eram três policiais, e logo cinco, muitos. Uma caçada. Viu o Caçula agachado, atrás do tronco de um mulateiro. Os policiais farejavam por ali, todos de arma em punho. Os tiros cessaram. Queriam matá-lo ou só lhe dar um susto? Agora ventava com rajadas de chuva, e a praça das Acácias era um palco só. Sabiam que Omar podia reagir. E reagiu, à sua maneira: deu uma risada na cara dos meganhas. A coronhada que levou no rosto antecipou sua entrada no inferno. Caiu de costas e foi puxado, arrastado até a viatura. Rânia correu ao encontro do irmão, viu no rosto dele um fio vermelho e grosso que a água não apagava. Discutiu com os policiais, quis saber aonde iam levá-lo, foi repelida brutalmente.

No presídio, ele passou algumas semanas incomunicável. Ela e um advogado tentaram falar com Omar, mas a violência foi implacável. Enviava sacolas de presentes aos carcereiros, pedia notícias do irmão e suplicava que não o torturassem. Então ela soube que o irmão passara uns dias encarcerado no Comando Militar, e eu intuí que a sua amizade com Laval era uma forma de condenação política.

Na manhã em que ele saiu para o Tribunal, escoltado por policiais à paisana, Rânia percebeu que estava sozinha. Não pôde abraçá-lo no Tribunal, mas o ouviu relatar uma brusca descida ao inferno. Os dias eram como as noites, cada dia era a extensão mais sombria da noite. Quando chovia muito, as celas inundavam, Omar cochilava de pé, a água suja cobria-lhe os joelhos, e os muçus, ao lhe roçarem as pernas, davam-lhe mais asco do que medo. Sentia repugnância da pele viscosa dessas enguias-d'água-doce, pardas, cobertas de lodo, que serpenteavam no piso da cela quando a água escoava. Ainda bem que não enxergava nada nos dias escuros. Às vezes, na janelinha que rasga a parede, a palma de um açaizeiro balançava e ele imaginava o céu e suas cores, o rio Negro, a vastidão do horizonte, a liberdade, a vida. Tapava os ouvidos, era insuportável ouvir o zumbido dos insetos, os gritos dos detentos, tudo não parecia ter fim nem começo. Ela não imaginava como o irmão vivia numa cela sórdida daquele presídio que ela costumava olhar, quase por distração, quando atravessava as pontes metálicas para vender sandálias e roupa aos atacadistas dos bairros mais populosos de Manaus.

Omar foi condenado a dois anos e sete meses de reclusão. Não podia sair, não teve direito à liberdade condicional. "Só osso e pelanca... Meu irmão não parece humano", contou Rânia, chorando. Ela me disse, alterada, que ia escrever uma carta a Yaqub. "Ele traiu minha mãe, calculou tudo e nos enganou." Foi corajosa: na reclusão que lhe era vital, na solidão de solteirona para sempre, escreveu a Yaqub o que ninguém ousara dizer. Lembrou-lhe que a vingança é mais patética do que o perdão. Já não se vingara ao soterrar o sonho da mãe? Não a viu morrer, não sabia, nunca saberia. Zana havia morrido com o sonho dela soterrado, com o pesadelo de uma culpa. Escreveu que ele, Yaqub, o ressentido, o rejeitado, era também o mais bruto, o mais violento, e por isso podia ser julgado. Ameaçou desprezá-lo para sempre, queimar todas as suas fotografias e devolver as joias e roupas que ganhara, caso ele não renunciasse à perseguição de Omar. Cumpriu à risca as ameaças, porque Yaqub calculou que o silêncio seria mais eficaz do que uma resposta escrita.

Foi nessa época que eu me afastei de Rânia. Eu não queria. Gostava dela, era atraído pelo contraste de uma mulher assim, tão humana e tão fora do mundo, tão etérea e tão ambiciosa ao mesmo tempo. As lembranças da noite que passamos juntos, o ardor daquele encontro ainda me davam arrepios. Mas ela se ressentiu de mim, ofendeu-se com a minha omissão, com o meu desprezo pelo irmão encarcerado. No fundo, sabia o que eu remoía, o que me comia por dentro. Devia ter conhecimento do que Omar fizera com a minha mãe, de todos os agravos a nós dois. Parei de trabalhar com ela, nunca mais escrevi cartas comerciais, nem saí correndo para limpar boca de lobo, empilhar caixas, vender coisas de porta em porta. Me distanciei do mundo das mercadorias, que não era o meu, nunca tinha sido.

Omar deixou o presídio um pouco antes de cumprir a pena. Saiu à custa dos níqueis acumulados por Rânia. Talib o encontrou uma vez, e diz que só falava na mãe. Chorou, com desespero, quando o viúvo quis acompanhá-lo até o cemitério para visitar o túmulo de Zana.

Rânia fez de tudo para se aproximar dele, mas Omar se esquivava, fugia da irmã e de todos os vizinhos. Durante uns meses ainda foi visto aqui e ali, perambulando à noite pela cidade. Os malabarismos que Rânia fez para enviar-lhe dinheiro, tentando atraí-lo, reconquistá-lo. Sonhava com a presença do irmão em sua casa, o quarto onde a mãe dormira seria destinado a ele.

Nas cartas em que Yaqub me enviou, nunca falava do irmão nem de Rânia, sequer resvalou no assunto. Eram cartas breves e esparsas, em que sempre me pedia que cobrisse de flores o túmulo de Halim e o de minha mãe. Perguntava se eu necessitava de alguma coisa e quando ia visitá-lo em São Paulo. Por mais de vinte anos adiei a visita. Não quis ver o mar tão prometido. Eu já havia jogado no lixo as folhas do projeto de Yaqub que Omar rasgara com fúria. Nunca me interessei pelos desenhos da estrutura com suas malhas de ferro, tampouco pelos livros de matemática que Yaqub havia me dado com tanto orgulho. Queria distância de todos esses cálculos, da engenharia e do progresso ambicionado por Yaqub. Nas últimas cartas ele só falava no futuro, e até me cobrou uma resposta. O futuro, essa falácia que persiste. Só guardei um único envelope. Aliás, nem isso: uma fotografia em que ele e minha mãe estão juntos, rindo, na canoa atracada perto do Bar da Margem. Ela quase adolescente, ele quase criança. Recortei o rosto de minha mãe e guardei esse pedaço de papel precioso, a única imagem que restou do rosto de Domingas. Posso reconhecer seu riso nas poucas vezes que ela riu, e imaginar seus olhos graúdos, rasgados e perdidos em algum lugar do passado.

Lembrava — ainda me lembro — dos poucos momentos em que eu e Yaqub estivemos juntos, da presença dele no meu quarto, quando adoeci. Mas bem antes de sua morte, há uns cinco ou seis anos, a vontade de me distanciar dos dois irmãos foi muito mais forte do que essas lembranças.

A loucura da paixão de Omar, suas atitudes desmesuradas contra tudo e todos neste mundo não foram menos danosas do que os projetos de Yaqub: o perigo e a sordidez de sua ambição calculada. Meus sentimentos de perda pertencem aos mortos. Halim, minha mãe. Hoje, penso: sou e não sou filho de Yaqub, e talvez ele tenha compartilhado comigo essa dúvida. O que Halim havia desejado com tanto ardor, os dois irmãos realizaram: nenhum teve filhos. Alguns dos nossos desejos só se cumprem no outro, os pesadelos pertencem a nós mesmos.

Naquela época, quando Omar saiu do presídio, eu ainda o vi num fim de tarde. Foi o nosso último encontro.

O aguaceiro era tão intenso que a cidade fechou suas portas e janelas bem antes do anoitecer. Lembro-me de que estava ansioso naquela tarde de meio-céu. Eu acabara de dar minha primeira aula no liceu onde havia estudado e vim a pé para cá, sob a chuva, observando as valetas que dragavam o lixo, os leprosos amontoados, encolhidos debaixo dos oitizeiros. Olhava com assombro e tristeza a cidade que se mutilava e crescia ao mesmo tempo, afastada do porto e do rio, irreconciliável com o seu passado.

Um relâmpago havia provocado um curto-circuito na Casa Rochiram. O bazar indiano tornara-se um breu na tarde sombria, coberta de nuvens baixas e pesadas. Entrei no meu quarto, este mesmo quarto nos fundos da casa de outrora. Trouxera para perto de mim o bestiário esculpido por minha mãe. Era tudo o que restara dela, do trabalho que lhe dava prazer: os únicos gestos que lhe devolviam durante a noite a dignidade que ela perdia durante o dia. Assim pensava ao observar e manusear esses bichinhos de pau-rainha, que antes me pareciam apenas miniaturas imitadas da natureza. Agora meu olhar os vê como seres estranhos.

Eu tinha começado a reunir, pela primeira vez, os escritos de Antenor Laval, e a anotar minhas conversas com Halim. Passei parte da tarde com as palavras do poeta inédito e a voz do amante de Zana. Ia de um para o outro, e essa alternância — o jogo de lembranças e esquecimentos — me dava prazer.

O toró que cobria Manaus, trégua na quentura do equador, me aliviava. Frutas e folhas boiavam nas poças que cercavam a porta do meu quarto. Nos fundos, o capim crescera, e a cerca de pau podre, cheia de buracos, não era mais uma fronteira com o cortiço. Desde a partida de Zana eu havia deixado ao furor do sol e da chuva o pouco que restara das árvores e trepadeiras. Zelar por essa natureza significava uma submissão ao passado, a um tempo que morria dentro de mim.

Ainda chovia, com trovoadas, quando Omar invadiu o meu refúgio. Aproximou-se do meu quarto devagar, um vulto. Avançou mais um pouco e estacou bem perto da velha seringueira, diminuído pela grandeza da árvore. Não pude ver com nitidez o seu rosto. Ele ergueu a cabeça para a copa que cobria o quintal. Depois virou o corpo, olhou para trás: não havia mais alpendre, a rede vermelha não o esperava. Um muro alto e sólido separava o meu canto da Casa Rochiram. Ele ousou e veio avançando, os pés descalços no aguaçal. Um homem de meia-idade, o Caçula. E já quase velho. Ele me encarou. Eu esperei. Queria que ele confessasse a desonra, a humilhação. Uma palavra bastava, uma só. O perdão.

Omar titubeou. Olhou para mim, emudecido. Assim ficou por um tempo, o olhar cortando a chuva e a janela, para além de qualquer ângulo ou ponto fixo. Era um olhar à deriva. Depois recuou lentamente, deu as costas e foi embora.

Milton Hatoum (Manaus, 1952) estudou arquitetura na USP e estreou na ficção com *Relato de um certo Oriente* (1989, prêmio Jabuti de melhor romance). Seu segundo romance, *Dois irmãos* (2000), foi adaptado para televisão, teatro e quadrinhos. Com *Cinzas do Norte* (2005), Hatoum ganhou os prêmios Jabuti, Livro do Ano, Portugal Telecom, Bravo! e APCA. Publicou o livro de contos *A cidade ilhada* (2006), a novela *Órfãos do Eldorado* (2009), adaptada para o cinema em 2015, e a coletânea de crônicas *Um solitário à espreita* (2013). Os romances *A noite da espera* (2017, prêmio Juca Pato/Intelectual do Ano) e *Pontos de fuga* (2019) fazem parte da trilogia O Lugar Mais Sombrio. Sua obra de ficção, publicada em dezessete países, recebeu em 2018 o prêmio Roger Caillois (Maison de l'Amérique Latine/Pen Club-França).

1ª edição Companhia das Letras [2000] 20 reimpressões
1ª edição Companhia de Bolso [2006] 32 reimpressões

Esta obra foi composta pela Verba Editorial em Janson Text e impressa em ofsete pela Gráfica Bartira sobre papel Pólen Natural da Suzano S.A. para a Editora Schwarcz em outubro de 2023